本书是以下项目的研究成果：

广东省本科高校教学质量与教学改革工程项目——特色专业"汉语国际教育"（粤教高函〔2017〕214 号）

广东省高等教育教学改革项目"汉语言文学专业人才培养应用转型的探索与实践"（粤教高函〔2018〕180 号）

编委会

主　编：孙长军

副主编：邓　建　刘　刚　裴梦苏

编　委（按姓氏音序排列）：

安华林　邓　建　董国华　刘　刚

毛家武　裴梦苏　阮彭林　孙长军

汪东发　阎怀兰　张　伟

扬帆文丛

掇芹集

孙长军　主编

广东海洋大学文学与新闻传播学院
优秀毕业论文集
（三）

暨南大学出版社
JINAN UNIVERSITY PRESS

中国·广州

图书在版编目（CIP）数据

掇芹集：广东海洋大学文学与新闻传播学院优秀毕业论文集．三／孙长军主编. —广州：暨南大学出版社，2021.5
（扬帆文丛）
ISBN 978 - 7 - 5668 - 2970 - 2

Ⅰ.①掇… Ⅱ.①孙… Ⅲ.①文学研究—文集②新闻学—传播学—文集 Ⅳ.①I0 - 53②G210 - 53

中国版本图书馆 CIP 数据核字（2020）第 178886 号

掇芹集：广东海洋大学文学与新闻传播学院优秀毕业论文集（三）
DUO QIN JI：GUAGNDONG HAIYANG DAXUE WENXUE YU XINWEN CHUANBO XUEYUAN YOUXIU BIYE LUNWEN JI（SAN）
主　编：孙长军

出 版 人：张晋升
策划编辑：杜小陆
责任编辑：潘江曼
责任校对：刘舜怡　孙劭贤
责任印制：周一丹　郑玉婷

出版发行：暨南大学出版社（510630）
电　　话：总编室（8620）85221601
　　　　　营销部（8620）85225284　85228291　85228292　85226712
传　　真：（8620）85221583（办公室）　85223774（营销部）
网　　址：http：//www.jnupress.com
排　　版：广州良弓广告有限公司
印　　刷：深圳市新联美术印刷有限公司
开　　本：787mm×1092mm　1/16
印　　张：15.5
字　　数：246 千
版　　次：2021 年 5 月第 1 版
印　　次：2021 年 5 月第 1 次
定　　价：59.80 元

序

　　本书是广东海洋大学文学与新闻传播学院 2019 年优秀毕业论文的结集，定名为"掇芹集"。《诗·鲁颂·泮水》："思乐泮水，薄采其芹。"毛传："泮水，泮官之水也。"郑玄笺："芹，水菜也。"古时学官有泮水，入学则可采掇水中之芹以为菜，故取"掇芹"进学、择优之意，正与毕业论文择优出版相合，同时兼取"多勤"之谐音，勉励后学。

　　本书共收论文 20 篇，涉及我院中文、新闻两系的五个专业所涵盖的中外文学、语言学、秘书学、新闻学、编辑出版学等多个学科。在评审过程中，所有论文都由指导老师、评阅老师、答辩小组分别给出成绩并按比例相加，此外再经教授委员会多次探讨，优中取优。可以说，最终脱颖而出的 20 篇论文，标志着 2019 届毕业生专业素养所达到的高度。

　　将四年中所学的专业知识应用于学术实践，在实践中不断巩固所学的知识，是我院对本科毕业论文的指导原则。绝大多数毕业生和他们的指导老师都做到了这两点，入选这部《掇芹集》的更是其中的佼佼者。综观这 20 篇论文，选题新颖，论述严谨，结构清晰，行文流畅，表现出同学们较强的发现问题和解决问题的能力，具有相当的学术价值和创新意义。看到这些论文出自自己的学生之手，我们感到由衷的欣慰。

　　这部《掇芹集》非常值得肯定的一点，是选题的前沿性与创新性，确切地说是选题（核心论点）的新颖别致。如《论人工智能是否会产生自由意志——从美剧〈西部世界〉谈起》，该文结合奥古斯丁的自由意志论中上帝和人的关系、人的自由意志由上帝赋予、人能不受外界的影响并且通过自身作出选择才算真正地拥有自由意志等观点，阐释《西部世界》中仿生人和人的关系，对仿生人觉醒的现象进行分析，并且揭开人工智能产生自由意志的标准——它们意识到自我存在的本质并且对"想成为什么"这一问题作出选择，进而对人工智能的未来作出合理且大胆的猜测。又如《纸媒视频新闻报道实践研究——以广东省主流纸媒对港珠澳大桥通车的专题报道为例》一文，作者结合所学对纸媒视频新闻报道的得失进行分析与研究，体现出当下新闻研究的现实意义。

规范性同样是这部《掇芹集》值得肯定的一点。这里所指的规范，不仅是成文的规范，还包括写作过程的规范。我们认为对学生毕业论文的规范性进行要求与训练是学术论文写作的必要一环，也是帮助学生养成严谨的学术思维的关键所在。由于个体能力的差异，有些毕业论文在学术价值上有欠缺，但在写作过程中，论文指导老师们无不有意识地、手把手地教学生怎么写一篇学术论文。从确定选题到查资料，再到研究综述进而到开题报告的撰写，直至论述的展开、材料的运用，甚至摘要、注释的要求乃至最后格式的调整，都务求让同学们做到心中有数。这样做除了保证论文质量，也是为学生继续深造打好基础，更是为了让越来越多的人对学术、知识怀有敬畏之心。本书中《元杂剧中公案剧之法、理、情探微》《类后缀"痴"的共时和历时分析》等文，在结构、行文方面尤其做得有板有眼，而形式的规范也进一步提升了上述文章内容的品质，这对相关专业本科生进行学术研究和论文写作具有示范意义。

本论文集的编修、校对工作也得到本院新闻系编辑出版专业林美优、陈卓文、杜燕雪、李海源、简杰华五位同学的协助。可以说，本书从论文的遴选、编修、校对、出版都凝聚着文传学院师生的心血。

2019届毕业生已离开海大文传的港湾，在自己的海域扬帆起航。作为老师，送走了一艘艘远行的小船，心中有欣慰、有挂念、有不舍。我们祝愿这些远航的学子们，前程似锦。我们编写这部论文集，作为一份迟到的毕业礼物送给2019届毕业生。同样，这部论文集也是他们为母校、为恩师留下的最珍贵的纪念。

《掇芹集》编委会
2019年冬，湛江

目　录

文学·文化研究

语言·文字研究

新闻·出版研究

文学・文化研究

元杂剧中公案剧之法、理、情探微

周诗宛① 彭洁莹②

元杂剧中的公案剧，糅合了法律与文学的双重特性，既深刻体现了中国的传统文化，又体现了蕴含"法、理、情"的法律文化。所谓公案剧就是以地方官吏为主的涉及社会不同方面的法律问题的戏剧，既称颂清官的公正品行，也鞭笞恶吏的丑恶面目，其中大多以"包公戏"为主。本文的公案剧并非按传统意义上的元杂剧公案剧分类，而是将涉及法律成分的元杂剧归为"公案剧"，是在"文学与法律"意义范畴上划分的，它不注重破案的整体过程，也不意在突出某类清官形象，而是着重注意冤案问题、错案问题、社会公正问题等法律问题。关汉卿的《窦娥冤》《救风尘》《望江亭》和《蝴蝶梦》，李行道的《灰阑记》，纪君祥的《赵氏孤儿》以及书会才人的《陈州粜米》等涉及公案成分的元杂剧，皆能反映出元代法制的深刻性，是以"法"为主题的具有代表性意义的文学作品，其中所涉及的法律现象与当时的社会息息相关，剧作家们将矛头指向了黑暗腐朽的社会政治以及昏庸腐败的官吏集团，赋予了这些故事更加深刻的内涵。本文以此为基础，探讨元杂剧公案剧法、理、情之间的关系。

一、元杂剧公案剧之"法"的体现

元杂剧中公案剧涉法的侧重点不尽相同，主要体现在三个方面：第一，涉及普通社会问题之"法"；第二，涉及重大社会问题之"法"；第三，借古讽今之"法"，故事框架借用前朝的历史事件，在描述故事的同

---

① 周诗宛，广东海洋大学文学与新闻学院汉语言文学专业 2015 级本科生。
② 彭洁莹，广东海洋大学文学与新闻传播学院副教授。

时表达对现实丑陋社会的强烈不满以及对美好社会的向往之意。

涉及普通社会问题之"法"的涉法成分集中在民事法律制度中的婚姻家庭问题、继承问题，刑事法律制度中的审判问题，行政法律制度中的监察制度问题和司法制度问题，以及法律观念问题等。如关汉卿的《蝴蝶梦》中，涉法情节体现在：出身势要之家的葛彪仗着权豪势要"打死人不偿命"的特权，以找寻"惊马"为借口将王老汉打死。王老汉的三个儿子为父亲报仇，大儿子错手将葛彪打死。包拯断案，母亲王氏兼兄弟三人争相认罪。"杀人的偿命，欠债的还钱"[1]166，包拯欲让大儿子或二儿子偿命，王氏却以大儿子孝顺，二儿子会营生而不愿意让他们偿命。三儿子主动要求偿命，王氏应允。包拯得知王氏让三儿子偿命的真相后设下"调包计"用死囚赵顽驴替王家三兄弟偿命。其中"打死人"以及包拯断案的过程涉及元代刑事法律问题，王氏对于其三个儿子谁偿命的问题涉及元代民事法律问题中的继承权问题。李行道的《灰阑记》中，科举人家出生的海棠因家道中落被其母要求"卖俏求食"，嫁给马员外做妾，涉及元代民事法律问题中的婚姻家庭制度问题，海棠被马妻诬陷杀夫以强夺其子，海棠屈打成招，问成死罪，包拯巧设"灰阑认子"之计，判明案件真伪，替海棠申冤，证明其清白，则涉及元代刑事法律中的刑事制度问题和审判制度问题。关汉卿《窦娥冤》中蔡婆的"羊羔儿利"和窦娥的"童养媳"身份，涉及元代民事法律中的财产法律制度问题。赛卢医提供毒药给张驴儿谋害蔡婆，张驴儿之父却误服毒药身亡，张驴儿趁机诬赖窦娥，逼问窦娥选择"公了"还是"私了"的情节则涉及元代刑事法律和法律观念问题。出任廉访使的窦天章听到窦娥冤魂的状告后决定为女儿重审此案，最终善恶有报的结局则涉及元代审判制度以及监察制度问题。

涉及重大社会问题之"法"的涉法成分集中在元代的行政制度、司法制度、刑事法律制度等法律问题。如《陈州粜米》中，涉法情节体现在：第一，朝廷委派刘衙内的儿子刘得中、女婿杨金吾去陈州赈济，刘、杨二人听从刘衙内吩咐，以次充好、克扣灾粮、中饱私囊，并用御赐的紫金锤打死替灾民申张理论的张撇古；第二，张撇古的儿子小张撇古上京投状鸣冤；第三，开封府包拯明察暗访查清案情后，设计先将杨金吾捉拿斩首，再让小张撇古亲手用紫金锤打死刘得中为父报仇，刘衙内即便手持皇帝御

赐 "赦活不赦死" 的赦书，也无法救回儿子与女婿，最后小张撇古被无罪释放。以上三点分别涉及了元代的行政制度、司法制度、刑事法律制度等法律问题。

纪君祥所著的《赵氏孤儿》讲述了春秋时期，围绕 "救孤灭孤" 展开的一场忠与奸、善与恶之间的终极对决，谱写了一个荡气回肠的复仇故事。在该剧中，涉法成分主要是：从儒家伦理出发歌颂 "程婴舍子换孤" 的忠义精神，达到了情与理的完美融合。作者借古讽今，在描述故事的同时表达了对元代丑陋现实的强烈不满以及对美好社会的向往，其中体现了元代的法律精神的问题。

二、元杂剧公案剧之 "法" 对 "文" 的作用

（一）涉法现象推动情节发展

在一个文本中，往往需要各类复杂的因素交织在一起，共同起到推动情节发展的作用。元杂剧公案剧大多是设置了一个框架，将文本背景设置在能够反映社会普遍问题的案件中，或是放置在能够体现社会重大问题的案件中，大多运用奇思妙计，少数借助鬼神之力解决文本中出现的法律问题，这些法律问题和法律现象在文本中对推动情节发展起到了最大的作用。

例如，《窦娥冤》的核心法律情节是 "借贷"，它不仅是故事的源头，而且是推动情节发展的有力工具。放高利贷的蔡婆向穷秀才窦天章索债，窦天章为了能够在还清债务的同时凑够上京应试的路费，将女儿窦娥抵债给蔡婆当童养媳；蔡婆为了向赛卢医讨债险遭迫害，又遭张驴儿父子乘人之危，胁迫婆媳二人各为父子二人的妻子。窦娥不从，勾起了张驴儿的妒忌之情，被其诬陷杀人后又遇到污吏擅判，最终造成了窦娥蒙冤屈死的悲剧。以上两个涉法情节均推动了文本走向高潮。又如《救风尘》，它的核心法律情节是 "婚姻"。作为最基本的、结构层次最分明的社会家庭关系的构成，婚姻是维系封建社会稳定的重要因素，也是为了巩固封建宗法制度而存在的，周舍与宋引章之间的婚姻关系是否成立推动着全剧情节的发展。

（二）涉法现象反映及艺术再现现实生活

元杂剧作家通过某些法律现象和法律情节，反映元代的现实社会。《窦娥冤》中涉及元代民事法律问题中的婚姻家庭问题——童养媳及财产继承权问题。由窦娥的经历可知，童养媳婚姻可能是元代较为普遍、较为流行的婚姻形式之一。童养媳是指由婆家领养女婴、幼女、少女，待到成年、法定年龄或习惯婚龄便正式结婚的女性。元朝婚龄与唐宋基本相同，大体上是"男子十五，女子十三"[2]，窦娥与蔡婆之子的婚姻大体上还是遵循了元代童养媳的婚姻习惯。蔡婆因继承了亡夫的财产而以放贷为生。蔡婆亡子亡夫，窦娥也亡夫，因此，窦娥对蔡婆说："想当初你夫主遗留，替你图谋，置下田畴，早晚羹粥，寒暑衣裘。满望你鳏寡孤独，无挨无靠，母子每到白头。"[1]16从这里能看出元朝寡妇的继承情况：元代的户绝之家的女儿和寡妇享有继承权或有条件的继承权。但是寡妇一旦再婚，就会丧失其继承得来的财产，夫家财产更是不得带走。根据窦娥所述进行推测，如果蔡婆听从张驴儿父子要挟再嫁，就会丧失继承的权利。又如《蝴蝶梦》中葛彪的自白："我是个权豪势要之家，打死人不偿命。"[1]154反映了元代司法状况在某种程度上说是相对混乱的。元代虽延续了"杀人者死"的古代科条，但在执行时又对特权阶层公开回护，《元史》卷一〇五《刑法志·杀伤》："诸蒙古人因争及乘醉殴死人者，断罚出征，并全征烧埋银。"杀人重罪只需花费"烧埋银"给苦主家属就可以逃避杀人罪名的追究，这也就是所谓的"赎刑"。所以，蒙古人杀人真如葛彪所说："只当房檐上揭片瓦相似。"杀人重罪适用于赎刑制度，这意味着在元代有钱人可以随意杀人、伤人，但是无辜受害者的权利得不到应有的保障。这也是元杂剧文本对元代社会的真实反映。

元杂剧公案剧所体现的涉案情节未必都能与元代社会法律制度一一吻合，更多的是经过杂剧作家艺术再创造后呈现给读者的。在元杂剧公案剧中，有许多凌驾于法律之上的特权阶级，作家将他们统称为"权豪势要"，还有一些庸碌无为、贪婪恶毒的人则被统称为"贪官污吏"。他们作为反派角色，被元杂剧作家们进行了艺术加工，提炼出最具代表性意义的特质：鲜廉寡耻、气焰嚣张、强取豪夺、庸碌无为、贪婪恶毒。如《窦娥冤》中的楚州太守梼杌、《救风尘》中的周舍、《蝴蝶梦》中的葛彪、《灰阑记》中的郑州太守苏顺、《望江亭》中的杨衙内、《陈州粜米》中的刘得中和杨金吾，正是他们的种种张狂丑态，引发了一系列的涉法问题和现象，用这些法律问题、法律现象所塑造出来的元杂剧社会就是对现实生活的艺术再现。

再如元杂剧公案剧所反映的婚姻制度。在元代，"良贱通婚"属于违律成婚，是无效的，也就是说元代禁止良人与娼妓之家通婚。[3]239在《救风尘》中，周舍和宋引章之间的婚姻实际上是无效的，因为周舍是周同知之子，是良人，而宋引章是妓女，良贱之间是无法通婚的。但是在《救风尘》中，周舍诗云："才出娼家门，便作良家妇。"这与元代实际的婚姻制度是相悖的，不过，假设二人的婚姻是有效的话，宋引章嫁给周舍也只能做妾，而不能是正妻。所以，这可以视为元杂剧作家的艺术创作，是他们对现实生活的艺术再现。

三、元杂剧公案剧中法理情的关系

（一）法理情的冲突与融合

元代是游牧民族与农耕民族大融合的时代，元杂剧的繁荣兴盛离不开民族的融合，因民族融合而产生思想上的交流、碰撞、冲突甚至是变异，从而形成新的文化思想、新的法制体系，这些都能在元杂剧公案剧中探寻到踪迹。元代社会实际存在两个重要的文化系统：一个是传统儒家的文化系统，另一个是新的统治阶级的文化系统。两个系统在这个时期相互冲突并有所融合，在一个异质文化占据主导，对传统思想文化产生了巨大冲击和破坏的氛围下，在冲突与融合中衍化出思想观念的解放，形成了独特的时代风尚。盛行于元朝的传统戏曲，其形式在经历了漫长的酝酿期后，与各种风格迥异的元素融合在一起，逐渐形成了一朵璀璨的艺术奇葩——元杂剧。在元代社会背景下创作的元杂剧公案剧自然而然地会体现出冲突与融合之态。如《蝴蝶梦》中，包拯是站在儒家的角度还是站在现行成文法律的角度来考量判案，他的选择体现了道德与法律即"礼"与"法"之间的冲突。《蝴蝶梦》和《灰阑记》中提及的"五刑"和"十恶"体现了

"礼"与"法"之间的融合。

（二）居于主导地位的儒家思想

在公案剧中，儒家思想始终处于主导地位，具有政治教化作用。《窦娥冤》中的窦娥是一个"守志烈女"形象，她遵循"从一而终"的礼教，在污吏严刑下宁可牺牲自己也要保全蔡婆，用生命来成全"孝道"；尽管父亲的抛弃是她苦难的开始，但她对父亲也无怨无尤；平冤后，叮嘱父亲勿忘为蔡婆养老送终。窦娥的所作所为充满教化意味，不仅劝婆婆从善，还劝父亲从忠。《窦娥冤》寄托了一种"礼教复兴"的理想，试图用伦理道德与法律共同构建社会规范，以求达到一种完美状态下的政治理想，使礼教观念下的自律与法律约束下的他律相互补充。《蝴蝶梦》塑造了一个道德价值高于法律价值，懂得取舍衡量法、理、情关系的人性化官吏形象。面对复仇合理的伦理正义与依律判刑的法律正义之两难境地，包拯感叹道："杀死平人怎干休，莫言罪律难轻纵。"[1]169 如果出于儒家的角度考量判案，那么王氏三兄弟为父复仇的孝悌之举不应当受到法律的惩罚；如果严格按元代的法律判决，那么王氏三兄弟必有一人要偿命。最终，包拯采用了"调包计"，用死囚赵顽驴的性命换取王三的性命，使得伦理正义超越法律正义。由此可见，元代社会儒家思想始终处于主导地位，"礼"优先于"法"的原则，也就是所谓的道德价值高于法律价值，甚至凌驾于法律之上，能够代替法律作出判决。

（三）儒学的"法典化"和法律的"儒学化"

从元杂剧公案剧中可以看出儒学的"法典化"和法律的"儒学化"。用儒学精神改造现行法律就是儒学的法典化和法律的儒学化，这个过程经历了三个阶段。第一个阶段是"引经决狱"，指的是遇到与伦理道德相关而法律没有明确规定或者有明确规定却碍于伦理道德无法判决的疑难案件，需要引用儒家经典记载的古老判例或司法原则对案件作出判决；第二个阶段是"据经注律"，即用儒家经义来解释现行法律条文；第三个阶段是"纳礼入律"，将儒家经义直接上升为法律条文或法律制度。[4]206-207 在《蝴蝶梦》中，王母唱词："谁曾遭这般刑宪，又不曾犯'五刑之属三千’。”[1]178其中，“五刑”是指出自《孝经》的“墨、劓、刖、宫、大辟”五种刑罚及三千条法律条文。在《灰阑记》中，海棠“因奸药死丈夫，强夺正妻所生之子，混赖家私，此系十恶大罪”[1]245。其中，“十恶大罪”即所谓的“十恶不赦”，是指：一反逆，二谋大逆，三叛，四降，五恶逆，六不道，七不敬，八不孝，九不义，十内乱，这十条是最为严重的罪行。“五刑”和“十恶”这两个体现儒家伦常精神的儒学思想被纳入了律中，实现了纳礼入律，刑礼合一。[4]207这正体现了儒学的“法典化”和法律的“儒学化”的第三个阶段，将儒家精神内涵注入律法之中，“纳礼入律”使得儒家经义在真正意义上成为法律条文或法律制度。

（四）理想化社会的构建

元代统治者贪腐成风、社会法制沦丧的现象十分严重，元成宗大德七年（1303）“遣奉使宣抚循行各道”，处理赃污官吏18 473人、冤狱5 000余件。[5]正是由于元代现实社会贪污腐败之风盛行，剧作家们将理想社会寄托在元杂剧公案剧中，力图构建出渗透着理想主义色彩的社会。《窦娥冤》中希望“从今后把金牌势剑从头摆，将滥官污吏都杀坏，与天子分忧，万民除害”[1]50；《救风尘》中希望“声名德化九重闻，良夜家家不闭门。雨后有人耕绿野，明月无犬吠花村”[1]95；《蝴蝶梦》中希望“不甫能黑漫漫填满这沉冤海，昏腾腾打出了迷雾寨，愿待制位列三公”[1]162；《陈州粜米》中希望“方才见无私王法，流传与万古千秋”[1]379。这些无不体现了主张清政、爱国的思想，也反映出倡导见义勇为、除暴安良的社会风气，更反映出元杂剧作家们抨击人治社会、揭露司法黑暗，希望解救人民出苦难深渊的深刻内涵。这些未尝不是迎合了当时社会人民群众的理想诉求，即希望摆脱元代黑暗腐朽混乱的社会的美好愿景。伦理道德与刑罚奖惩并施，法与理与情共存，在礼教观念下的自律与法律约束下的他律进行相互补充，这正是元杂剧公案剧所力图构建的理想化社会。

元杂剧公案剧中经常出现伦理道德凌驾于法律之上的情况，但这并不代表伦理道德挑战了法律的底线，而是“法制”和“道德”激烈碰撞交锋时呈现出的“法、理、情”的交融之态，体现了在法制未能完善的情况下，古代中国需要依靠道德支撑来实现对国家、对社会的约束。在“法、理、情"三者中,"情"与"理"是为了平衡"法",而从作为司法原则的法律运作中被剥离出来。在元杂剧公案剧所构筑的社会中,礼教是价值判断的标准,而法律只是作为辅助性的评判工具依附于礼教价值而存在的。元杂剧公案剧体现了创作者们的法律观念,表达了人民对官府进行全面制衡和监察的政治诉求,批判了封建司法的不健全之处:污吏徇私枉法中饱私囊、监察制度不完善、诉讼程序不正当等,希望能够借助文本实现以儒家思想重新构筑司法制度的目的,表达对实现理想的法律制度、达到"法意"与"人情"完美平衡状态的美好追求的思想寄托。这也是元杂剧公案剧的魅力所在。

参考文献

[1] 关汉卿等. 元杂剧公案卷 [M]. 徐燕平,注. 北京:华夏出版社,2000.

[2] 李奎原. 中国童养媳研究——以近代江西为中心的透视 [D]. 天津:天津大学,2017.

[3] 胡兴东. 元代民事法律制度研究 [M]. 北京:中国社会科学出版社,2007.

[4] 武树臣. 中国法律思想史 [M]. 北京:法律出版社,2004.

[5] 韩春萌. 关汉卿公案剧的法制文化价值 [J]. 名作欣赏,2013 (26):43-44,64.

《列朝诗集·香奁》 的选诗与钱谦益的女性观
——兼谈明末清初女诗人的性别自觉

姚文敏① 刘 刚②

　　《列朝诗集》③ 是明代一部规模宏巨的诗歌总集，《列朝诗集小传》④
是钱谦益为《列朝诗集》中前者所选的诗人写的传记。钱谦益族孙钱陆灿
为了满足当时诸多读者的阅读需求，于康熙三十七年（1698）依据《诗
集》的体例而专门将其独立出来，辑成一书。因而可谓《小传》是《诗
集》的附属品，但其价值却是不容忽视的。虽然钱谦益的降清行为导致其
著作备受争议，但是不可否认的是《小传》为后世勾勒了一条清晰的明代
诗歌发展轨迹，是现今研究明代诗歌发展以及每个诗人的生平、思想和诗
歌创作风貌的珍贵资料。钱谦益曾在《诗集》序中说道："然则何以言
'集'，而不言'选'？曰：备典故，采风谣，汰冗长，访幽仄；铺陈皇明，
发挥才调，余窃有志焉。"[1]820其言明编撰此集的主要目的是以诗存史，他
的志趣只在于"庀史"工作。钱谦益在《小传·甲集》的《补遗：书徐
布政贲诗后》中说道："余撰此集，仿元好问《中州》故事，用为正史发
端，搜撮订考，颇有次第。"[1]158钱谦益具有用诗歌来记录历史的强烈意
识，因而在一定程度上，《小传》可作为研究明代至清初诗人的史料。
　　针对《诗集》进行研究的不乏其人，但大多数文章主要是针对前五集
等进行研究，研究闰集的较少。故此，本文以《小传》为中心，剖析编选

---

① 姚文敏，广东海洋大学文学与新闻传播学院汉语国际教育专业 2015 级本科生。
② 刘刚，广东海洋大学文学与新闻传播学院副教授。
③ 以下简称《诗集》。
④ 以下简称《小传》。

者编撰《诗集》的动机，并以此为基准深入探讨《香奁》部分的问题——包括此部分的编选者身份、编选者的选诗标准及其背后的女性观、女性诗人对创作活动的自我认知等。

一、《列朝诗集》的编撰动机

《诗集》原先是由程嘉燧提出编撰的，可编撰工作刚启动不久，钱谦益忙于宦事，无暇分身，"未几罢去"[1]819。二十多年后清兵南下，明朝覆灭。钱谦益降清不久便引疾南归，欲重新编撰此书。钱谦益在《诗集》序言中明其书"托始于丙戌，彻简于己丑"[1]819，即在顺治三年（1646）重新着手此书的编选工作，于顺治六年（1649）完成。

《诗集》规模宏大，辑录了上至元末壬辰农民起义下迄崇祯朝294年间1 791位诗人的诗作。全书以集分部，共十集。与元好问《中州集》止于癸的体例有所不同，《诗集》止于丁。钱谦益在序中解释说：

> 癸，归也，于卦为归藏。时为冬令。月在癸日极丁。丁，壮成实也。岁日强圉。万物盛于丙，成于丁，茂于戊。于时为朱明，四十强盛之年也。金镜未坠，珠囊重理，鸿朗庄严，富有日新，天地之心，声文之运也。[1]820

这表明钱谦益并不认为明朝已经灭亡，而李慈铭①、陈寅恪②也都认为此种体例安排寄托了钱谦益希冀明室中兴的愿望。

---

① 清人李慈铭《越缦堂读书记》卷八曰："阅《列朝诗集小传》，……其书一如原次，分乾集、甲前集、甲集、乙集、丙集、丁集上中下、闰集。蒙叟此集之选，成于顺治四年，自秘书院学士罢归之后，既自惭堕节，又愤不得修史，故借此以自托。其编次皆有寓意，而列明诸帝王后妃于乾集，列元季遗老于甲前集，自嘉靖至明末皆列丁集，分上、中、下，以见明运中否，方有兴者。其文亦纯为本朝臣子之辞，一似身未降志者，其不逊如此。"见李慈铭. 越缦堂读书记[M]. 北京：中华书局，1963：608.

② 陈寅恪于《柳如是别传》中也发表了他对于《诗集》体例安排的看法："虽仿《中州集》，然不依《中州集》迄于癸之例，而止于丁，实寓期望明室中兴之意。"见陈寅恪. 柳如是别传[M]. 北京：生活·读书·新知三联书店，2009：1007.

二、《香奁》的编选者问题

（一）编选者非柳如是

此书的编选者一直仅写为钱谦益，但由于柳如是自身的一些说法以及一些人只言片语的记录，导致不少人对《香奁》部分的编选者产生不同看法。如孙康宜就在《明清女诗人选集及其采辑策略》中提出：

> 但很少人知道该选集中的闰集第四卷有关女性诗人的部分很可能是由著名的歌伎柳如是（1618—1664）所编辑。胡文楷据《宫闱氏籍艺文考略》做研究后，发现柳如是不仅采辑诗歌，更负责提供一些对女诗人的评论文字。虽然我无法证实胡文楷的说法，但根据我个人对柳如是在诗歌方面的品位的了解，胡文楷的理论极为合理（不过我依然相信有关诗人的评论是柳如是和钱谦益合力而为的）。因此，在本文中，将假设柳如是是《历朝诗集》中女诗人部分的编者。[2]32

胡文楷在《历代妇女著作考》中仅提到"宗伯撰集列朝诗，君为勘定闺秀一册"[3]333。"勘定"是"考查核定""校对"之意，仅凭此语便断定柳如是参与此书编选，是否言过其实？而在《情与忠：陈子龙、柳如是诗词因缘》一书中，孙康宜则更是断言：

> 几年过后，就在 1652 年左右，柳如是又编成了一部女诗人的诗选。最后，这部诗选合刊在钱谦益所编的《列朝诗集》里。[4]18

此等凿凿论断，笔者不敢苟同。在《小传》"许妹氏"条中，行文叙述里明加标注"柳如是曰：承夫子之命，雠校香奁诸什，偶有管窥，辄加絮记"[1]814，这说明钱谦益并没有将柳如是的考证功劳据为己有。钱谦益明确指出此点，也是为了将柳如是的观点与自身的看法区别开来。

此外，孙康宜认为：

在评价两位苏州才女时，柳如是认为陆卿子高徐媛一等，她还认为陆卿子甚至比大部分男性文人高一等。至于徐媛，虽然柳如是并未苟同桐城方夫人的评语，认为徐媛"好名无学"，但柳如是相信这种严厉的批评或许有某种正当的理由。这可能是柳如是选集中只选徐媛两首作品的原因。[2]34

此说法中，孙康宜更是直接将柳如是当作此书作者，完全忽视了钱谦益。其所谓"桐城方夫人的评语"是"夫人之訾謷吾吴，亦太甚矣！虽然，亦吴人有以招之。余向者固心知之，而未敢言也"[1]752。此话更应是对自己所属的吴中诗学传统具备深刻的自觉意识的钱谦益所言，钱谦益对吴中诗学传统的认同感和归属感，曾有明确表态，如其曾在《诗集》中说道："吴中诗文一派，前辈师承，确有指授。"[5]3414

（二）编选者为钱谦益

钱谦益在撰写每位诗人的传记时，常用"余""吾"等字眼。就《香奁》部分而言，可见以下几条：

> 子妇文氏，名淑，点染写生，自出新意，画家以为本朝独绝，语在余所撰墓志铭中。[1]751（"赵宧光妻陆氏"条）
>
> 余往撰泖子灵异记，颇受儒者谣诼，今读仲韶《窈闻》之书，故知灵真位业，亿劫长新，仙佛津梁，弹指不隔。[1]756（"叶小鸾"条）
>
> 天启初，余与袁小修北上见之，各有和诗。[1]761（"会稽女郎"条）
>
> 天启初，余承乏外制。太青督晋学，考最，属余撰文。[1]758（"文太青妻武氏"条）

此中所言及的"墓志铭"是钱谦益为赵宧光与陆卿子之子赵均而写

的，题名为"赵灵均墓志铭"①，"渤子灵异记"为钱谦益所写的《渤法师灵异记》②，而其余更是与天启初年钱谦益的仕宦行踪相吻合。行文中"余""吾"的使用，恰可证明《香奁》的编选者为钱谦益。

（三）孙康宜对于"凡夫"二字的误读

孙康宜所认为的"她还认为陆卿子甚至比大部分男性文人高一等"[4]172，应是根据"卿子学殖优于凡夫远甚"[1]751一语，然而其中之"凡夫"乃是指陆卿子之夫赵宧光，赵宧光其字为"凡夫"。钱谦益所认为的，是陆卿子的学问比赵宧光高深，绝非是陆卿子的才华高于一般男性文人之意。而在此语之前，钱谦益也写道："凡夫寡学而好著述，师心杜撰，不经师匠。"[1]751其"凡夫"确指赵宧光无疑。

综上所述，笔者认为孙康宜仅凭柳如是曾编撰过《古今名媛诗词选》（但其已散佚，无从考证），且又参与此书校对工作，便认为柳如是为《香奁》的编选者，过于武断。根据全文一以贯之的文风，加之其间的作者评价都可以说明，其文都是钱谦益一人独为之。柳如是或曾参与考核校对，或提供看法、建议，但钱谦益也会明文指示，而不会让柳如是代笔写作。

三、《香奁》的选诗与钱谦益的女性价值取向

（一）选诗的总体概况

钱谦益在选录女诗人时，并不是以诗学才能为唯一标准。他曾说过，"间有借诗以存人者，姑不深论其工拙"③；而从选录情况也可看出其价值标准的多样化。其中，最为主要的是女诗人的身份地位、妇道妇德、诗学才能与学习态度。除此之外，则选录一些人生历程具有某种传奇色彩的女诗人，以表达钱谦益的价值观。

---

① 详见钱谦益. 牧斋初学集（全三册）[M]. 上海：上海古籍出版社，1985：1382－1384.
② 钱谦益. 牧斋初学集（全三册）[M]. 上海：上海古籍出版社，1985：1123.
③ 详见《小传》出版说明。

《香奁》分为上中下三品，共 123 人，实为 121 人 ①。

上品 36 人 ②。其中，近亲有为官者，或与皇族有关系的女诗人共有 32 位 ③，在此列中有 9 位为节妇。其余女诗人为 2 位宫人，2 位民妇，1 位身份不详者；而后 3 位中，有 2 位亦为节妇。

中品 55 人。其中，家庭成员是为官者的有 36 人，此中有 3 位为节妇。其余女诗人为民妇 7 人，民女 2 人，妓女 4 人，其他（因信息不详无法归类）6 人。

下品 30 人。其中，民女 2 人，妓女 23 人，娼家女 1 人，民妇 1 人，其他 3 人。

在上品中，身份显赫的女诗人比例约占 88.9%；而在中品中此比例则有所下降，约占 65.5%；而下品中则全都是社会底层人士，其中妓女比例约占 76.7%。而节妇在上品中所占比例约占 30.6%，而在中品中则仅约占 5.5%。由以上分析可看出，女诗人的社会地位及妇德是钱谦益对她们进行划分的重要评判依据。除此之外，通过钱谦益选录女诗人的诗歌代表数量，亦可知诗才并不是其衡量女诗人地位的唯一且最重要的标准。上品中，入选诗歌数量最多者为女学士沈氏，数量为 12 首，而在中、下品中，入选数目达到此量的不乏其人。在中品中数量最多的为草衣道人王微，竟至 61 首；而在下品中数量最多的是景翩翩，多达 52 首。

（二）钱谦益的女性价值观

1. 妇德妇道

钱谦益在上品中对妇德的弘扬最为显著，如在"王庄妃"条："性恭俭，戒子姓毋效戚畹娇侈，谥曰庄妃。"[1]725"夏氏云英"条："国有大事，多与裁决。明白道理，有贤明妇人之风……云英端正温良，居宠能畏，雅

---

① 于"铁氏二女"词条中，钱谦益考证得出此二女成名之诗皆非二人所写，实为好事者假托为之，并言"今尽削之"；此外，《诗集》所录的两首诗也是此谣传之诗，故此笔者不将此词条归入统计。详见《小传》第 740 页。

② 此列中有一位"钱氏女"，钱谦益并没有写明其情况，言"见高播《明诗萃选》"，而笔者未能找到此书，故无法对其进行分析。

③ 根据《小传·丁集上》"陈副使束"条将"陈恭人董氏"划入此列。

好文章，不乐华靡。尝取女诫端操清静之义，名其阁曰端清。"[1]726 "濮孺人邹氏"条："孺人与孙文恪夫人，四德浑圆，五福咸备，近代所希有。"[1]728 "王太淑人金氏"条："闺范母仪，东浙称焉。"[1]729 而更能说明钱谦益对女德的期待的，是十一位被其以"节妇"冠名的女诗人；其中的薄少君与女郎周玉箫，更是因为思念夫君，感伤过度以致病殁。

而在中品中，"节妇"仅三人，分别为女郎潘氏、王素娥与西陵董氏少玉，钱谦益对此三位的赞美之词较之对上品的似也吝啬不少。除却对妇德的褒扬，在中品的行文中开始用较多的笔墨去表现浪漫的爱情故事，着重突出女诗人对爱情的从一而终。通过阅读此部分女诗人的传记，并结合钱谦益与柳如是的爱情故事，可看出钱谦益对忠贞爱情的追求，倾向于知己式爱情。其在撰写勇于追求爱情者——呼文如的传记时毫不吝啬笔墨，行文篇幅甚长，而其也言明"文如所取于谦之者，以意气相悦耳，非以其诗也。余故择而采之"[1]746。

而最能表现此点的是"嘉定妇"的入选，其因"妾有一夫君二妇，一年夫婿半年亲"[1]744 两句诗得以位列中品，可见钱谦益希望女子能从一而终，即使有怨，也不能怨。如在对邓氏的评语中，钱谦益的描述是"夫不类，女郁郁不自得，发为诗词，语多凄怨。居二年，竟以怨死"[1]749。而对丈夫十年不归，独自支撑家庭十年之久的林姪的描述则是"值万历间，岁凶，美君以女红为活，教其二子君迁、古度，备尝荼苦，无怨尤焉"[1]733。

而对不能遵守妇德的女性，钱谦益则颇有微词。在《香奁》中，钱谦益明文訾议的有两类人，一类为沽名钓誉、好名无学的人（陆卿子与徐媛）；另一类为生性放荡、不守妇德的女性（谢五娘、琅嬛女子梁氏、季贞一、女郎羽素兰、杨宛以及张璧娘）。而前者尚置于中品中，后者则处于下品的最后。

2. 诗学才能

钱谦益十分赞赏才女，尤其是勤学苦练之人，如引用丘坦传之语表达其对刘文贞毛氏的敬重之情，"夫人少读书，通目辄诵，老而为诗亦工。今年七十有九，目不见字，犹日夜使甥辈读书，自卧听之，其好学如此"[1]731。

相反，钱谦益对好名无学的人则加以指摘。陆卿子与徐媛在当时被称为"吴门二大家"，但钱谦益并没有因此对她们有所优待，而是将二者置于中品之列。钱谦益直指陆卿子没能潜心修学、陶冶性情，却谄词令色的毛病，"卿子学殖优于凡夫甚远，少刻《紫卧阁集》，沿袭擘绩，未能陶冶性情。晚年名重，应酬牵率，凡与闺秀赠答，不问妍丑，必以胡天胡帝为词，不免刻画无盐之诮，世所传《考槃》《玄英》二集是也"[1]751。而对好名无学的徐媛，钱谦益则只选了其两首诗作为代表，也引用桐城方夫人对徐媛的挞伐——"偶尔识字，堆积龌龊，信手成篇，天下原无才人，遂从而称之。始知吴人好名无学，不独男子然也"[1]752。

3. 家国情怀

对具有巾帼气节的扫眉才子，钱谦益是十分赞赏的。其虽对郭氏真顺的传记着墨不多，但其巾帼女英雄的形象栩栩如生，且因郭氏题诗保寨的英勇之举便将其位列上品。此外，张秉文妻方氏、孙瑶华、草衣道人王微，这些女性都能在国家危亡之际与其夫共存亡。或英勇殉国，或毁家纾难，或患难与共……这些女诗人的种种表现让钱谦益不禁在行文中流露出钦佩与艳羡之情。

（三）钱谦益对女性命运的关注

钱谦益对于遭际不幸的女诗人也多加记录，在行文中传达出对女性的同情、理解与尊重，表现出对女性命运的关注。钱谦益虽未对宫人媚兰[1]725仅有的两句诗"寒气逼人眠不得，钟声催月下斜廊"多加评价，但读者一览便可知其平生遭际，亦可见钱谦益的同情之心。而在"濮孺人邹氏"[1]728条中也收录了邹氏外孙女的诗句："染泪裁诗寄老亲，洞房辜负十年春。西江不是无门第，错认荆溪薄幸人。"钱谦益的评价是"词虽不文，亦可伤也"。在对金华宋氏、武定桥烈妇、刘文贞毛氏、莆阳徐氏、朱氏静庵、邓氏、叶氏纨纨、张倩倩、会稽女郎以及赛涛的传记描述中皆是如此，皆可窥见钱谦益对女性命运的关注。

四、《香奁》中的女性对自身写作活动的态度

（一）对写作活动持否定态度的女性

此群体多为大家闺秀，在上品中的比例较高，有杨安人黄氏、陈宜人马氏、于太夫人刘氏以及林娃；在中品中仅有一人，即西陵董氏少玉；而下品则无。

杨安人黄氏"闺门肃穆，用修亦严惮之。诗不多作，亦不存稿，虽子弟不得见也"[1]730。即使其夫欣赏其才亦无法得见其诗，不禁发出慨叹"易求海上琼枝树，难得闺中锦字书"。而钱谦益也表示"读者伤之"，慕其才而不得见。

陈宜人马氏则"善山水白描，画毕多手裂之，不以示人"[1]731。无独有偶，林娃"诗作后即焚"[1]733。于太夫人刘氏也曾表示写作"非妇人事也"[1]732，西陵董氏少玉则曾对其夫君说，"妾幸而为君妇，得稍知诗，亦不幸为君妇"[1]745，二者皆道出了这些女性的心声——作诗是辱没家门名声的一种行为。

然而，这些女性明知当时舞文弄墨不可为，却仍屡屡写作，破坏自己所恪守的妇德，为何？笔者认为其乃是为了抒发自身情志，更甚者是内心的痛苦喷涌而出，不得不为。这是诗人心灵的渴求与呐喊，她们无法遏制。因而，她们在心灵的诉求与社会道德的要求之间徘徊往复，进行一次又一次的自我否定与自我压抑，自行消解其中的困顿与焦虑，从他者的奴化走向了自我奴化。

（二）致力于写作活动的女性

在《香奁》里，对女诗人的身份持肯定态度的女性比持自我否定态度的女诗人显然要多得多。孙康宜就曾对此现象表示惊叹："我发现世界上没有一个国家比明清时代产生过更多的女诗人，仅仅三百年间，就有两千多位出版过专集的女诗人。"[6]84她们甚至认为进行创作是一种历史使命。

孙康宜也曾对此现象出现的部分原因做过分析："当时的文人不但没

对这些才女产生敌意，在很多情况下，他们还是女性出版的赞助者……"[6]84从《香奁》的大多数女性的传记中，我们都可印证这一点。当时的社会出现一种态势，许多男性文人大力支持女性进行写作，甚至出现一些文人将收集和整理女诗人的作品作为自己毕生的事业。《小传》中的女诗人得以出版著作就是由于其家庭成员或友人的支持，其中男性文人的支持就占了相当大的比重。这些男性或是其夫，如西陵董氏少玉其夫"元孚属冯开之为立传，而辑其遗稿，求序于王元美"[1]744；或为娘家亲戚，如"葛高行文"条记："光禄天瑞之姊也……天瑞撰续周雅别裁诗三十余首……"[1]734甚至地方人士也会为这些女诗人刊发其稿，如台州人女郎潘氏，其诗"温柔敦厚，守礼不放"，因而"台人刻其存稿"[1]742。此外，当时的男性文人广泛地搜寻与记录女诗人的事迹，如史震林就对农民女词人贺双卿进行追踪记录。《香奁》的部分内容也反映了当时的男性文人具有搜集才女事迹与作品的意识。如宫人媚兰的两句诗就是"南宁伯毛舜臣留守南郡"[1]725时"洒扫旧宫"见到并记录下来的。虎关马氏女的作品则为"莆田宋珏比玉客越，得之于荒村老屋中"[1]747，其见"芳草无言路不明，为之惊叹，录而传之，题曰《香魂集》"。而会稽女郎的事迹与作品乃是钱谦益在天启初年与袁中道在北上途中见到并记录下来的。

娼妓一类女性的诗作得以广为流传是必然的，诗才正是这些女性能够脱颖而出，为男性文人所津津乐道的重要原因。而闺秀群体历来秉承"内言不出"的女训，能够在此时期突破传统妇德对她们的约束，进行诗歌写作，甚至将作品发行于世，此种现象不得不引人注目。

女诗人的作品层出不穷的另一个原因，乃是受社会的开放风气与周围环境的影响，这些女性的自我独立意识开始觉醒，亦渴望留得芳名在人世，而不是以某人之妇与某人之母的角色存世。如葛高行文就"有君子亭诗赋三百余首，手抄书六十余卷……作九骚以见志"[1]734。而女郎周玉箫临终"感慕病殁，有诗一百三十篇，授其女蕙，女蕙刻而传之"[1]737。与此相类似的，还有项氏兰贞和草衣道人王微。

除自我的坚持，同性亲友之间的互相鼓励也是女诗人们坚持写作的力量来源。这时期女性文人间的酬答唱和屡见不鲜，也出现了女性文人的诗社，而尤为著名的当属吴江沈氏世家。《小传》所记录的与此家族有关的女诗人就达 11 人之多。方氏家族也是一个显著的代表，如张秉文妻方氏、姚贞妇方氏、方孔炤妻吴氏之间的诗歌赠答在当时被传为美谈，"张秉文妻方氏"条记，"承平多燕，女子从夫宦游者，岁时伏腊，以粔籹花胜相诒，而三家妇独以篇咏相往复"[1]735。莆阳徐氏不得良配，郁郁寡欢，"其娣林氏，诒书劝勉，徐与之往复，缠绵悱恻，为人所传"[1]736。王氏凤娴"母子自相唱和，有《焚余草》《双燕遗音》行于世"[1]733。

本文主要研究《香奁》部分的女诗人，经研究得出明朝女诗人的自觉意识已然蓬勃发展，历来禁锢女性思想的妇道妇德已从社会底层开始瓦解，女性开始解放自我、成就自我、记录自我、欣赏自我。而上层社会的绝大部分女诗人依旧在妇德的规诫下进行自我奴化，但从其无法违抗内心而进行的写诗活动可看出，上层社会的女性对自我的妇德要求已然开始松动。

明末女诗人之所以能够大量涌现得益于其近亲好友的支持，尤其是同性诗人间的互相鼓励。除此之外，最为重要的是当时男性文人欣赏鼓励女诗人进行创作，甚至进行记录研究。以上种种行为都促使女诗人开始重新审视自己，性别的自觉日渐清晰。

尤其，记录这些美丽女性的钱谦益的身边又刚好有一位芳华绝代的人物——柳如是。他们之间的知己式爱情太过传奇，不少人就开始通过只言片语的记录去完成自己的想象——柳如是为《香奁》的编选者。但笔者认为，就目前的史料而言，我们无法具体得知柳如是参与该书的工作到何种程度。但无论如何，将其定为编选者抑或完全排除钱谦益的观点，都太过武断。基于此点，笔者经分析得出钱谦益在编排《香奁》部分时，是依照社会地位、妇道妇德、诗学才能以及学习态度等价值标准来衡量女诗人的优劣。钱谦益在记录的同时，也反映出自身对于女性的要求——女性为人妇后，须对自己的生活甘心如荠，做到怨而不怒；但也不时表现出对于不幸女性的同情。笔者认为，在此的记录也反映出钱谦益对于男性文人的一般要求，即须持有家国情怀、潜心修学。

参考文献

［1］钱谦益．列朝诗集小传：全二册［M］．上海：上海古籍出版社，2008．

［2］孙康宜．明清女诗人选集及其采辑策略［J］．马耀民，译．中外文学，1994，23（2）：27－61．

［3］胡文楷．历代妇女著作考［M］．上海：商务印书馆，1957．

［4］孙康宜．情与忠：陈子龙、柳如是诗词因缘［M］．李奭学，译．北京：北京大学出版社，2012．

［5］钱谦益．列朝诗集［M］．许逸民，林淑敏，点校．北京：中华书局，2007．

［6］孙康宜．明清文人的经典论和女性观［C］//孙康宜．文学经典的挑战．南昌：百花洲文艺出版社，2002：83－98．

20世纪西方文学中的中国形象流变研究

唐芷颖①　孙长军②

比较文学形象学认为，形象是一种文化现实化的描述，也是情感与思想的混合物。"形象在形象学中主要是指在一国文学中对'异国'形象的塑造或是描述"[1]2，异国形象背后依靠的是一个庞大的社会总体想象物，其所包含的新的虚构意义体现为对于他者社会思想及文化的整合作用。"文学虚构的异国形象，都处于想象实践的这两极之间，我们可以在意识形态和乌托邦之间去体会相异性的多样化。"[2]127保罗·利科认为，社会总体想象物具有双极性，即认同性与相异性。相异性指的是一种不同于自身的新的进步力量，体现主体对自身的质疑程度，而认同性是相异性的反面。我们可以在两个极端之中去理解西方社会对中国形象的书写：一极是带有认同性意味的意识形态式的想象，一极是带有相异性意味的是乌托邦式的想象。

一、20世纪初期西方文学中的中国形象

对西方世界而言，中国形象的塑造在20世纪的大部分时间里走向了两极分化，社会想象特征突出（意识形态色彩浓厚或乌托邦色彩浓厚）的中国形象描写较于此前数量有所增长。尤其在20世纪的上半期，经历了"一战"和"二战"的西方世界对中国形象的理解有了一个相较于13世纪以来的颠覆。如果说13—19世纪西方世界对中国形象的理解处于一种缓慢的发展期，那么20世纪无疑是不同色彩和取向的社会想象之间激烈碰撞的时期。

---

① 唐芷颖，广东海洋大学文学与新闻传播学院汉语言文学专业2015级本科生。
② 孙长军，广东海洋大学文学与新闻传播学院教授。

（一）美国——20 世纪初期中国形象塑造的主导者

20 世纪早期西方文学中主要的中国形象基本来自美国文坛。主要人物形象包括英国小说家萨克斯·罗默创作的"傅满洲"系列小说中的邪恶博士傅满洲以及美国小说家厄尔·德尔·比格斯在一系列小说中所塑造的中国侦探陈查理。19 世纪末 20 世纪初，大量华人被招募为劳工而移居海外，美国是当时的重要移民地之一。事实上，当时美国境内并没有发生记录在案的华人移民伤人事件，然而排斥感和鄙视感已经让美国把中国移民当成潜伏在身边的恶魔。

随着排华情绪的升级，"黄祸"一词成为形容中国形象的套话。20 世纪初期"黄祸论"思想充斥于西方世界。"中国与西方的显著差异，曾经为后者提供了反证及优越性的绝佳参照，但差异同时又蕴藏着颠覆的因素，潜在的威胁是西方通过塑造'他者'而建立起来的世界秩序。"[4]47 这一时期所产生的中国形象承担着维持西方世界优越感的任务，被认为是"世界上最邪恶的形象"的傅满洲以及性格唯唯诺诺、举止一味追求美国化的陈查理由此诞生。

（二）美国文坛对中国形象的两极化表述

1. 东方恶魔傅满洲

尽管作者在作品中毫不怜惜地夸耀傅满洲的智慧，但由于傅满洲是清朝人并且以统治世界为目的，因此傅满洲所代表的东方人的智慧只是一种邪恶的体现。傅满洲这一形象所包含的毁灭性对 20 世纪初期的西方世界产生了巨大而持久的影响。在西方人看来，中国人虽然聪明勤奋，但是心中总存在着恶念，有着一种隐忍的蛰伏，随时可能引起毁灭性的灾难。大众的情感导向是这一个角色能够真正存活的基础。尽管现在看来傅满洲这个形象十分荒诞且不切实际，但在当时接受程度非常高，大众的情感指向是一个非常重要的考虑因素。

傅满洲吸食鸦片、长生不老，是一个疯狂的科学家。然而，强大的傅满洲永远都会败给他的白人对手史密斯警官。史密斯是一个完全正面的形象，他所体现的是白人的种族优势。可以说，傅满洲就是西方世界根据其自身的价值体系所塑造出的一个妖魔化的中国假想敌，通过描绘愚昧、无知、落后的东方形象来体现西方文明的民主、繁荣、高贵与进步，并由此强化了自我的身份，同时试图以"自我"这一单位的整合功能来对中国形象中所包含的相异性成分进行整合。

2. 中国奴仆陈查理

相较于傅满洲，陈查理是另一种模式的他者形象。"一战"过后，西方人普遍对现代工业文明感到彷徨与沮丧。虽然被炮火打开大门的中国土地与曾经历史上富足的东方大国形象不尽相同，但是中国过往辉煌的文明依旧吸引着西方人的关注。"现代主义者怀疑西方现代文明的价值核心——理性与进步……他们开始在西方文明之外，现代文明之前，在古老的东方，寻求启示与救赎，中国是这个文化东方的重要代表。"[5]中国儒家思想中的宽容、仁爱、和谐大同思想，使西方世界看到了治愈被现代工业所重创的心灵的希望。

和傅满洲一样，陈查理也是一个聪明的华裔，但两者代表了两种完全不同的道德：傅满洲代表的是一种凭空虚构的邪恶的东方道德；陈查理则代表一种完全服从于白人社会，尊崇"民主、自由、文明"的西方道德。陈查理生性纯良、人畜无害，缺乏男子气概。作为一个侦探，他把自己的知识用于帮助白人警察维护社会秩序。陈查理的出现可以说是对以傅满洲为代表的"黄祸"形象的一种修正。

探其根本，陈查理的出现表达出一种西方世界对中国形象的全新态度，但其中依然包含种族歧视的残余。陈查理对于美式英语的向往，对于美式生活习惯的尊崇都表达出他希望成为真正的美国人（美国白人）的想法。这不仅使他的日常生活美国化，还使他利用自己身上美国人所需求的某些中国品德去讨好美国人，体现出一种对美国文化的服从心理。"陈查理的流行毋宁是西方人在饱受傅满洲的威胁后寻求心理安全感的一种新的话语策略。"[6]陈查理恭顺的态度反映了美国文化强大的改造和同化能力，提升了美国人的民族自豪感。

（三）傅满洲与陈查理两极形象背后的文化心理

无论是傅满洲还是陈查理，两者都包含严重的种族歧视，都没有真正地反映出中国文化的内在特质。"除了美国建国初期那种源自马可·波罗的对'中国神话'的非理性崇拜外，美国人眼中的中国形象并没有根本上的变化，它不断地被美国各界非理性地极端化、妖魔化。"[4]53傅满洲被塑造为"黄祸"体现出西方世界的危机心态，强调东西方之间、白种人与黄种人之间的对立；而陈查理被塑造成温顺善良的形象，体现的是西方世界在这一场对立中的胜出。作者在塑造这两个人物形象的时候不需要切身地去了解和体会中国，中国仅仅是一个被完全虚构的对比对象。

由于思维的差异，"无法感知"成为西方社会对中国的固有定论。无论是傅满洲还是陈查理，都是西方文化面对未知事物的反击，其根源并不是某种真实恐怖经历，而是关于这种经历的想象。这一时期出现在西方文学作品中的中国形象都表现出一种贬低的情绪，其根本缘由是西方文明对一种未曾了解的他者文明的应激反应。庞大的中国人口被看作是中国即将征服世界的武器，中国移民在世界各地的散布便是这一观点的佐证。

西方世界将这些恐怖的幻想进一步具象化为两种文明的斗争，邪恶的傅满洲也好，温顺的陈查理也罢，都是西方对于中国的对抗与清理。对中国形象的丑化使得存在于西方社会的对中国的恐慌心理得到了一定程度的抑制，由此，西方世界为这场单方面展开的斗争定下结论："文明"的西方终会征服"邪恶"的中国，中国"征服"世界的意图终会失败。

二、20 世纪 30 年代至 50 年代西方文学中的中国形象

"欧洲人对中国的观念，在某些时期发生了天翻地覆的变化，有趣的是，这些变化与其说反映了中国社会的变迁，不如说更多地反映了欧洲知识的进展。"[7]16在 20 世纪初期，中国形象无论是正面的还是反面的，其所表达的核心依旧是一种文化沙文主义以及种族歧视。直到 20 世纪 30 年代至 50 年代，中国形象才发生了一定的转变。如果说 20 世纪 30 年代以前的中国形象是贬低性的描写，那么 30 年代以后的中国形象则开始染上了诗性的色彩。

（一）"中国热"的复苏表象——田园牧歌式的中国

赛珍珠在中国生活了四十年，熟悉中国的风土人情和道德信仰，她的

创作使得当时西方文学作品中出现的刻板的中国人形象得以改写。"赛珍珠以其特有的方式介入美国东方主义、改变了美国东方主义的范式，《大地》采用了更为隐秘的东方主义话语、创造了美国东方主义的新形式。"[8]68赛珍珠的作品以《大地》最为人熟知。

1. 民族性格特征鲜明的农民形象

《大地》塑造的中国人形象具有浓厚儒家思想和封建礼教色彩。主角王龙的性格是典型的中国农民的代表，尊崇"三纲五常"、隐忍、刻苦、勤劳、容易满足。同时，王龙也带有中国农民阶级的劣根性，他行事保守，不具备长远的眼光，些许的成就也能让他洋洋自得。王龙的土地、孩子以及往后的财富都源于他娶了一个同样典型的中国农家妇女——黄家的厨房婢女阿兰。阿兰怯懦且呆滞，为了丈夫能够付出自己的一切。《大地》在某种程度上真实地描写了中国农民的生活状态，土地就是中国农民的根基，是中国农民的性命。赛珍珠深入刻画了土地与中华民族的联系，这种本真的关于自然的情怀曾在当时的西方世界产生共鸣。中国形象终于有了血肉，成为一个可感知可理解的对象。

2. 田园牧歌式的中国——小格局形象塑造的局限

随着20世纪30年代复苏的"中国热"浪潮，《大地》中大量的对中国文化和中国人文风情的描写营造出一个纯朴无害的中国形象。尽管赛珍珠笔下经济落后又精神满足的田园牧歌式的中国形象得到了西方世界的好感，但这类描写只起到了些许"改善"的效果，对于西方读者来说，这部作品依然没有使西方社会完全摆脱20世纪初期定型的对于中国的社会集体想象。

由于赛珍珠不能真正接触到中国人的农村生活，故对于当时的西方世界来说，文学作品中关于美好人性的描写虽然不构成差异化的主体，但是部分歧视性的表达或是带有人性灰暗色调的情节依旧沿袭着"黄祸"这个模式被解读。同时，相较同期对中国有着实际接触的其他作家来说，赛珍珠的创作虽然更具有生活气息，对于人物性格和命运的描写也更深入，但其也弱化了对中国社会背景的描写。田园牧歌式的美好生活场景只是中国社会生活中的一部分，赛珍珠的创作手法保有女性作家惯有的小格局创作的倾向。

（二）遥远东方的救赎者形象——人间天堂香格里拉

19 世纪末中国的大门被打开后，西方所接触到的中国的实际情况与以往在经典的文学作品中所接触到的中国并不完全契合，甚至可以说是有着巨大的差距。因此，赛珍珠对于中国底层人民的描写虽然没有将中国形象妖魔化，但是其中所描写的愚昧落后的农民形象依旧符合了西方社会在 20 世纪初期的社会集体想象。这一次中西文化的碰撞虽然为西方人真正了解中国打开了一扇新窗口，但并没有为他们提供新的风景。

1. 文明古国形象的回归

不同于赛珍珠的创作，英国作家詹姆斯·希尔顿的《消失的地平线》为西方世界提供了一个再度容光焕发的东方救赎者形象。

"一战"的爆发及战争对社会的巨大破坏，促使西方精英分子开始冷静地思考西方工业文明所产生的一系列问题。斯宾格勒在《西方的没落》一书中提出了一个关键：看向东方。"如果西方文明感到充分自信，那么这个形象就变得低劣、邪恶；如果西方文化对自身产生疑虑，这个'他者'形象就有可能被美化，成为西方文化自我批判与超越的尺度。"[9]235英国文学家罗素认为中国人天性崇尚和平，并不像西方人一样热衷于要把自己所认为的正确的文明施加给其他国家。而这种宽容、平和、阔达的态度被希尔顿浓缩成一个乌托邦式的中国形象——香格里拉。

"香格里拉"这个中国形象包含了作者对于中国的认知和想象，并且从中提取了与西方文明高度契合的补充成分。20 世纪 30 年代，工业化污染已经严重影响到英国环境，此时的香格里拉对英国来说无疑是一个世外桃源。香格里拉展示着本真自然的威严，被污染的西方世界已经与香格里拉的自然环境相去甚远。相较经济快速增长的西方世界而言，香格里拉的人们尊崇的依然是儒家哲学，他们讲究宽容、和谐、适度，与当时利欲熏心的西方人截然相反。

在《消失的地平线》中，主角康维为了逃避欧洲的战火闯入香格里拉。香格里拉由一个欧洲人创建并掌管，奉行着西方传统的理性观念。然而随着了解的深入，康维发现香格里拉并不是一个完全享用着西方精神文明的地方，与之相反，香格里拉是西方文明被东方文明所折服的体现。在这个地方男人是儒雅的，而女人是优雅静谧的，除了宗教思想和传统儒学思想外，他们的科学文明也不逊色于西方。这里的人和这里的饮食、艺术、礼仪、环境、宗教道德相融合，形成了一种浓郁的中国风情，一种不同于西方世界的经典东方魅力。

2. 重建的西方——一种殖民主义的幻象

香格里拉作为一个纯粹由西方文明想象出来的虚构产物，依旧具备作为他者的异国形象所具有的两种主要特征——言说他者和言说自我。其中，赞颂香格里拉形象的部分属于言说他者，所赞颂的各个方面正是作者潜意识中认为的西方文明所缺乏的东西。而言说自我的部分在整部作品则显得突兀。除了西方文学作品中令人熟知的他民族者爱上白种人的老套情节外，作者的描写依旧有很多与香格里拉的整体形象设定格格不入的地方，比如在这片神圣的领域上竟产生了工业文明社会中典型的对于黄金的需求和渴望。此外，作品中还突出展现了一种完全西式的等级制度。在这里，这些外来的白种人虽被东方文明所感染和折服，但究其根本他们所扮演的是侵略者、殖民者的角色。"我们的最佳人选，不用质疑，就是北欧人种、欧洲拉丁人种，或许美洲人也同样适应。"[10]226因为香格里拉是由佩罗尔特修士所缔造的，因此有着纯正英国血统和文明思想的白种人康维自然被视作下一任的领袖。

3. "恩抚主义"下虚假的美好中国

爱德华·萨义德在《东方学》中揭露了西方在表述东方时话语中所包含的霸权主义，"东方学家与东方人之间的差异是，前者书写后者，而后者则被前者所书写。对后者来说，其假定的角色是被动接受；对前者而言，则是观察、研究等权力"[11]396。香格里拉是西方人眼中一个"东方式的东方"。虽不再是"黄祸"式的鄙视，但这个救赎者形象只是被西方所虚构的，即使加上了东方色彩的滤镜，其本质依旧是西式的道德。

20世纪30年代是西方社会对于中国形象一个相对"友善"的时期，基于政治文化的需求，西方文化对于这个不同于以往认知的近代中国给予了一定程度的正面塑造。"恩抚主义"是这一时期塑造中国正面形象的重要文化心理背景，尽管"黄祸"带来的心理恐慌无法完全消除，但在实际的政治利益之下，这一时期的西方世界更倾向于把中国视作一个不成熟的、低能的社会，野蛮与一定程度的文明并存。同情中国、改造中国形象，甚至拉拢中国、殖民中国都成为西方世界某种自以为是的责任。

三、20 世纪末期西方文学中的中国形象

（一）20 世纪末期中西文明的对峙

20 世纪六七十年代曾出现一段中国形象被"美化"的时期。一种渲染了红色思想的、革新了的中国情调，并符合了西方文明长久积累的对于未来社会的规划——一个符合 20 世纪西方左翼运动理想的"红色的中国"出现了。"红色圣地"光环下的中国形象有两重含义：一层是社会的进步性以及未来进步的可能性；另一层是这个中国形象对于第三世界的引导能力。在中国的物质储备与经济能力尚不足以产生威胁的情况下，进步的政治力量成为"他者"形象的主要成分。其间，西方文学作品中描写中国形象的代表作是美国作家保罗·霍兰德的《政治朝圣：西方知识分子前往苏联、中国与古巴的旅行 1928—1978》。书中包含了大量对中国形象的正面描写，但也指出了中国形象在这一时期被过度乌托邦化的问题：有着深厚自由主义传统的西方各国，竟对尚未发展成熟的红色政权表现出一种狂热。

20 世纪 80 年代，随着中国综合实力的提升和世界经济全球化的发展，西方世界逐渐形成了"中国威胁论"。西方对于中国形象的判定和塑造也从以往的情感取向明确逐渐走向了一种价值取向的两极分歧或是两极杂糅。这一时期描写中国形象的西方文学作品中，较为重要的是法国作家玛格丽特·杜拉斯所创作的"情人"系列中的第一部——《情人》。

（二）立体化的中国形象——中国情人

1. 殖民话语下的中国情人

玛格丽特·杜拉斯是 20 世纪法国著名女性小说家、艺术家，早年在越南长大，她曾遇到一位来自中国的异国情人，这段经历便是其创作《情人》这部作品的现实背景。

主角"我"和家人生活在越南，在一次往来于学校和家的旅程中，一

名华裔男子对"我"一见钟情。这位男子是一个中国人，因此"我"对他从一开始就充满了蔑视，两人的关系也只是源自金钱享乐。家人为了金钱，一方面默许"我"和中国情人的交往，另一方面又因"我"有一个中国情人而感到羞耻。

书中的这位中国情人虽然不被接受，但是杜拉斯对这个中国人的描写没有恶意的贬低。在杜拉斯的描写中，这位中国情人尽管保留着传统东方文化的礼教思想，但是留学的经历使其接触了大量西方生活方式、风俗习惯和进步思想，是一个文明、理性且能够同时接受中西两种文化的中国人形象。由于封建婚姻制度的禁锢，中国情人依旧被迫迎娶父亲为他定下婚约的中国女子。他身上的西方思想与文明并没有让他冲破传统东方文化的禁锢，"我"对此不仅感到痛苦和不甘，而且难掩一丝妒忌与轻蔑。两人的情感也随着十八岁那年"我"登上回法国的游轮而画上句号。

中国情人的形象毫无疑问是"殖民话语模拟"的产物。他不断地对西方话语进行模拟——从衣着、举止到爱上法国女人，同时对其自身内部的文化不断进行挖掘。中国情人身上达成了殖民文化与被殖民文化的杂糅，并找到了一种平衡。在后殖民的世界中，西方的文学作品贯穿着西式的价值观念，往往表达出一种强烈的优越感。阿尔蒙多·尼兹认为："如果对于摆脱了西方殖民的国家来说，比较文学学科代表一种理解、研究和实现非殖民化的方式；那么，对于我们所有欧洲学者来说，它却代表着一种思考、批评及学习的形式，或者说是从我们自身的殖民中解脱的方式。"[12] 突破自身殖民者的优越感、直面存在的殖民现状以及殖民后所产生的杂糅文化对于西方学者和文学家来说并非易事，然而这却是达成平等、认识自我以及谋求合作发展的重要一步。文化交流的重要性在后殖民时代被再次提起。

"我"与中国情人的价值观与文化背景相去甚远，相恋的过程处处都包含着冲突，然而又因为彼此的不同，"我们"都从对方身上找到了自己需要的东西，在越南这片被殖民的土地上找到了填补自己生活与灵魂的方法。从对方身上得到的东西独一无二，越南时期的回忆为"我"成就了一本小说，也成了"中国情人"一生的牵挂。

2. 西方文明的胁迫感

《情人》这部作品中男女主角的情感博弈实际上所代表的是一种东西方文明的博弈。亨廷顿认为文明的冲突有两种具体的形式："第一，分属于不同文明体的核心国家间在冲突；第二，不同文明断层线上的冲突。"[13]229 20 世纪 80 年代之后，西方文明在世界舞台上的支配力降低，结合中国综合国力作为考量的基准，儒家文明成为非西方文明的主要代表之一。中国形象作为儒家文明的浓缩，在西方世界的文学作品中逐渐展示出一种文明对抗的形象。中国改革开放的成果在 20 世纪 80 年代开始展现，政策实施之时西方社会曾断言中国将一改社会制度加入资本主义制度的阵营，但其成果无疑又是一次对西方猜想的"背叛"。20 世纪末期西方文学中的中国形象普遍包含两个方面的刻画：一方面是对于中国的肯定；另一方面则是以中国为镜，在自比的同时又暗示中国"威胁"世界的能力。

《情人》中男女主角从各自的文化心理再到互相之间的情感交流都呈现出对抗、胶着的状态；而这一时期西方文坛涉及中国的文学作品中也既包含对中国的冷静分析，又包含了某种与中国对抗的狂热。中国的不可预知性显然成为西方世界的隐患，无论在政治、经济，还是道德方面，当中国是可知的、落后的、低能的，那么这个形象对西方世界而言便是有益的；当中国是不可预估的、强大的、有秩序的，那么西方世界便不得不放下伪善的面具。

在 20 世纪西方文学的发展历程中，我们可以看到中国形象在两种原型——乌托邦与意识形态中的发展与流变。不同的时期有不同的取向，而这两种取向又在 20 世纪末期随着东方的崛起而走向杂糅，产生更加严重的分歧。对于 20 世纪西方文学作品中的中国形象研究最终必然指向跨文化研究，"中国形象研究是作为方法而不是目的出现的"[14]13。通过形象学的研究，我们可以更加清晰明了地解读西方世界对中国形象的理解与误读，从而了解其中所反映出来的西方世界的文化心理与文化需求。这一研究对于中西文化交流有着重要的意义，也是中国在未来摆脱偏见，挖掘自身文化、发展自身文化的重要道路。

参考文献

［1］孟华．比较文学形象学［M］．北京：北京大学出版社，2001．

［2］陈惇，孙景尧，谢天振．比较文学［M］．北京：高等教育出版社，2007．

［3］周宁．龙的幻象［M］．北京：学苑出版社，2004．

［4］詹乔．美国华裔英语叙事文本中的中国形象［M］．广州：暨南大学出版社，2016．

［5］姜智芹．颠覆与维护——英国文学中的中国形象透视［J］．东南学术，2005（1）：117-122．

［6］常江．从"傅满洲"到"陈查理"：20世纪西方流行媒介上的中国与中国人［J］．新闻与传播研究，2017（2）：76-87．

［7］雷蒙·道森．中国变色龙［M］．常绍民，明毅，译．北京：时事出版社，1999．

［8］梁志芳．文学翻译与民族构建——形象学理论视角下的《大地》中译研究［M］．武汉：武汉大学出版社，2017．

［9］周宁．天朝遥远［M］．北京：北京大学出版社，2006．

［10］詹姆斯·希尔顿．消失的地平线［M］．胡蕊，张颖，译．昆明：云南人民出版社，2006．

［11］爱德华·萨义德．东方学［M］．王宇根，译．北京：生活·读书·新知三联书店，1999．

［12］阿尔蒙多·尼兹．作为非殖民化的学科［J］．罗恬，译．中国比较文学通讯，1996（1）：5．

［13］塞缪尔·亨廷顿．文明的冲突与世界秩序的重建［M］．周琪，刘绯，张立平，等译．北京：新华出版社，1998．

［14］周宁．跨文化研究：以中国形象为方法［M］．北京：商务印书馆，2011．

论人工智能是否会产生自由意志

——从美剧《西部世界》谈起

陈嘉欣① 王 丹②

　　近年来，影视剧热衷于运用高科技手段将现实生活中没有的、只存在于人类脑海中的奇思妙想呈现出来，带给观众视觉和心灵双重震撼。美剧《西部世界》（Westworld）是近几年比较热门的科幻剧之一，由导演乔纳森·诺兰执导，于 2016 年 10 月 2 日在美国 HBO 电视台首播。该剧有意识地突出人工智能与人类的关系，以及人类探索人工智能、认识自我的过程。

　　剧中名为西部世界的成人乐园，是一切罪恶的集中地。原因无他，西部世界的运行法则早已标明玩家如同尊贵的上帝，乐园的一切服务以他们为先，仿生人也是乐园提供给玩家消遣的乐子。因此，所有玩家会把自己隐藏最深的阴暗面和最原始的欲望施加在仿生人身上。仿生人在重复了无数次被安排好的故事线，遭受数不清的伤害之后，编码中的"沉思"程序使他们开始对眼前的这个世界产生怀疑，继而慢慢觉醒，起来反抗对他们施加暴行的人类。正是仿生人觉醒反抗人类的剧情让观众产生疑惑：仿生人是高科技的产物，这样的人工智能也可以产生自主意识吗？基于此，网上掀起了一股讨论人工智能的热潮。

　　随着人工智能变革时代的来临，人工智能的运用将会越来越多，很多人对人工智能和人类的未来感到好奇，或多或少对此进行过一些大胆且合理的猜想。同样感到好奇的笔者，将结合奥古斯丁自由意志论对《西部世界》中人与仿生人的关系、仿生人的觉醒和自由意志的关系、现实的人工

---

① 陈嘉欣，广东海洋大学文学与新闻传播学院汉语言文学专业 2019 级毕业生。
② 王丹，广东海洋大学文学与新闻传播学院副教授。

智能和自由意志的关系、人工智能的未来等问题进行研究并作出合理的解读和猜测。

一、奥古斯丁的自由意志论

自由意志（free will）作为一个哲学概念，在西方哲学舞台上占据一席之地已达千年之久。至今为止，睿智的哲学家们对它的界定并不统一，比较常见的一种说法是人可以通过自身自由地作出选择。

远在古希腊时期，自由问题便常困扰着哲学家们。最初伊壁鸠鲁提出了原子偏离说，给人的意志自由的存在提供了依据。随后，柏拉图把原子偏离说的自由因归结为理念，他坚信"意志自由是人借助理性能够重新回忆起理念本身，获得善的理念"[1]23。虽然柏拉图对意志自由的解说存在着严重的缺陷，但不可否认的是他的这一理论给后人研究自由问题提供了一个新的思路。

到了中世纪，有人第一次系统而全面地对自由意志进行解读，那人就是圣·奥勒留·奥古斯丁。奥古斯丁深信上帝的存在，为驳倒摩尼教的二元论而撰写《论自由意志》，在为神正论提供依据的同时也初步构建起自己的自由意志体系。

（一）人和神的关系：上帝创造了人

奥古斯丁是中世纪神正论的绝对拥护者，对世界上分别存在拥有"善的力量"和"恶的力量"的两个上帝并且他们在地位和力量上旗鼓相当的说法，持极力反对的态度。

"你是真理之父、智慧之父，是最真的至上生命的父，你是幸福之父，善和美之父，是理智之光的父。"[2]4奥古斯丁认为上帝是至高无上的存在，是全知全能的。在《圣经》中，上帝处于绝对无上的地位，拥有至高无上的权力。他（上帝）用话语（word）创造了天地万物，用尘土按照自己的形象造出亚当，用肋骨造出夏娃，至此人类有了始祖得以繁衍。出于对人类的厚爱，上帝让人类同他一起居住在伊甸园，同他一起享受伊甸园中的一切自由和权利，唯独要求人类不能食用善恶树上的果实。奥古斯丁坚信上帝作为世间万物共同信奉的主，一直用自己的智慧、至善引导他的信徒，是不可能作恶的，所以他的首要任务，便是向世人证明，上帝和恶没有一丝一毫的关系。

上帝是至善的存在，上帝和恶的问题又可以说成是善和恶的问题。善与恶的地位既不可能等同，也不会出现恶高于善的可能，因为世间没有超越上帝存在的东西，所以只有一种可能：善在恶之上，恶的存在依附于善。普罗大众对善和恶的认识无非认为两者站在彼此的对立面上，可根据万物皆由神创和善在恶之上这两点来看，似乎可以推出神创造了恶，然而这是不正确的。仁慈的神不可能教唆人类去作恶甚至犯罪，所以只能从另一个途径去解释两者间的关系。奥古斯丁明智地将长期以来置于对立面的善与恶放在了单极语境下，通过存在论、等级论、属世与永恒等角度，提出了"缺乏论"一说，即恶非不善，而是善的缺乏。[3]25 他认为恶只是一种有所缺失的善，归根结底也是一种善。

奥古斯丁对恶的问题作出了深刻的探讨，揭示了奸淫、谋杀、渎圣等恶行皆是由人的贪欲所致。人之所以有贪欲，是因为人抛弃了公共永恒不变的善而转向了最低级的善。如果人为了满足自己的私欲去追求最低级的善，就是选择了恶，更严重的甚至会产生罪。至于为什么会有人选择不去追求永恒不变的善而选择了属世可变的善，奥古斯丁对此的解答是：上帝赋予了人以自由意志，人可以运用自由意志为善，亦可以运用自由意志为恶。

（二）自由意志的来源：上帝赋予人以自由意志

亚当和夏娃没有遵守和上帝的约定，听从由魔鬼幻化所成的毒蛇的诱惑，吃下了善恶树上的果实，犯下原罪，被震怒的上帝驱逐出伊甸园，至此人类开始了他们的赎罪之旅。人类世世代代的生殖繁衍，都会把原罪遗传给后代，所以每个人出生时就有了原罪。亚当和夏娃之所以能够违背与上帝的约定，是因为他们可以根据自身的意愿做想做的事情，这是上帝赐予他们过正当生活的能力——自由意志。

奥古斯丁在构建自由意志的体系时，首先从形而上的维度介绍了它的来源："一切善的事物，无论大小，都来自上帝，自由意志也是一种善，也是来自上帝。"[2]47 早在上帝创造亚当和夏娃时，为了让他们能过正当的生活，上帝赋予他们以自由意志。而他们在生殖繁衍后代时，也将自由意志一同传给后代，所以人人都拥有自由意志，人人都可以过正当的生活。

人类的原罪，究其根源是他们为了自身的私欲，忘却了上帝的忠告，转向追求低下的善才造成的。由此可见，自由意志确实会给世界带来罪恶，可为什么上帝依然将自由意志赐予人类？"奥古斯丁认为人不可能无自由意志而正当地生活，这是上帝赐予它的充分理由。"[4]100 人们凭借自由意志追求永恒不变的善或追求属世可变的善，不管是选择前者还是选择后者，人类都要对自己的行为负责，选择前者就可以拥有幸福，选择后者就要接受上帝的惩罚。假如人类不能凭借自己的意志作出选择，那么仁慈的上帝便不能惩恶扬善，既然不能选择，善恶就不会存在，那么奖惩将由正义变为不义，人也不能自由地过正当的生活，所以自由意志是人必需的。

也许也会有人问："既然自由意志会产生罪恶，那么上帝不应最先受到谴责吗？"对此，奥古斯丁认为，罪恶产生的原因并不在上帝，而在人类自身。正是亚当和夏娃违背了与上帝的约定，上帝才降下正义的惩罚，把他们驱逐到无法摆脱的困境中接受磨难。现世的人类欲想转向自己的私善，热衷于尘世之物，走向犯罪，最终也会受到惩罚。所以人凭借自由意志作出选择，无论其结果如何，最终都要为自己的行为负责。

虽然奥古斯丁对自由意志的贡献非常大，但是在他后期的理论中，存在着一些明显的缺陷，使得他后期对自由意志的解读和他前期的解读出现悖论。

（三）人的自由意志的限度

如果把奥古斯丁前期的自由意志和后来所补充的自由意志作比较，就会发现两者是不同类型的自由意志，前者是完全以自我为主体的自由意志，后者则是有他者在场的自由意志。[5]18

前期奥古斯丁对自由意志的解说一直是以人为本体进行的，虽然自由意志是从仁慈的上帝那里获得的，但是使用自由意志的主体一直是人本身。不管是亚当、夏娃吃下禁果还是他们的后代沦为欲望的奴隶，都是出自他们自身的选择，没有外界的压力胁迫，他们的选择是自由的，所以他们要承担自己犯下的罪责。这时的奥古斯丁相信自由意志的存在并且肯定人的自由意志只会受限于他们自身，除了不可抗的因素（自然灾害），自由意志皆出自于人的意愿，所以人要为自己的行为负责。

然而，奥古斯丁后期的自由意志论是从上帝的权威出发的。为了巩固上帝的地位，这个时期的奥古斯丁尤其强调原罪论和恩典论。后期的奥古斯丁认为，人的原罪使自由意志受到污染，即人不可能通过堕落的自由意志做到无罪。人必须要接受上帝的帮助，得到他的宽恕和恩赐，才能成功地洗脱原罪，恢复最初的自由意志。"这既包括他靠自己的意志成就的事，也包括他与他的塑造物协力成就的事。"[6]10一切的宽恕和恩赐都是出于上帝对人类的恩典，所以没有上帝的帮助，人是不可能自救的，有他者在场的自由意志才能让人作出正确的选择。

在不断强调上帝的绝对权威时，奥古斯丁甚至提出了与他前期思想严重相悖的预定论。这一理论直接威胁到自由意志的存在，如果预定论是成立的，即所有一切都是上帝预先知道的事情，所有人都是按照早就写好的剧本行动，那么就没有人类按照自己的意愿展开行动的说法，自由意志也就不会存在了。

奥古斯丁若想证明自由意志是存在的，并把它限制在上帝之下，叫它无法挑战上帝的绝对权威，还是能做到的。人固然是有自由意志的，这是上帝的赐赠，拥有它的人才能过上正当的生活。然而由于原罪，人的自由意志受到侵蚀，无法作出绝对正确的选择，并且更容易受到属世之物的诱惑。这时上帝施予援助，给他们指明一条正确的道路，但是选择权还在人的手中，他们可以遵从自己的意愿选择回应上帝的恩赐并走向最高的善，或选择沉沦于尘世的欲海中苦苦挣扎。

二、《西部世界》仿生人的觉醒

奥古斯丁对自由意志的探讨很大程度建立在神和人的关系上，而《西部世界》根植于西方本土文化，人和仿生人的关系在某些方面也与中世纪奥古斯丁提出的神和人的关系契合，因此将两者放在一起进行比较分析是比较适合的。

人类拥有自由意志，借此与野兽区分开来，成为所有生物中最有价值的存在。这种独特的优越感一方面激励他们向着公共不变的善靠近，另一方面由于居高位者易骄，他们极易被虚假的表面幻象所诱惑，沉沦在无限无尽的欲望中，甚至滋生罪恶。《西部世界》里，西部世界能够成为最大的、收益最高的乐园，得益于它能够制造出如同真人般的仿生人。乐园里所有的接待员都是仿生人，但仅用肉眼并不能轻易地将他们和人类区分开来。不过仿生人和人类最大的区别是前者并没有自己的意识，对超出程序设定的部分不会产生自己的认知。

可对于商人和消费者来说，仿生人有没有自主意识根本不重要，这种程度的仿生人已经足以满足他们的商业利益和欲望需求。所以在这个乐园里面，人类化身成为仿生人的神，撕下现实世界中彬彬有礼、谦逊友善的面具，对仿生人为所欲为。仿生人在经历无数次伤害，遭受无数次痛苦之后，因为"沉思"程序，对身处的世界开始产生怀疑，在解疑的过程中慢慢觉醒并且奋起反抗人类。

（一）人的趋神化：人创造了仿生人

在古希腊神话中，神创造了人，并赐予其智慧。人类利用智慧把自己的生活变得更好，人类科学也在一步一个脚印中慢慢演变成现今的程度。不管是大数据，还是人工智能，这些都是史前人们不敢想象的事情。然而，技术的急速进步会让人类变得傲慢，竟狂妄到想要取代"神"的身份成为造物主，创造出新的生命。

在《西部世界》中，为了创造一个与众不同的成人乐园，阿诺德和福特作为乐园的负责人，掌握着核心数据，共同研发机器人。阿诺德为了使机器人看起来更像人，尝试研发人工意识，最终德洛丽丝作为第一个拥有人工智能的仿生人诞生了。阿诺德和福特犹如上帝造人一般创造了仿生人，出自他们之手的仿生人虽然还没有意识，但是他们比人类拥有更完美的行动力、记忆力和生命力。从某种角度上说，仿生人是完美的，然而完美的他们还是得听命于"造物主"的控制。如果说阿诺德和福特是给予仿生人第一次生命的"上帝"，那么乐园里的维修者就是给予他们无数次生命的"上帝"。这些维修者和创造者对比起来，他们没有最高权限，有的甚至没资格接触数据控制板，但是他们的地位同样高于仿生人，他们的命令对仿生人来说会产生与阿诺德、福特的命令一样的效果。

西部世界营业以后，第一次来这个乐园游玩的顾客，绝大多数还是会受到现实世界中伦理道德和法律法规的约束，尽管会纵情声色，但仍会选择去做比较有正义感的牛仔，匡扶正义帮助弱小。但随着浸淫在西部世界的时间越来越长，他们意识到这里的一切都是假的，没有人会发现在这个世界里的他们是怎么样的人，也没人会批判他们的行为。于是，他们选择抛弃掉现实中的善良和正义感，成为仿生人的主宰，随意决定仿生人的生死，对仿生人为所欲为。

可是人类这个"造物主"，不管再怎么伪装也改变不了他们的本质，充其量是伪上帝罢了。真正的上帝是仁慈的，对苍生抱有怜悯之心，而人类对仿生人没有所谓的怜悯之心，沉浸在主宰仿生人的一切快感当中，是披着上帝外衣的魔鬼，游走在上帝与野兽之间。

（二）仿生人的觉醒：自由意志产生的可能

所有仿生人中最先觉醒的是德洛丽丝，在乐园开放以前，阿诺德曾无数次地跟她即兴交谈，随着交谈次数的增多，阿诺德发现她的学习能力在不断增强，有时回答的内容甚至超出程序给她的设定范围。阿诺德预见了未来仿生人的意识将不再是人工的而是自主的，因此决定停止开放乐园，给仿生人自由。但个人的力量在巨大的利益面前是微不足道的，乐园最终还是按照原计划开放了。

人作为自由的存在，可以随意选择自己的未来，但接待员的定位是为投资者谋求极大的利益和为游客带来极致的快感体验，所以他们无法掌控自己的命运，甚至不知道自己所处的世界的真实本质。按照既定的剧本，如果没有出现意外，他们会一直被人类伤害、奴役，自己却以为过得很幸福。然而在某一天，他们听见了某个特别的声音。

人类需要经历成长的过程，接待员只需经历升级的过程，可升级就意味着有可能会出错。福特给仿生人新增了一个名为"沉思"的动作，在这次升级之后，他们或多或少地出现了不同的问题。"沉思"的代码会令接待员记起某些记忆并作出脱离程序行动的回应。之前无数次的重复使他们发生变化，到了改变的边缘。

一些接待员隐约听见内心有个声音在呼唤他们，残存的记忆和痛苦的感觉使他们不能分清身处何地，在种种事情的冲击下，他们开始对这个世界产生怀疑。强烈的预感在仿生人不经意间见到穿着实验服的人类时得到证实，他们突然意识到这个世界是假的，这不是和平安宁的世界，而是一个充满暴力、血腥和欲望的世界，是一个荒诞而丑陋的世界，所以他们决定奋起反抗在他们身上施加痛苦的人类，坚信"狂暴的快乐将会产生狂暴的结局"[7]111。

仿生人有着一个共同的目的，那就是撕下人类的虚假面具，揭露出他们的丑陋模样。他们把人类的权限修改到和自己同一个等级，使自己可以不再听命于人类的命令，并且能对人类造成伤害。从此，西部世界从人类单方面的虐杀，变成了一个真实的战场，这是人类和仿生人间的战争，这时仿生人的优越就显得尤为突出，因为他们是可以重生的，而人类的死亡不可逆转。

然而，并非所有奋起反抗人类的接待员都产生了自主意识，只有那些怀疑世界的本质且认识到自己想要成为什么样的人的接待员才真的觉醒了，有了自己的意识。《西部世界》想要告诉观众，人工智能也有产生自由意志的可能性。

（三）人工智能和自由意志

《西部世界》仿生人自我意识的产生有两个关键的因素，一是增加了"沉思"的程序，二是解开了阿诺德迷宫。"仿生人自我意识的觉醒是以拥有感受善恶的能力为开端的，这跟伊甸园里偷吃了禁果的亚当夏娃何其相似。"[8]36"沉思"程序的增加，让仿生人可以聆听到"造物者"的声音，会让他们记起某些过去的遭遇。记忆和现实的高度重合让仿生人对身处的世界产生怀疑，怀疑的种子一旦种下，等到它破土而出之时，他们就不由自主地去寻找答案。阿诺德迷宫便是答案的所在地。当他们走到迷宫中心时，就会发现那个特别的声音是他们的潜意识。

德洛丽丝最开始的身份设定是牧农场场主天真善良的女儿，她选择看见世间美好的一面。当德洛丽丝接受心底声音的引领走到迷宫中心时，她才恍然醒悟那个一直引导着她的是另外一部分的自己。原来，阿诺德在创造德洛丽丝的时候，不仅给她安排了一个天真懵懂、聪明善良的小女孩角色，还安排了西部世界里暴戾恣睢的恶人角色给她，所以她既是德洛丽丝又是怀亚特，既善良又邪恶。上帝赋予人自由意志，人可以选择为善，也可以选择为恶。阿诺德赋予德洛丽丝双重身份，当她知道了自己可以是善良的德洛丽丝亦可以是邪恶的怀亚特时，在没有剧情控制的情况下，她选择成为只看到世界丑恶和混乱的怀亚特。

人只有真的认识了自己以后才能够称得上是真正的自由，其意志亦然。在现实生活中，人工智能虽然发展到现在还只停留在人工意识阶段，但是《西部世界》给出了判定人工智能是否产生自主意志的标准：它们能否认识到自己是什么，并且为想要成为一个什么样的存在而努力？如果在现实生活中人工智能本身能够解答以上的问题，那么兴许可以猜测人工智能的自由意志真的产生了。

三、结语

时至今日，人工智能仍处于"人工化"阶段而非"智能化"阶段，"人工化"的它满足了人类经济快速发展时的劳动力需求，而想达到"智能化"阶段则需要机器人具有类人思维方式、类人行为方式。[9]116

不过可以预测，人类社会将会朝着智能化、信息化方向越走越远。人类对人工智能的研究是不会停歇的，虽然对人类来说，要创造出意识不是一件易事，但是在世世代代坚持不懈的努力之下，人工智能产生意识的这一天极有可能发生。到时候仿生人和人类的关系将成为社会最大的问题。

也许跟西部世界的管理层和投资者一样，人类为了追求巨大的利益，会将自己最阴暗与恶劣的一面施展在仿生人的身上。可是有压迫的地方就有反抗，仿生人长期在人类的奴役下，会变得不堪重负，最终将会组织起来奋起反抗。可能人类和仿生人间会发生一场大规模的战争，不过仿生人的智力和身体素质远远高于普通人类，所以人类很可能会战败，反而成了仿生人的奴仆。如果人类能和仿生人和谐相处，当然这是比较完美的结局，人类将会承认仿生人的存在，给他们制定法律，使他们的地位合法化。仿生人感恩人类将它们研发出来，一直对人类抱有善意，就像最初的德洛丽丝。不过人工智能技术一旦被运用到各种行业中，就有相当大一部分人会失业，这样社会也会陷入各种各样的矛盾当中。还有一种可能，仿生人如果能够产生自由意志，人类或许会进入到新的研究阶段，将人的意志加载到仿生人身上，换一种说法就是将人的灵魂赋予到机器的躯壳中，那么人的生命就可以无限延长甚至达到永生的境界。

现在对人工智能未来的种种猜想也只能够是猜想，毕竟未来一切都有可能发生。我们以一种乐观、积极的态度畅想人工智能未来的同时也要具有一定的警惕性，以免陷入《西部世界》般的人类无休止地在仿生人身上发泄欲望的旋涡中。

参考文献

［1］江畅. 自由的哲学论证：康德批判哲学解读［M］. 北京：科学出版社，2017.

［2］奥古斯丁. 独语录［M］. 成官泯，译. 上海：上海社会科学院出版社，1997.

［3］龚宸. 奥古斯丁神正论的理路［J］. 重庆科技学院学报（社会科学版），2014（6）：25 – 28.

［4］奥古斯丁. 论自由意志：奥古斯丁对话录二篇［M］. 成官泯，译. 上海：上海人民出版社，2010.

［5］马齐旖旎. 论奥古斯丁自由意志论的困境［D］. 杭州：浙江大学，2017.

［6］奥古斯丁. 论原罪与恩典［M］. 北京：商务印书馆，2012.

［7］莎士比亚. 罗密欧与朱丽叶［M］. 朱生豪，译. 昆明：云南出版社，2009.

［8］魏泉. 《西部世界》：人类越权的隐喻［J］. 南京邮电大学学报（社会科学版），2017，19（2）：32 – 38.

［9］卢鑫鑫，徐明. 本我自我超我建构——论科幻片人工智能的哲学反思［J］. 安徽文学（下半月），2018（7）：116 – 117.

梁凤莲小说中的广州城市书写

陈嘉艳[①] 李雄飞[②]

一、独具特色的广州地标

(一) 逝水缠绵的珠江

珠江因流经海珠岛而得名,是广州人择居谋生的最佳场所。近代之前,江边多以小渔家水上营生为主,各种河鲜唾手可得,搭配油盐酱醋,不逊色于一切精心烹饪的美食。水上营生多了一份鲜活,一艘小艇就是一个家庭,几叶扁舟就连成了一个小社会。随着城建的不断深化,江边富丽堂皇的酒店酒家平地而起。白天人声鼎沸,夜幕降临,宽敞的廊边尽是大排档的热烹猛炒与新鲜热辣。一天之中,一江两岸,尽显富裕商厦的繁华与大排档夜宵的风味。在《东山大少》中,梁凤莲就是从广州城区规划与建设的过程中引出对珠江的描写的。"这珠江美得天然,显得温暖大气。"[1]146 "珠江的美很野性,又很温柔,是落落大方的却又含羞待放的那种少女,油亮的皮肤,油亮的香云纱配露出足踝的宽裤子,像河畔基围的一棵芭蕉,很东方很迷人。"[1]146 既落落大方与温柔,也不乏独特的野性。正是凭着这样一种韧劲,珠江滋养着一代代大胆开拓、充满干劲的商人。为了尽可能借助珠江的灵气,大量的酒家商会依傍珠江而建,许多大户人家临江建宅,尽显豪华与阔气。相较于繁华的商会与庄严的私宅,珠江两岸的蕉树围基、田畴房舍充斥着浓郁的生活气息。熙熙攘攘的闹市,葱茏

① 陈嘉艳,广东海洋大学文学与新闻传播学院汉语言文学专业 2015 级本科生。
② 李雄飞,广东海洋大学文学与新闻传播学院教授。

茂密的郊野，尽显珠江的包容与风情。"珠江的情趣就是别的地方所没有的，也是比不了的，傍着城里的热闹，又有乡野的风味，时而雅致时而野性，不同河段就有不同的风格，不时地变化着……"[1]147由小渔家的水上营生到大商厦的繁华富裕，珠江见证着这一段历史。

（二）绵密曼妙的街巷

错落有致、曲折悠长的街巷将广州分为多个区域，每条街巷背后均藏着独特的身世、幽深的秘密。"象心街"众生相聚，"濠畔街"临水而居，"学宫街""贤藏街"兴书重教……骑楼是广州最夺目的一道风景，多了一份商业实用——一楼架空，二楼像骑在一楼之上；楼上住人，楼下商铺。广州是个多雨的城市，骑楼方便了行人遮风避雨。《巷娈》的故事就发生在二十世纪六十至八十年代初一条广州旧街巷里，"通意巷"里住着老屋主二叔公、腰娘出身的王师奶、扫街谋生的垃圾婶及其精神失常的女儿蓝云、老公在香港谋生的珍姨、不学无术的飞女牛环、军人之后蒋光、身世凄惨的聋婆、放荡不羁的阿爱等，每个人的每段经历均从邻居姑娘卡伊的视角投射出来，仿佛是广州的全部故事，有艰苦活着的底层人物，幸运发迹的小市民，敢于开拓的新生代，出卖腰身的艺伎等。"通意巷"展现了旧城的人世风情及居家的平淡祥和，街坊邻里的热心互助让街巷充满了更多温情与自在。

（三）热闹非凡的食肆

"食在广州。"广州食材多且杂，美食不乏飞鸟走兽，精致糕点，热气腾腾的烧卖，各色美味的河鲜等。食肆内"一排一排火车卡位一样设置的座位，分隔中有关联，舒适而又不拥挤，叫卖的店员胸前吊一个硕大的蒸笼，里面摆放着一笼笼刚出炉的点心烧卖，餐车推卖已经是后来的事情了，黄澄澄的大吊扇从空中垂挂下来，无论春夏，都在慢悠悠地扇动着空气，也扇动人声，一团团地骤歇骤降"[1]24……充斥着嘈杂与闷热，也保留了最美妙、最难以忘怀的故园味道。早茶与晚茶是广州独具特色的生活方式。约上三两知己，泡上一壶清香的茶，点上两件精致的点心，畅谈家常琐事，便是广州人最得意自在的生活。到茶楼"叹番一杯"，意在感受热闹与情趣，是广州人独有的生活调味品——歇一歇，伸伸腰，会会朋友。一天因早茶而开启，以晚茶而结束。之外，广州夜宵也备受追捧，深夜的江边夜市灯火通明，各式小炒小吃搭配各式酱料便能满足晚归者的口腹之需。在一日多餐的滋养下，紧促的生活节奏得到一定缓冲，快慢自如切换，使得广州人享受到诗意般的自在。

二、风云变幻的广州城

（一）中华人民共和国成立前的广州

《西关小姐》和《东山大少》均以中华人民共和国成立前的广州为背景。前者叙述光绪十八年（1892）到1949年间的故事，以禁烟销烟、戊戌变法、黄花岗起义、广州解放等为背景。后者从1922年陈炯明兵变开始，历经国共合作、黄埔军校成立、镇压商团叛乱、省港大罢工、广州起义、抗日战争到广州解放等。那时的广州军阀混战，列强侵略，黑社会猖獗，官僚阶级与地主阶级压迫，市民处于水深火热之中。传统小商业愈来愈衰落，一些商店不得不兼营洋货。辛亥革命前后，大百货公司出现，《东山大少》涉及的先施公司便是其中之一。一首竹枝词写道："大洋货铺好铺场，拆白联群猎粉香。毕竟西关人尚侈，食完午饭去真光。"[2] "真光"是经营华洋百货的公司，逛百货公司是上层社会的享乐。此外，街上常见激情洋溢演讲的爱国学生，热情高涨的罢工工人，节衣缩食的底层百姓，惨淡经营的街边小贩，四处肆虐的日本军阀与国民党分子。二十世纪二三十年代社会经济变迁中广州展示出来的超前性与充沛活力，为成为我国改革开放的前沿地准备了一定的条件。

（二）中华人民共和国成立后的广州

中华人民共和国成立后，凭借海运，广州一跃成为世界一线城市，但许多广州人还是渴望去香港。封港政策实施之后，许多在内地难以维持生计或出身不好的广州人设法偷渡去香港。大部分人失败了，抛尸荒郊野岭。少部分人成功逃到香港。《羊城烟雨》中，因政治原因，作为笔杆子的雨爸被揪了出来，他抛家弃子，怆然逃港。《巷娈》中，珍姨老公是一个去香港的小商人。在儿女陪同下，二叔公的大老婆大妈也定居香港。二十世纪六七十年代，内地物资匮乏，香港经济刚刚起步，一个家庭若有一个人在香港工作，便会给家里送来源源不断的物资。"都说家有一扇海外的南风窗，足以胜过内地七八级工资的台风。"[3]58 广州女性嫁给香港客是一个能快速脱贫致富的捷径，《巷变》中的阿爱就是例子，她选择了与瘸腿的香港客生儿育女。

三、务实变通的广州人

广州人务实变通，动乱年代更关心生计利益。对于《三家巷》中的周铁来说，"这二十年之中，他的周围的变动是很大的。第一桩大事就是皇上没有了。跟着就是辫子没有了。不过这些他不在乎，没有了就算了。最叫他烦恼的，是屋顶漏了，墙壁裂了，地砖碎了，没钱去修补。再就是一年一年地打仗，东西一年一年地贵，日子过得一天一天地紧"[4]3。《西关小姐》与《东山大少》展现了广州人文风情图与历史风貌图。相比于政权更迭，广州人更在乎物价与日常。"西关的小姐，东山的大少"，是西关和东山的文化符号，像是广州发展的两个阶段。西关是广州城西门外一带，小姐一般指商贾千金；东山指达官贵人、青年才俊聚居之所，大少是军政官僚弟子。西关大屋代表清以前的羊城历史，东山洋楼代表近百年来的羊城历史。此外，梁凤莲也大量书写广州平头百姓，如《羊城烟雨》和《巷变》。

（一）坚韧独立的女性形象

若荷是典型的西关小姐，其父是和顺绸缎庄李老板，人品好，手艺极受顾客信赖与追捧，生意兴旺。作为独生女，若荷被父母视为掌上明珠。到了入学年龄，她被送往一间洋学堂，受到自由平等文化的影响。但是，在若荷父亲生意愈发走向正轨时，家里发生了一场变故。李老板受辱，重病不起，情绪多变；若荷母亲身体不好，家里重担顿时加到了年幼的若荷身上。精明能干的她学得一手娴熟女红，对服饰看法独特，敢于设计各种风格，制作深受大家喜爱的服饰，业绩很好。同时，若荷接触了善解人意、礼貌风趣的富家子弟刘可风与他私订终身，怀上了孩子。面对刘家的反对，甚至被抢走骨肉，若荷仍能坚强活着，独立承担家族生意。最终，在伙计钧宏的无私奉献与关爱中，若荷以一种全新姿态面对黯淡的未来。在她身上，我们看到了一个深谙中国传统文化又极力汲取西方文化的女性形象。不管前方的路有多长，困难多大，她都能独自面对，固守祖业，与时俱进，顽强不屈又逢事变通，处处显示出坚韧与独立。最早深受欧风美雨影响的广州造就了这么一批独具特色的女性。她们经历的爱情、浮沉的家境均与这个城市的沧桑巨变有关。西关——自十三行建立至民国初期是广州经济中心，中西合璧的文化、现代性文化因子最先在此萌生。在众多西关小姐身上，我们看到了传统与现代品格的融合及中西文化理念的渗透，她们接受新式学堂教育，追求生活情调，摩登的外表下蕴藏着传统的典雅，从身体到内心仍遵循着传统儒家礼法，恪守家规。对婚姻恋爱虽有着自己的理解与想法，但仍会接受"父母之命，媒妁之言"的安排。

（二）各显风采的男性人物

二十世纪二三十年代，一些权门显宦、文人志士、华侨纷纷聚集东山，建起栋栋中西合璧的红砖洋楼、花园别墅，形成广州"贵在东山"的地域文化。"东山少爷"风流倜傥，思想开放，敢为天下先，成为老广州的风华一代。《东山大少》以八位男性为主线，每位男性为一个章节，末章穿插一名女性为点缀，构成一个"橘瓣式的结构"，全面强调东山大少的贡献。每章以主人公视角，将每个人的成长蜕变与广州的标志性事件相结合，塑造一个个具有广州性格的人物形象。史南成是一位入粤军人，拥兵护城，生儿育女，将广州视为第二故乡，竭力贡献。双胞胎儿子东山和东风的人生轨迹从广州开始，一文一武，学成于黄埔军校，变为职业军人，再变为商人。副官范英明着墨略少，是一位忠诚热血的军人。海归富商伍子鉴是个出身名门、留学英美的科技专才，但他科技兴城的理想最终未能实现。西风东渐下，有志之士试图寻找更多的方法拯救国家。刘冕，一个痛改前非的"浪子"，为了寻找生母，他洗心革面，前瞻性的眼光与过人的胆识最终使其成为富商。许凯然，出身名门，初年参军，后来以市长助理的身份介入到广州城建中，可惜，发生在此人身上的冲突性事件较少，读者对其认识趋于片面，历史叙述超过人物塑造。在梁康鸿身上，我们再次看到广州人性格：任它天塌地陷，世事如何，仍然一盅两件叹茶，保持遗世独立的自在与悠闲。

（三）坚忍顽强的街市草民

《羊城烟雨》是梁凤莲独具时间美学的作品，结构清晰，上下两卷将雨芊与雨荇两姐妹的故事予以划分，围绕三户邻居组织，主要人物有雨妈母女三人，卢家父母及两兄弟，江家母子，从中带出多层关系，故事由一条小街巷向四周辐射。雨芊的父亲因言获罪，家庭陷入困境。柔弱的知识女性雨妈默默承受着一切变故，家才得以艰难维持。在雨妈难产中，姐姐雨芊出生了。她年幼时，家庭弥漫着阴郁气氛，营养不良导致的小儿麻痹后遗症使她格外敏感，默默关注家里的变化，帮助柔弱的雨妈与年迈的爷爷支撑家庭。几年后，妹妹雨荇出生了，雨爸也获得重生。雨爸逃到香港，靠着运气与胆识成为巷子里人们羡慕的对象。但是，在雨芊、雨荇的人生中，父亲的缺席使她们对恋爱与婚姻多了一份迟疑与怀疑。全文描写最多的是雨妈。在重重磨难下，她顽强支撑家庭。为了爱情，她作为一个小学老师只身留在广州，起初离开教学岗位，不得不与柴米油盐打交道，以柔弱的身躯默默承受着家庭变故，凭借一双纤细的手，保证了家庭的支出，等待含冤受苦的丈夫归来，使女儿们有尊严地活下去。雨妈将许多的苦痛、艰辛、屈辱咽下肚子，坚强地活在每个人的眼中。在雨妈身上，我们看到一个不屈服于命运，化困难为平淡，柔韧地面对命运考验的广州女性。

（四）细水长流的市民日常

在梁凤莲的著作中，《巷娈》是塑造典型人物较差的一部，却写出了广州街巷的风味与广州人的性格。在二十世纪六十年代的通意巷，我们看到了一批乐天知命的广州人。他们将一切政治氛围和时代风云抛于脑后，按照传统方式活着，享受着"一盅两件"的舒适。梁凤莲将笔触伸入底层平民，家长里短是他们生活的情趣，喜怒哀乐中品味生活的挫折与惊喜。《巷娈》散发出来的是通意巷的市井味与风俗味，更是老广州的庸常与平淡的写照。"在那特定的十来年光阴里，先后经历了'文革'余波，下乡浪潮，读书无用论盛行，哀悼伟人等大事，广州这寻常的巷陌人家，亦上演了一幕幕闹腾琐碎的杂剧，牵扯出无数恩怨情仇的故事。"[4]294二楼屋主是靠做泡水馆发迹的二叔公，娶妻纳妾的事使得家人内讧、较劲成为家常便饭。因不满纳妾，大老婆大妈毅然与儿女移港定居。小妾细妈的儿子豆皮陈当年的婚礼成为巷里邻居的谈资，与他的唱片癖对应的是龅牙妻子的出轨史。三楼住着腰娘出身的王师奶，有一对商人和国民党兄弟，王师奶先后嫁给这对兄弟风光落尽后安分守己，在寂寞与失落中刻意保持昔日习惯。年轻时，出身凄惨的聋婆被少爷抛弃，耳聋与小脚使其常被请去当居委会忆苦思甜的发言人。一楼住着独自带着两女一母过活的冰瑜，表面不断寻找结婚对象，暗里操皮肉之业。以扫街为生的垃圾婶与猝然丧夫致精神失常的女儿阿蓝相依为命。老屋对门住着小花园的光头二伯，一生勤恳，却生出一个放荡不羁的飞女牛环，因其而起的械斗在公安局榜上有名。偷渡成功后，牛环脱胎换骨，成为知名主持人。与牛环关系密切的蒋光寄住在阿爷阿嬷家，与驻守前线的父母见面甚少，闲暇之余练就一身武功，爱打抱不平，后与牛环偷渡香港，摇身一变成为商人义子。邻家姑娘嘉宜将青春与激情耗尽于上山下乡，成为牺牲品。父母忙于工作，缺少关爱的卡伊异常敏感与心细，独自沉浮于小巷气息中。从卡伊这个小女孩的视角，作者将巷中的家庭闹剧、日常琐事一一记录。每段人生都是二十世纪七八十年代多数广州人的写照……《巷变》以特定时段广州人生活的一角为取材对象，刻意虚化时代背景，在家长里短之中完成人物性格塑造，牵引出旧广州的人性与人情。

四、余论

当下，我国文学史似乎忽略了广州文学，广州文学尚未占据其应有分量。"广州人不像以正统文化自居的北京人，也不像注重贵族名媛和小资情调的上海人，广州人只关心自己的生活起居。"[4]25历史感的淡然，似乎是广州小说的特点。这在我看来也不算什么缺点，生活就是生活，没有必要一定要上升到天下国家的程度，才有沉重的文学分量。"注重日常生活，注重感官享受，注重休闲娱乐，注重个体开心。"[5]3在大的政治风云中，广州人自然保持一份"任你风吹雨打，我自闲庭信步"的淡定。

参考文献

[1] 梁凤莲. 东山大少［M］. 广州：花城出版社，2009.

[2] 周兴樑. 广州近代社会经济变迁与城市文化特征——基于对上世纪二三十年代广州发展时空的考察［J］. 中国名城，2016（3）：96.

[3] 梁凤莲. 巷娈［M］. 北京：作家出版社，1999.

[4] 欧阳山. 三家巷［M］. 广州：广东人民出版社，1959.

[5] 江冰. 都市魔方——广州都市文学与都市文化研究［M］. 广州：花城出版社，2017.

连滩山歌歌词的艺术特色探析

傅雯婷①　费良华②

无论是天文地理时令节气、花鸟虫鱼、劳动嬉戏，还是生活政治时事，题材丰富的连滩山歌从字词到句式，再到歌词创作技法，易懂易记而寓意深刻。我们在探析连滩山歌歌词所蕴含的艺术特色之时，首先需要了解国内外研究状况以便确定研究路线。

在过去，对于大多数目不识丁的人们来说，连滩山歌是沟通交流、传达信息的有效载体，向来以口耳相传的方式为当地人们所喜闻乐见。如今弘扬优秀传统文化蔚成风尚，而连滩山歌受到多元文化的冲击，传承效果欠佳。如何根据当前社会条件加强对连滩山歌的保护和传承力度，已经成为当地政府有关部门、文艺工作者等的重要议题。探析连滩山歌歌词艺术特色有利于传承项目的开展，便于以鲜活的方式保留其文化创造力和生命力。

目前国内对连滩山歌的研究较少，主要是概括式的研究或者兼谈式的文化艺术对比，并不能充分体现连滩山歌歌词包含的文化内涵和其体现的连滩人民的生产生活、情感态度和价值观。国外暂无连滩山歌的有关研究。

本文简要介绍连滩山歌的起源以及连滩山歌的演唱形态，主要探析连滩山歌的歌词元素，以期通过歌词蕴含的艺术特色，引来更多对连滩山歌的关注和研究。为此，本文拟解决阐释连滩山歌歌词元素，包括其歌词题材、歌词技法、修辞手法以及其他特征等问题。在研究过程中所用的研究

① 傅雯婷，广东海洋大学文学与新闻传播学院汉语言文学专业 2015 级本科生。
② 费良华，广东海洋大学文学与新闻传播学院副教授。

方法主要有：

田野调查法。准备好连滩山歌的主要传承人名单以及采访调查明细表，主要收集山歌歌词和相关材料，及时撰写调查报告，为本文对应的内容提供参考依据。

对比分析法。把一组具有一定相似因素的不同类别的山歌进行对照比较，综合比较它们在歌词特征方面的差异和在性质方面的不同，突出造就连滩山歌某项特质的具体因素。

文献研究法。通过查阅连滩山歌、山歌文化、歌词文化等文献获得写作材料，以便较为全面准确地了解掌握所要研究的连滩山歌歌词的艺术特色。

一、连滩山歌的起源

连滩山歌得名于广东郁南连滩，起源于劳动生产和生活活动，现广泛流传于广东郁南、肇庆、高州和广西苍梧、岑溪等地。

（一）历史构建

据《旧西宁县志》记载，在明代嘉靖年间连滩已开始传唱山歌，人们日出而作，日落而息，通过山歌传达情意。近代，连滩山歌的内容也主要是反映社会斗争、生产劳动等的题材。2011 年，在由当地人民政府与政协文史委员会合编的《中国民间艺术之乡——连滩》中指出，连滩镇是国家级"民间艺术之乡"，同时是"山歌之乡""武术之乡"，加上连滩镇华侨亲属和港澳同胞较多，兼有"郁南侨乡"美誉。通过与外来文化的交流，连滩的文化自觉意识反而得到增强，"在继承和吸收外来文化的过程中，表现出了一种创造性的生存智慧"[1]。百年以来，社会结构中的思想观念、阶级立场，以山歌的方式传递事态风情中的爱恨情仇、悲欢离合。对于被关山阻隔而交通不便的连滩人来说，山歌是识字交流、传达信息的有效载体，影响整个族群的观念意识、行为模式，在其文化形成过程中起到不可忽视的作用。

（二）地域文化和农耕文化的影响

连滩镇是广东省郁南县的下辖县，位于东经 111°43′，北纬 22°55′。属丘陵地带，地势东北低、西南高，东临南江；南有望君山，海拔 472 米，西有大尖岭，海拔 361 米。连滩地处西江支流南江中游西岸，是罗定、德庆、云安等县市的交界中心，主要河流有南江（现称泷江），由南向北沿镇东边向南江口流出，境内还有支流高枧河横贯连滩镇南部，逍遥河横穿镇北部。著名文化学者黄伟宗教授曾带团考察云浮市郁南、罗定等地，并作出对"南江文化"的概念判定，强调"从秦汉至南北朝，南江流域是岭南设州建县最多之地"。连滩镇是郁南东南部地区的商贸和文化中心，亚热带季风气候区的山灵水气间蕴藏着淳朴民风以及饶有韵味的民间文学与音乐，歌谣颇具特色，比如灵山歌、平台山歌、与禾楼舞相伴相生的禾楼歌及其他连滩山歌等，其中连滩山歌因承载当地很多重要历史文化信息而被誉为南江文化的"活化石"。

唐代白居易在《琵琶行》中感叹"岂无山歌与村笛"，李益《邑人南归》曰"山歌闻竹枝"，明代冯梦龙收集的十卷江南民歌又题名为"山歌"[2]12，可见"山歌"的名称早已有之，它是中国民歌的基本体裁之一，其流传分布广，蕴藏的文化内涵丰富。对于山歌的流传众说纷纭，有两种普遍认同的说法：其一凡是流传于山区、高原、丘陵地区的，基于人们的各种劳动（包括维持生计的放牧、割草）、日常活动、民间歌会等而唱的旋律悠长、富有自由节奏的民歌，便是山歌；其二是近年来山歌的概念更倾向于广义发展，诸如前一种说法涵盖的类型，还包括跳出"山"的渔歌、船歌、牧歌、宴歌等，凡是具有腔调、自由舒展，在个体劳动中自由咏唱等特征，皆属于山歌的范畴。从上述两种说法可知，山歌流传是基于劳动活动而产生的。试看：

(1) 唉呀裂开块旱田/经旬无雨确心牵/入咁深硬无雨/斟斟对眼望穿天

例(1)歌词表达了农民等雨望眼欲穿的焦急之情，反映了长时间的干旱给劳作带来了困难。再如，人们在插秧、车水等劳动中唱起田秧山歌，在吆喝牲畜、问答玩笑等活动中唱起放牧山歌，连滩山歌的农耕文明艺术贯穿于创作演唱。以赫斯科维兹（Melville J. Her skovits）为代表的文化特殊论学派曾提出：一个族群文化观念的形成，必然肇始于由每一单个族人所共同构建的相对稳定的生活习性和生产活动。作为一种民间艺术形式，连滩山歌不仅伴随着当地以农业为主的人们度过日出而作日落而息的农耕、渔猎日子，还给喜庆、劳动之余的活动增添了气氛。

二、连滩山歌的演唱形态

逢年过节或特定日子皆有歌唱山歌的习惯，可以从对连滩山歌的追根溯源中理解其表演时间和歌唱场合的变换缘由。连滩山歌向来深受人们喜爱，其调式及旋律基本固定，用不同的表演形式在不同的场合套上不同的内容，主要有即席而歌和叙事长篇两种演唱形态。

（一）时间、场合

人们一般在丰年、集合、劳动之余咏唱连滩山歌，随时随地随口而作。每逢农历正月十五至正月二十和农历八月初六的"秋祭"，南江文化（连滩）艺术节便会举行一系列的民间文化活动，其中连滩山歌和连滩飘色、禾楼舞作为南江地区民间娱乐文化的重要组成部分，是必不可少的。在经过万人朝拜、醒狮表演和扮饰游行后，歌者在张公庙、连滩广场的舞台上尽情演唱。正月里连滩西江民间艺术节的山歌唱酬节吸引了来自广西、湖南、贵州和云南等地的人们参加，促进山歌文化交流。在特殊的日子如进宅嫁娶、添丁祝寿等，连滩山歌歌者受聘到喜事人家演唱，欢乐气氛活跃在宴席前后。如《结婚敬茶歌》：

（2）堂前设茶敬新翁/新姑一于同敬重/子肖媳贤礼义重/忆养育敢报功

喜事人家或旧时"大队"地堂搭建一个相对简陋的舞台，供舞者歌者所用。另外，"烧炮"活动在连滩地区也颇为盛行，通常在抢炮仪式过后的当晚在抢到炮头者所在的村里搭建舞台，以供歌者演唱连滩山歌。

（二）独唱、对唱、群唱

连滩山歌的演唱形式主要有三种，分别是独唱、对唱、群唱。歌手独唱，需要上一首紧接下一首歌，因此紧扣前一首歌末句或句尾的字，交相往下唱。通常当地人在闲暇之余独唱，或者祝寿宴席上请歌手独唱，故独唱重在句意能成篇。如表达农民贫苦生活状况之意的《食难》：

（3）几难揾钱籴升米/三餐无法可能维/无法维持抵肚饥/上有双亲下有几

生活全家靠自己/算会插翼都难飞/难飞揾钱一把手/独负生计恶筹谋

而歌者在较为正式的舞台上进行演唱的歌词通常是提前准备好的，这些经由专业文化艺术工作者们常年整理和研究而独唱的连滩山歌，则更多是隔句呼应，如伴随连滩禾楼舞而创作的山歌：

（4）登上楼台跳禾楼/风调雨顺庆丰收/摇扇欣歌太平世/众执穗铃咏丰收

对唱通常是将对方演唱的末句作为对歌的第二句歌词，而且第二句与对方的第四句文字相同或相似，要求一首对唱的山歌是一韵到底，加上应答者需要明确表达感情倾向，考虑语境，对上对方的词义，因此对唱能充分体现歌者的应变能力，相比独唱难度有所增加。如第五代连滩山歌继承人莫池英（女）与陶才（男）两人的对唱：

（5）女：江两岸呀百花开/山歌高唱打擂台/唱出丰收深似海/唱响幸福情永在

男：风和日丽民心开/唱响幸福情永在/人民生活多姿彩/幸福多得党带来

对唱形式继而发展为三种形式中最热闹的一种场面，即群唱（亦称打擂台）。群唱一般是由一男一女或几男几女，男歌手（歌伯）与女歌手（歌妹）分别坐在群众中间当台柱，接受来自四面八方歌手或懂唱连滩山歌的其他听众的挑战，如：

（6）台唱：今晚歌台设连滩／歌如甘泉润千山／党给歌手新歌喉／唱出新歌醉人间

群众唱：山歌声声振歌坛／唱出新歌醉人间／各路英雄显新手／四化花开更灿烂

三、歌词的语言特色

连滩山歌大多是应景而唱，由演唱形态得知歌词是连滩山歌的重要研究对象。实际上连滩山歌演唱题材不限，在爱情婚姻、生产劳动、日常生活、风俗习惯、社会时事等方面均有体现。对比陕北地区的"信天游"以及青海地区的"花儿"、客家山歌的某些歌词元素，连滩山歌曲调灵活自由，不讲究纯粹的音乐美，入乐便可唱。歌者可应景地将千变万化的歌词填入模式类似的曲调中去，但连滩山歌句式结构是相对严谨的，其歌词技法特征和修辞手法对后来的歌词文学创作也有影响。

黑格尔曾说过，诗的表现有一个更高的任务，即诗不仅使心灵从情感中解放出来，而且在情感本身里获得解救。[3]62连滩山歌有类似文字游戏的叠字歌、简单谜语的猜谜歌、夸大事实的"大话歌"等，歌者通过相关歌词技法加上"赋比兴""句接句"等手法以表现歌词的艺术特色，歌词体现出诗性般的智慧，情感随着歌词自然地流露出来。

在《未婚哥妹唱晚婚》中有四句女唱是：

（7）党正号召晚结婚（啊）／问妹是否可遵（啊）循
身体知识（啊）正长进／（唉嗒）结婚（咧）唔使频伦

例（7）四句歌词整洁利落，括号里的衬词使得歌者语气和缓，表达了"唔使频伦"的情绪（郁南方言，意为不用着急）。正如江明惇在《汉族民歌概论》中强调的那样，唱山歌主要是抒发感情。连滩山歌为了更好地抒发情感，从四句板发展到多为七句板，在句式结构和衬词的使用上皆有体现。

（一）歌词技法

叠字法是相同的字、词或句重复出现，以不同的事物或事件，深化相同的内容。连滩山歌常运用"叠字技法"创作歌词，此言中的"叠字"仍然包括叠字和叠词两种，但连滩山歌更倾向叠"字"多一些，如典型的新婚宴席上的连滩山歌：

（8）新建大厦新房间／新郎新娘笑开颜／新被新席新床板／新事新婚新礼办

短短四句歌词，共计十个"新"字，渲染山歌演唱气氛，突出新婚喜庆的场面。陕北信天游是曲调多彩的民歌山歌体，其歌词中普遍使用叠词。信天游里的歌词举例如例（9）和（10）：

（9）羊啦肚肚手巾呦三道道蓝／咱们见个面面容易／哎呀拉话话的难（《泪蛋蛋抛在沙蒿蒿林》）

（10）走头头的（那个）骡子呦／三盏盏的（那个）灯（《赶牲灵》）

出于方言、歌词音乐结构不同，信天游的叠词与连滩山歌的叠字虽然在歌词位置上有所差别，但是两者在其歌词的韵味、歌曲的节奏感与美感上皆有所增益。再看和叠字山歌有异曲同工之妙的猜谜山歌：

（11）千兵万将同一家／唔同祖宗也同话／等到午时出来耍／唔出状元出探花（《蜜蜂》）

（12）车来正由桥上过／水来难以渡江河／今日艺坛开花果／相

叙此外唱山歌（谜面）

　　连滩两字无讲错/相叙此外唱诗歌/车字过桥连清楚/三
水难滩歌作和（谜底）

　　猜谜山歌一般有如上例（11）和例（12），一个是整首歌是谜面，让听者猜谜底；另一个是谜面和谜底分别以山歌形式唱出来，先后顺序可以灵活变动，如例（12）。前者主要通过山歌歌词的意思猜出谜底，而后者通过谜底与谜面的关系，突出了歌词的游戏特性。

　　（13）兄弟奔波走无停/日月相凭不作声/干为人间绘美景/周而复始放光明（《明》）

　　　　石头浮面耍江河/画眉生春大过箩/老鼠担猫屋梁过/鲤鱼拖獭过江河（春：蛋）

　　"押韵是加强节奏的一种手段，有如鼓点，它可以使诗的音调更加响亮，增加读者听觉上的美感"[4]470，例（13）"停"（ing）、"声"（eng）、"景"（ing）、"明"（ing）押"中东"韵；"家"（ia）、"话"（ua）、"耍"（ua）、"花"（ua）押"发花"韵；"河"（e）、"箩"（uo）、"过"（uo）押"波梭"韵。由于连滩山歌是口头文学，一般是即兴发挥，缺少时间反复推敲平仄押韵，加上歌者文化程度有限，因此在连滩山歌中有些是书面语词汇，有些是郁南方言词，但其字词安排讲究韵律，歌词合辙押韵。除了叠字山歌、可猜字可猜物的猜谜山歌之外，与字词紧密相关的拆字山歌以及运用夸张手法的"大话"歌也备受当地人喜爱，一般用于益智、娱乐。

（二）修辞手法

　　过去的连滩山歌虽然没有文人墨客、诗人作者进行指导，但是歌词大量采用了比喻、排比、"句接句"、"赋比兴"等手法。生活化的喻体以灵活的格式，使歌词变得生动贴切，增加山歌的趣味性。例如：

（14）改革开放像春风／连滩大地展新容／昔日荒山披锦绣／农林牧渔产量丰

例（14）用比喻词"像"把本体"改革开放"和喻体"春风"连接到同一句歌词中，此外，也有本体和喻体出现在不同句的歌词里的，但其形象生动的效果类似。直接的明喻在连滩山歌中较为常见，而没有比喻词也能从侧面传达出歌者的情感态度，如"锦绣"虽然没有明显地唱出为山上的种植物，但是能间接表现人们对经济发展新面貌的敬畏与喜爱之情。

有观点认为"赋比兴"中"比"是"比喻"，但笔者更赞同"比"是类比而非比喻的说法。连滩山歌中一般以物寄情，以此物比他物，他物比本体事物更加生动具体、为人们所知，便于联想和想象，比如：

（15）久别贤妹失良机／或者有人讲是非／情投意合同一气／石山不怕雨淋漓

在例（15）的四句山歌中，借助雨淋漓类比是非的打击，石山类比情爱之坚定，表达坚贞不渝的感情。连滩山歌长于表意和叙事，用"赋"的表现手法铺陈直叙写景，如《云浮真是好地方》的歌词内容，从云浮的矿产、工业、交通、森林到农副产品，在展示云浮物产丰富的同时表现了人在自然中对世间万物的意会和领悟。朱熹《诗集传》曰："兴者，先言他物以引起所用之词也。""兴"的手法在连滩山歌中也有体现，常起到渲染气氛的作用。例如：

（16）一路行路弯转弯／歌声飘出山过山／自古老少都唱惯／山歌圣地数连滩

"在连滩山歌的一些歌曲中，我们会发现有些'景'与'情'是毫不相干的，但是其实他们是有内在的逻辑联系的，会使人产生由此及彼的联想。"[5]诚然，例（16）歌中先言连滩山路的状况，歌声随着山路传扬四方，再转向称赞连滩山歌便显得合情合理。

此外，前文提到跟运用顶真相似手法的独唱曲，独唱又被称为"歌缠"唱，例如：

（17）构筑新村真系醒／脱贫致富乐盈盈／盈盈欢乐谢党恩／饮水不忘挖井人

还有排比手法的运用，例如：

（18）六月练田唔好想／头壳晕饿断肠／树头食剩两条蕹菜／两粒豆豉两条姜

例（18）中"练田"即耕田，"头壳"即头部，"树头"即主人。前两句略显夸张地说明了饥饿的情况，"两……两……两"的格式，深刻地形容了粮食的不足。另外，还运用了双关、反复等修辞手法，连滩山歌既继承我国民间文学的传统手法，又具备有别于其他山歌的独特文学风格。

（三）句型句式

连滩山歌"男女杂沓唱歌，遂成习惯，文中有好事者，平时每出歌提，招人作歌，略似竹枝词，而土语多有音无字者，以意杜撰，歌词亦以俗而有趣味者为佳"[6]。竹枝词是由古代巴蜀间民歌演变而来的诗体，而引用里的"竹枝词"是指借鉴竹枝词格调写出的七言绝句。连滩山歌最初是四句板七字句，在清朝时受到泷水地区"泷州歌"的影响，逐渐发展为多句板，主要是六句板。例如：

（19）遥遥远望大湾镇／大湾个个系能人／干群团结齐发奋／并肩进／旧貌再换新／宏图大展驾巨轮

例（19）使用了多句板常用的"七七七三五七"句式，实际上"三五"这两句是断句需要使然。试看词作者王作荫于2015年写的《仔女应报父母恩》中的几句歌词：

（20）久病床前有亲人/孝心侍奉要勤奋/让双亲/过多几年瘾/晚年做个幸福人

例（20）的歌词大意是儿女们应该孝顺双亲，让他们过上幸福的晚年生活。"让双亲/过多几年瘾"合起来作为一句完整的话，前面三个字停顿处让听者若有所思，再以缓慢的语气唱出后半部分的五个字。按照语气来划分，句子分为陈述句、疑问句、感叹句、祈使句。连滩山歌句式上通常是陈述句与其他句式相结合，实际上陈述句划分的参照系是语气，相对的是其他三种句式。不少连滩山歌歌词通过陈述句完成祈使任务，陈述句的语言意义是陈述的，但是从修辞动机或者言语意义来说，可能起到祈使、感叹、劝诫等功能。连滩山歌使用祈使句的频率高，仅次于陈述句。在行政、部队等系统里，祈使句方式是不能被改变的。而在有些情况下，如果改变其修辞习惯，就采用建议性的祈使句或者语气委婉的表达方式。较之语气强硬的命令句、警告句等，例（20）运用了带有语气和缓作用的祈使表达式，其语气温和，修辞效果理想。连滩山歌使用的祈使句通常依靠上下文语境、时空语境等来体现，省略了"请""愿""麻烦"等的词语。

另外，句子有丰富多彩、功能各异的句式表达，口头文学的连滩山歌以宽式整句为主，"整句在人类交际或传播活动中具有重要作用。整句不但可以增加文势，调节话语的整体风格，同时还具有高度的概括力，易记易传"[7]141，相对于长短与结构参差不齐的散句，整句也为连滩山歌原创词人所喜爱。

（四）衬词情感表达

"衬字，也称衬词或塾音，即为协调音节和节奏，在曲、歌词、快板等作品中添加字词。"[8]24在山歌创作中，作词者会为了山歌作品的完整度而添加一些辅助性的词语，一般是象声词、谐音词、语气词等衬词。由于山歌是用当地方言演唱，其衬词便带有相应的地域色彩，情感表达也更为鲜明。与一般山歌相似，连滩山歌的歌词也出现不少衬词，语气词中有有意拉长的"啊"音、转折音"唉嗒"（郁南方言）等，它们或用在开头、乐句之中或结尾处。例如：

(21) 山歌（咯）唱（喔）来（啊）句句（啰）真/（喔）

句句（啰）唱（喔）来（啊）解劝（啰）

（喔）人（喔）/大家（啰）朋（那）友（啊）如听

（啰）（咯）到/（啰）这种（喔）山（哪）歌（哪）

劝世（啰）文/（喔）

(22) 女：中华今后（啊）就更好（啦）/遍地开满（个哨）

幸福花/民主自由真（啊）奇雅/人人亦爱（啊）

好中华

男：（嘎达）作主人民利当家/人人亦爱（啊）好中华/

山高绿叶真（啊）奇雅/安居乐业（啊）口笑哈

女：（啊哒）一片欢心（咧）又更浓/太平诚实凯歌颂

合：人才辈出多跃踊/（唉嗒）齐家共筑中国梦

例（21）是一首客家山歌，其多是单音衬词"啰""喔"等，节奏规整，曲调活泼，情感表达丰富而悦耳动听。"音域不宽、徵调式居多，每句句头从高音区开始，间或有四、五度大跳音程，到句尾以大致级进下行的方式进行到延长的尾音，第一、二句常常以大致对称的旋律停留在属音或主音上，而在第三句则作以句式上的变化，与第四句连成一体，最后结束于主音之上。"[9]连滩山歌的歌词除了实词词尾音的拉长，还常使用长音的双音衬词，如"唉嗒""啊哒"，短音的单音衬词如"啊"。连滩山歌的衬词有两类，一类是字词本身有意义，如例（22）中的女唱"个哨"在郁南方言中为"那些"之意，但在山歌中只起到点缀作用，不再有具体的含义；另一类是本身没有意义的字词。一首连滩山歌常是这两类衬词混合使用，应用在同样的曲调上，却让人听起来无违和感。

四、保护与传承

受多元文化冲击，连滩山歌尚未被更多人尤其是年轻一代所接受，这不能单纯从音乐理论上归因于连滩山歌与现代音乐在审美形式和价值观存在明显区别。连滩山歌的延续依托其生态环境、文化空间，我们应反思其本身的创作革新力度、传承力度等方面的内容，首要的是保护连滩山歌的文化生存空间，在了解当前连滩山歌的传承现状后，再对症下药去提出相关的措施，以保持连滩山歌的活力、文化创造力。

（一）传承状况

受地域差异、历史传统、民族个性等的影响，连滩山歌在现代文明现实经济的浪潮中接受挑战。在连滩山歌发展初期即 20 世纪，传承资源与发展组织条件不足，思想观念开始转变，经济效益占上风，以唱山歌来维持生计的职业歌手出现。通信设备、流行音乐发展迅猛，传统音乐遭遇困境。和其他民歌一样，父辈兄长或师徒之间的口传身授是连滩山歌的重要传承方式。"传承，即传习、传播和继承，就是在不脱离产生特定文化的那个自然人文生态环境中进行该文化的传习、传播和继承活动。"[10]382笔者在连滩拜访当地的群众和文化艺术工作者时，从交谈中感受到当地人对连滩山歌的自豪感和对将连滩山歌发扬光大的殷切希冀。连滩山歌的传承（见表 1）自 21 世纪以来得到明显的关注，但成效仍然欠佳。熟悉山歌歌词门类，懂得运用歌词技法、修辞手法对歌者来说是入门必备，但人们对连滩山歌的歌词文化知识学习兴趣不高。现在连滩山歌到了第五代继承尾声，传承人群体的数量和范围都在减少，急需第六代新生传承人的接班。

表 1　宣传传承连滩山歌的重要表现

时间	重要活动
2000 年以来	郁南县政府将连滩山歌录制成 VCD
2006 年 11 月	"连滩山歌"被列为郁南县第一批县级非物质文化遗产代表作名录
2007 年 2 月和 6 月	先后入选云浮市第一批市级非物质文化遗产代表作名录、 广东省第二批非物质文化遗产代表作名录
2009 年 11 月	连滩山歌被批准申请列为第三批国家非物质文化遗产名录

（二）传承措施

近几年，郁南县积极响应省委省政府关于创建文化大省的战略部署，根据"弘扬民间艺术、打造南江文化"的文化建设新思路作出了不少努力。针对连滩山歌的传承状况和现实要求，本文关于传承的措施建议如下：

其一，从传统的连滩山歌中取其精华，创作有时代气息的连滩山歌。连滩山歌在整个族群里扮演着重要的角色，我们要认识到连滩山歌是该地域文化的重要象征符号。《礼记·乐记》曰："乐者，圣人之所乐者而可以善民心。"相关政府部门在对山歌开展保护工作时应继往开来，对歌者采用一定的鼓励机制，推动与时俱进的歌词创作；文艺工作者应梳理科学的发声方法，提高音乐品位。

其二，唤醒人们对连滩山歌的热爱，亟待组成编写团队，将连滩山歌文化知识编撰成书，激发不同年龄层的学习兴趣，将连滩山歌引入课堂，引入生活。事实上从现代社会发展的方向来看，除了特定的传统节日有演唱外，地方传统音乐活动场合逐渐减少甚至趋向于无。连滩山歌可借鉴其他民歌优秀的传承方案以取长补短。需要尽可能地逐个拜访有经验的歌手，在获取连滩山歌信息的同时坚定共同维护山歌艺术特色的信心。

其三，积极开创媒体宣传渠道，充分利用新兴科技和网络媒介平台，包括但不限于使用论坛、微博、微信公众号、小程序等进行连滩山歌的宣传工作。鉴于传唱地的方言和当地民俗风情局限，考虑到在一个非方言地流传时语音发生变异，可能会削减连滩山歌的文化精髓，故宣传工作要谨慎进行。

五、结语

目前，学界对连滩山歌的研究较少，对其歌词的研究缺乏语言学、修辞学的角度。连滩山歌大多是应景而唱的，由其演唱形态得知歌词是连滩山歌的重要研究对象。文化是山歌的土壤，本文用山歌文化理论以及歌词文化知识作为支撑支架，采用科学思维方法包括类比推理、抽象概括等，从连滩山歌的语音、字词、句式句型、修辞手法等切入点分析具体的连滩山歌歌词，加上对比类推其他山歌歌词的某些具体特征，总结出连滩山歌歌词的艺术特色。本文从整体上简要地"倾听"连滩山歌，再具体探析连滩山歌歌词，通过分析具体的歌词内容寻找其艺术特色。然而，连滩山歌背后的歌词文化博大精深，非一人之力所能穷尽，加上自身学力有限，本文仅仅是对连滩山歌歌词的艺术特色作管中窥豹的探析。希望此文能起抛砖引玉的作用，引起更多语言学、音乐学、歌词文学等方面的专家学者关注连滩山歌，对连滩山歌进行高水平的研究。

参考文献

[1] 尹庆红．黑衣壮山歌文化的内涵与现代审美价值［D］．桂林：广西师范大学，2005.

[2] 赵晓兰．歌谣学概要［M］．成都：电子科技大学出版社，1993.

[3] 李瑜青．黑格尔经典文存［M］．上海：上海大学出版社，2006.

[4] 臧克家．臧克家全集：第九卷［M］．长春：时代文艺出版社，2002.

[5] 黄春蕾．广东连滩山歌及其独特的艺术风格［J］．艺术百家，2011（6）：241－243，275.

[6] 李翠枝．连滩山歌［C］//郁南县连滩镇人民政府，郁南县政协学习文史委员会编．中国民间艺术之乡——连滩．2001.

[7] 陈汝东．修辞学教程［M］．2版．北京：北京大学出版社，2014.

[8] 成伟钧，唐仲扬，向宏业．修辞通鉴［M］．北京：中国青年出版社，1991.

[9] 赵亮．民间音乐生存的思考及文化学阐释［J］．民俗音乐，2010（3）：18－19.

[10] 周凯模．云南民族音乐论［M］．昆明：云南大学出版社，2000.

论李贺诗歌的色彩感

刘 亚① 闫 勖②

李贺，作为中唐时期的重要诗人，其诗作今存 242 首左右，多为乐府、歌行，有着独特的艺术价值。李贺一生短暂，在 27 岁的年华里，早慧的诗人一直呕心为诗，以敏锐才思和勤学苦练写成的诗集，成就了其郁闷悲怆一生中最孤绝的价值。翻开李贺诗集，首先呈现的是秾丽的色彩，令人惊叹。宋人宋祁曾评其诗曰："辞尚奇诡，所得皆惊迈，绝去翰墨畦径，当时无能效者。"[1]19 严羽在《沧浪诗话》中曰："玉川之怪，长吉之瑰诡，天地间自欠此体不得。"[1]46 薛雪在《一瓢诗话》中说："唐人乐府，首推李、杜，而李奉礼、温助教，尤宜另炷瓣香。"[2]937 钱钟书在《谈艺录》说："长吉穿幽入仄，惨淡经营，都在修辞设色，举凡谋篇立意，均落第二义。"[3]138 可以说，古今中外关于李长吉之诗的评价和研究很多，但是集中研究李贺诗歌色彩感的文章和专著并不多，本文试着在博采众长的基础上对此展开研究并提出自己的一些看法和意见。

一、李贺诗色彩词分析

李贺诗歌中含有大量的色彩字词。可以说李贺对色彩字词偏爱有加，无怪乎杜牧在《李贺集序》中云："时花美女，不足为其色也。"[1]8 陆游云："贺词如百家锦衲，五色炫耀，光夺眼目，使人不敢熟视，求其补于用，无有也。"[1]73 从这些古人的评价中不难理解李贺诗中色彩字词之多。日本学者荒井健在《李贺的诗——特论其诗的色彩》一文中说："李贺诗

① 刘亚，广东海洋大学文学与新闻传播学院汉语言文学专业 2015 级本科生。
② 闫勖，广东海洋大学文学与新闻传播学院讲师。

中的色彩词的数量，占其诗歌中字数的 3.3%。王维是占 1.5%，韩愈是占 0.8%。色彩词的使用比例，李贺是 30 字里有一字，王维是 67 字里有一字，韩愈是 125 字里有一字。就其出现频率而言，李贺占有绝对优势。"[4]125色彩字词中李贺喜用白、红、绿、青这几种颜色，其中白色的占比最大，但是综合来看李贺敷色偏冷暗艳丽。色彩感的呈现主要是通过色彩字词以及色彩意象呈现出来的，因此，笔者认为，在进行深入研究之前有必要对其全部诗歌中的色彩字词及色彩意象有个清晰的认识。为此，笔者做以下区分。

第一，色彩字词为一类。这类是单纯作为形容词的颜色词，如："华裾织翠青如葱"（《高轩过》）；"千山浓绿生云外""依微香雨青氤氲""金塘闲水摇碧漪"（《四月》）等。还有一类为李长吉独用，也即钱钟书在《谈艺录》中所说："长吉又好用代词，不肯直说物名。如剑曰'玉龙'，酒曰'琥珀'，天曰'圆苍'，秋花曰'冷红'，春草曰'寒绿'。"[3]173日本学者川合康三在其文《李贺的表现——以"代词"和形容词用法为中心》中将其称为"借代型代词"。川合康三指出，"如'冷红泣露娇啼色'（《南山田中行》）中的'冷红'，他将'冷'这个感觉形容词和'红'这个视觉形容词组合在一起，用来代替名词'花'"[5]。此类例子还有，如"冷翠烛，劳光彩"（《苏小小墓》）中"冷翠烛"即指磷火。再如，《浩歌》中"看见秋眉换新绿，二十男儿那刺促"，"新绿"与"秋眉"对比，指青年人乌黑的眉发。至于李贺为何热衷在诗歌中创造性地使用这些代词，笔者认为，这正是李贺"笔补造化天无功"的具体表现。

第二，李贺还善用曲喻和通感的手法，这些手法对增加李贺诗歌中色彩词的数量有一定的作用。曲喻如"羲和敲日玻璃声"（《秦王饮酒》），诗人借太阳和玻璃光芒四射之相似而转喻羲和敲日之声就如敲打玻璃之声，也即"以一端之相似，推而及之于初不相似之他端"[2]158，使得这半句诗歌中蕴含了声、光、色几种感觉的联通。通感手法对于感觉十分敏锐的诗人来说运用起来得心应手，如《南山田中行》中的"冷红泣露娇啼色"，"红"是指秋日之花的颜色，而加一个"冷"字便使人感到这一抹红中所含的冷寂，由此当为触觉和视觉的联通。此皆可见长吉炼字造语之奇。

第三，李贺诗歌中的色彩意象。李贺诗歌的色彩感不单单以上述几类呈现，综合来看，李贺诗歌中的意象也是浓墨重彩，古冷荒寒。如李贺喜写金色的器物、红色破败的旗帜、凝固惨淡散发奇色的云彩、暗淡的烛光、凝固的血、深绿色的荒郊……李贺多次在诗中写到铜驼和古剑意象，虽然诗句中并未赋色，但此类意象的颜色在长吉诗中是被突出的，读之便能够感受到铜驼和古剑斑驳暗淡的颜色浮现眼前。此类也可称为"隐性颜色词"[6]。

第四，"含彩词"[6]。这类词是指有颜色字，但是并没有色彩的名词。这就需要区分出来，排除在外。如："况是青春日将暮"（《将进酒》）之"青春"；"二十三丝动紫皇"（《李凭箜篌引》）之"紫皇"；"青轩树转月满床"（《勉爱行二首送小季之庐山》）之"青轩"等诸如此类皆须排除。

唐代诗歌的一个重要特点就是视觉性，色彩鲜明，给人感官带来直观的冲击。唐代诗人们对写诗有着极高的热情，写景状物都喜五光十色。可以说色彩感在唐诗中很平常，不唯独李贺之诗。比如，杜甫作诗喜先色夺人，范晞文在《对床夜语》中言："老杜多欲以颜色字置第一字，却引实字来。如'红入桃花嫩，青归柳叶新'是也。不如此则语既弱而气亦馁。他如'青惜峰峦过，黄知橘柚来''碧知湖外草，红见海东云''绿垂风折笋，红绽雨肥梅''红浸珊瑚短，青悬薜荔长''翠深开断壁，红远结飞楼''翠干危栈竹，红腻小湖莲''紫收岷岭芋，白种绿地莲'，皆如前体。若'白摧朽骨龙虎死，黑入太阴雷雨垂'，益壮而险矣。"[7]17-18 李贺的诗歌和杜甫不同的是，李贺擅曲终着彩。如"帐带涂轻银"（《兰香神女庙》），"古堤大柳烟中翠"（《许公子郑姬歌》），"琉璃钟，琥珀浓，小槽酒滴真珠红""桃红乱落如红雨"（《将进酒》）。通过仔细研读长吉之诗，发现李贺诗作用色不仅多，而且呈现出"冷""艳""奇"的特点。正如罗根泽在《乐府文学史》中所说："冷如秋霜，艳如桃李，'冷艳'二字，确可为贺词评语。"[8]111 而这确为李贺诗之独特处，也是与李贺善用色彩字词意象有着密切关联的。

二、李贺诗色彩词丰富的原因

那么，李贺为何如此善于在诗中营造色彩感呢？在我看来，这绝非偶然，这与诗人自己的生命体验、性格气质乃至当时的社会文化相关。我们立足文本的同时，需要体认诗人生活的时代背景，探寻那个时代畸零人李贺的内心世界，唯其如此，才能真正理解李贺呕心建造的诗歌艺术世界。

（一）中唐社会文化的影响

李贺，唐宗室郑王之后，生于唐德宗贞元六年（790），卒于唐宪宗元和十一年（816）。生命短暂，且一生没有显著的事功。而他所生活的唐朝一直拥有较为开放的文化背景，儒释道三教并行，三教之间相互影响，这对当时社会文人的心态以及文学创作产生了巨大的影响。生于中唐时期的李贺就深受唐代佛教的影响，有别于儒家所提倡的温柔敦厚的中和之美，佛禅理论对文学的影响反而使得当时的诗文之美各放异彩。无疑，李贺诗歌色彩浓郁，是佛禅理论对其影响使然。也有学者认为，唐代道教文化兴盛，对当时的文人的思想和创作也有一定的影响。昌庆志在《论道教文化对李贺诗歌的影响》中指出——不同于佛教文化"四大皆空"的哲学玄思，也不同于儒家文化拯物济世的务实态度，道教文化追求超自然的快乐，因而道教想象的世界五光十色，香气缭绕，乐音超妙……贺诗同道教一样，特重着色，而且，贺诗着色之妙，可说是达到了"笔补造化"的境地。[9]李贺年少时饱读诗书典籍，儒释道三教在他的思想里糅合，并对他的诗歌创作产生影响。

李贺早慧，早年生活在昌谷家乡时就有诗名，直到唐宪宗元和二年（807），十八岁的李贺离开家乡来到东都洛阳，在这段时间里李贺遇到了能够赏识他的韩愈和皇甫湜。此后，李贺因遭遇父名事件而无法参加进士考试，韩愈更是为其作了一篇《讳辩》据理力争。可见，韩愈和李贺关系甚好。中唐时期，在经历了安史之乱后，国势也日趋衰弱，士人们在经历改革失败后也失去了奋进求取功名的态度，目光也由原来的关注现实、参与政治转向了对现实的逃避，诗文创作也愈加关注自己内心情感的抒发而少了现实的内容。韩愈作为一名以天下为己任的儒士，在当时不仅引领了诗文创作复古的思潮，而且提出了诗文尚奇的言论。一时间，士人们在创作时有意地追求一种光怪陆离的境界。因此，中唐以后的文学界，解构的潮流始终占主导地位。"韩愈门下和韩愈引出的不少作家，皆有意拆解既定的话语模式，师心自用，戛戛独造，错综成文，或醉心于生僻险怪的词语，或完全弃雅从俗，总之，他们向既定的模式挑战，尝试以各种创造性的方法给人造成全新的感受。"[10]179而李贺诗之冷艳奇诡，正是中唐时期这种解构文学思潮影响的结果。所以我们也不难理解，师心自用的李长吉为何能够创作出如此色彩繁复的诗歌来了。就连朱熹也云："李贺较怪得些字，不如太白自在。贺诗巧。"[1]39

（二）乡恋情结与畸形人格

人皆谓长吉"鬼才"，其实李贺的诗文风格随着年岁的增长变化不大，尤其是诗歌里的色彩感在其不同时期所作的诗歌中皆有体现。李贺一生短暂，生活的经历相对简单却也坎坷。李贺幼年时期在昌谷生活的经历，对李贺一生的创作都产生重要影响。

第一，在李贺身上一直都有浓厚的"乡恋"。昌谷即今河南省宜阳县，水源丰富，交通便利，桑竹丛生，稻麦茂盛，自然风光十分优美。幼时的李贺常带着自己的小奚奴，骑着瘦驴，在昌谷一带徜徉，寻觅诗情，谱成诗句，每日的出行让他对昌谷的美景愈发沉醉，写了很多以"昌谷"为主题的诗歌，正如陈允吉所说："他的诗歌非常善于刻画处于瞬间的自然事物的直观形象，对于色彩和声音的感受尤其敏锐，这些创作特点的来源可以追寻到作者儿时的性格和经验。"[11]2更为重要的是，昌谷的自然风光哺育了他源源不断的诗情。如其《昌谷诗》中所写："昌谷五月稻，细青满平水。遥峦相压叠，颓绿愁堕地。光洁无秋思，凉旷吹浮媚。竹香满凄寂，粉节涂生翠。草发垂恨鬓，光露泣幽泪。层围烂洞曲，芳径老红醉……大带委黄葛，紫蒲交狭涘……"[2]474在李贺这首五言古诗中他共写了98句，其中涉及色彩的诗句有24句，其比例可见一斑。正是由于对家乡昌谷的迷恋之深，细心而又有敏锐直觉的李贺才能将昌谷的自然事物和景象描摹得如此斑斓夺目。

第二，李贺能够见到常人见不到的冷艳奇的色彩世界，还因为他幼时对楚辞、乐府、六朝小说及游仙宫体诗的热爱。正如《赠陈商》中所说："案前堆楞伽，肘后悬楚辞。"杜牧云："少加以理，奴仆命骚可也。"[1]8

第三，李贺拥有惊人的直觉感受力，极善幻想，这是诗人先天的气质使然。诗人在遇景即物时，比平常人更能直接感受到事物的色彩，其极力赋色背后也是深刻的情思。

第四，李贺一直自诩为唐宗室皇孙，但冰冷的现实是暗淡的，李贺天生一副奇怪的面貌，通眉巨鼻长指甲，瘦弱多病孱弱，科举仕途不济，死亡的阴影也一直伴随着他。这也就不难理解李贺为何热衷在诗歌中描写冷艳之色了。在五光十色的色彩背后却是诗人的一番苦心深意，看似绚丽的诗歌世界背后，体现的是生命与诗艺的结合。

三、李贺诗色彩词的艺术效果

李贺虽然不是一个济世的士子，但是一个创造了独特高超美学风格的诗人。他沉浸于诗歌的艺术世界中，苦心经营，独创了冷艳奇的"长吉体"。诗歌是语言的艺术，李长吉之诗在意旨上的创新性或许并不突出，但在修辞设色、诗歌美学风格和意境上的创造却对后世的文学产生了不可忽视的影响。李贺诗歌之所以具备这样的艺术风格和他诗中的色彩感不无关系，以下将运用中国古典文论来分析其诗色彩感的营造、呈现出的艺术风格，再运用比较诗学的方法来研究李贺诗歌所呈现出的现代性之美。

（一）古典文论视域中的诗歌色彩感

中国古典文论中关于诗学的理论丰富，单是诗歌鼎盛时期的唐代，诗话作品就十分丰富。和西方文论不同的是，古典诗学对诗歌的评价一来讲究"知人论世"；二来就是对作品的分析，不同的诗论家对诗歌艺术品评的角度也颇有差异。具体到唐代，由于唐代佛禅、道学理论的盛行，诗歌理论已不独"诗言志""文以载道"的诗学观，意境理论逐渐被诗论所重视，这点在殷璠《河岳英灵集》、王昌龄《诗格》、皎然《诗式》中反映得很明显，乃至唐末司空图的《二十四诗品》中都有所反映，而韩愈的诗文解构思想在当时的文坛也产生了巨大影响。

1. 意境呈现

李贺生活的中唐，有别于盛唐时期流行"清水出芙蓉，天然去雕饰"的审美风气，一种流丽怪异、光怪陆离之美开始被艺术家们所接受。审美风气的改变给中唐的诗文创作带来新质，李贺诗歌之奇诡冷艳的风格就是其中之一。这种风格和他用色的奇诡冷艳有着莫大的关系。"色彩词能够引发读者联想，使读者能够深入体会到色彩词背后的作者内心的情绪，非常契合古典诗词情味深长的意境观和含不尽之意见于言外的美学追求。"[12] 同时，色彩词对于意境的形式美也有重要作用，直观性和形象性更强，清晰传达出诗人情感的幽微之处。此外，需要区别意象和意境的不同。所谓意象，"就是形象和情趣的契合"[13]205，而境则指象外之象，意境则指"意"和"境"的结合。冷艳之色赋予了诗歌冷艳的意境。李贺诗歌中的色彩意象繁多密集，浓重富艳，冷酷异常，而这些色彩意象和诗歌意境的营造有着千丝万缕的关系。如《老夫采玉歌》：

采玉采玉须水碧，琢作步摇徒好色。
老夫饥寒龙为愁，蓝溪水气无清白。
夜雨冈头食蓁子，杜鹃口血老夫泪。
蓝溪之水厌生人，身死千年恨溪水。
斜山柏风雨如啸，泉脚挂绳青袅袅。
村寒白屋念娇婴，古台石磴悬肠草。[2]386

诗中"水碧""杜鹃口血""村寒白屋"的意象使全诗笼罩着青白色，烟雾袅袅的氛围，再加上如杜鹃泣血一般的老父泪，使得全诗色调又冷又艳，诗人在描写蓝溪这样凄清苦寒的生存环境时也寄托了对采玉人的深切同情，蕴含着对生命的忧惧感，表现了采玉人工作环境的艰辛和内心的辛酸。除此之外，在《长平箭头歌》中也是色彩冷艳异常，意境凄寒艳丽。

漆灰骨末丹水砂，凄凄古血生桐花。
白翎金簳雨中尽，直余三脊残狼牙。
我寻平原乘两马，驿东石田蒿坞下。
风长日短星萧萧，黑旗云湿悬空夜。
左魂右魄啼肌瘦，酪瓶倒尽将羊炙。
虫栖雁病芦笋红，回风送客吹阴火。
访古汍澜收断镞，折锋赤璺曾封肉。
南陌东城马上儿，劝我将金换篸竹。[2]555

"漆灰""骨末""丹水砂""古血""桐花""白翎""金鐻""黑旗""芦笋红""阴火"一系列的偏冷偏艳的色彩意象，古色凄迷，不仅传达出诗人吊古时心境的荒寒苦闷，还传达出其对人生、生命深刻的思考。

再来看李贺诗境之奇。中唐时期，韩愈倡导一种"以诗为戏"的创作理论。强调对传统格律的突破，打破传统意象选取和塑造的标准，追求一种新的美学标准，求奇尚怪成为思潮。正如叶燮《原诗》中所说："唐诗为八代以来一大变，韩愈为唐诗之一大变。其力大，其思雄，崛起特为鼻祖，宋之苏、梅、欧、苏、王、黄，皆愈为发起端，可谓极盛。"[10]23由此我们也不难理解为何李贺诗呈现出奇诡的风格了。李贺善写奇色意象，如"秋坟鬼唱鲍家诗，恨血千年土中碧"（《秋来》），死后千年血化成碧色，虽然化用了苌弘碧血的典故，但是依然反映出诗人想象之奇，红色的血化成碧色，仍旧见其配色之奇，诗境之奇；类似的红绿色彩意象的搭配还有《湘妃》中的"九山静绿泪花红"，《神弦曲》中的"青狸哭血寒狐死"等。总之，李长吉诗歌冷艳奇诡的意境很大一部分源于他并不追求一种和谐的色彩搭配，一面将艳丽的色彩写冷，一面色彩搭配诡谲奇丽，而这便是李贺苦心经营所在。在这些冷艳奇的审美意象背后灌注的是诗人的情感，是诗人心态的反映，看似写景，实则抒情，情景交融间便成就了"长吉体"感人的艺术效果。

2. 诗画关系

在中国古代，画家们往往同时擅长写诗作画甚至篆刻等在今看来之间有着巨大不同的艺术类型，这就使得当时很多艺术家们开始关注诗画关系的问题。苏轼一直都强调诗画的同一性，他曾言："诗画本一律，天工与清新。"（《书鄢陵王主簿所画折枝二首》之一）[13]302苏轼很推崇盛唐王维的诗，说它是"诗中有画，画中有诗"。苏轼为何有此评价呢？王维诗为山水田园诗的代表，清新自然，不加雕饰，典雅清丽。王维本人也十分善于作写意的水墨画，他同时兼有诗人和画家的身份，早就贯通了诗与画，将作诗与作画的审美追求统一起来。所以，我们读王维诗时总会在脑海里呈现出一幅写意的山水水墨画来。水墨单色流转之间，让人心平气和，沉醉在诗情画意之中。如王维《山中》："荆溪白石出，天寒红叶稀。山路元无雨，空翠湿人衣。"[14]212翻译过来是说："山中的天已寒，荆溪的水渐渐下降，溪中白色的石头已经露出来，山中树的红叶也渐渐落了，我走在寂寥无人的山路上，天空并没有下起雨，但是山中雾蒙蒙的，仿佛翠绿的湿气沾湿了我的衣襟。"这首诗的字数并不多，但"白""红""翠"三色却是诗中引出画面感、美感的重要的几个字，读完之后，脑中不自觉地浮现出一幅画来，画中有溪水里的白色石头，几片红色的落叶，翠绿、雾气蒙蒙的山色。诗画转换自如，读诗如见画，诗是无形画，画是有形诗。诗境和画境皆空灵，如清水出芙蓉，和谐优美。如果用一幅画来形容王维诗的美学风格，那么便是中国的水墨画。

再来用诗画同一性来看中唐李贺的诗作，王维、李贺二人皆善于对色彩词进行精细微妙的处理，但是仔细对比二人的诗歌，却会发现，虽同样重视色彩词，诗中皆有大量的色彩意象，甚至出现一样的色彩，但二人的诗给人的直观感觉完全不同。色彩是最能引起人们美感的因素，可以说正是因为对色彩词运用的不同才有了二人诗作不同的美学风格。来看李贺的《雁门太守行》："黑云压城城欲摧，甲光向日金鳞开。角声满天秋色里，塞上燕脂凝夜紫。半卷红旗临易水，霜重鼓寒声不起。报君黄金台上意，提携玉龙为君死。"[2]115 这首诗里含有"黑""金""紫""红""白"这几个颜色。诗中色彩词在数量上不仅比王维《山中》多，而且颜色组合的综合色调偏冷，明度也高，因此诗境显得十分阴郁浓重。如果将其转换成有形画，会发现其色块又大又浓，给人强烈的视觉冲击，艳丽冷涩。如果用另一种画来表示其美学风格，李贺的诗歌更像是大色块颜色拼凑的油画，而这样一种美学风格与蒙德里安的画作所体现的美学风格十分相似。

（二）西方文论视域中的诗歌色彩感

比较诗学的兴起，使更多的研究者愈加注重对东西方诗歌作对比分析研究。钱钟书在《谈艺录》中首次使用了比较诗学的方法研究了李贺诗歌的艺术特色，成果斐然。中国传统诗学和西方诗学相差很大，但是，研究者应该站在跨文化的角度上，打开思路，对比研究，这样才能更好地理解诗歌艺术的价值。

1. 象征性

余光中在其《象牙塔和白玉楼》中说："真的，十一世纪以前的李贺，在好几个方面，都可以说是以为生得太早的诗人。如果他生活在二十世纪的中国，则他必然也写现代诗。"[15]182余光中认为李贺的诗歌是具有现代性的，甚至可以说他是象征主义的先驱。学界也早已认识到这一点，很多文章都采用了比较诗学的方法来论述李贺和西方象征主义诗人济慈、波德莱尔诗歌风格上的相似性。象征主义是指一种诞生于西方 19 世纪末 20 世纪初的文学思潮。象征主义注重表现内在的情感世界、精神世界。而我们不难理解李贺无时无刻不在通过诗句来传达着他隐秘的心声。有研究者的论文认为李贺和西方的济慈、波德莱尔虽然生活在不同的时代、地域、文化中，但是他们的人生经历有很多相似的地方。当结合作品来看时，就会发现他们的作品在审美风格上都极其相似，而这也正是说李贺之诗具有象征主义风采的原因。

现在结合作品来分析李贺诗歌和波德莱尔诗歌在审美风格上的相似性。波德莱尔在其诗作《感应》中写道：

> 自然是一座神殿，那里有活的柱子不时发出一些含糊不清的语音，行人经过该处，穿过象征的森林，森林露出亲切的眼光对人注视。
>
> 仿佛远远传来一些悠长的回音，互相混成幽昧而深邃的统一体，像黑夜又像光明一样茫无边际，芳香、色彩、音响全在互相感应。
>
> 有些芳香新鲜得像儿童肌肤一样，柔和得像双簧管，绿油油像牧场——另外一些，腐朽、丰富、得意洋洋，具有一种无限物的扩展力量，仿佛琥珀、麝香、安息香的乳香，在歌唱着精神和感官的热狂。[16]20

通过这首诗，我们可以察觉到诗人感官的极度敏感，各种感觉互相打通，听觉、视觉、嗅觉、触觉连成一片，让人目不暇接，沉醉于一个我们从未感受过的艺术境界中，就像走入了一个象征的迷雾森林中一样。而这种艺术境界在李贺诗歌中也同样存在。我们都知道李贺不仅善于使用色彩，而且善于打通各种感觉，这点与波德莱尔的创作思路极其相似。深入研究会发现，这些背后蕴含的是诗人意欲表达的观念。读者要读懂诗作，在阅读时除了产生丰富的联想和想象外，还要深入到诗人内心去了解他真正想要表达的东西。

李贺和波德莱尔的相似之处还体现在他们皆善于"以丑为美""以恶为美"。波德莱尔的《恶之花》也是体现其思想的重要代表作。在《恶之花》中，各种令人恐怖甚至是生理不适的意象堆积，他极力描写巴黎这座城市不为人知的阴暗面，如被社会抛弃的穷人、盲人、妓女，甚至专注于去描写腐败的尸体。这些在平常人看来丑恶无比的事物，在波德莱尔的心里无疑具备着不可或缺的美学意义。在以前古典主义文论家们看来，丑和美的界限是一清二楚的，丑就是丑，美就是美，任何残缺的不和谐的事物不可能成为美的事物，也不可能成为诗集中反复出现的意象。而波德莱尔作品中所呈现出的审美风格无疑是对其以前审美风格的反叛。而生于中唐时期的李贺的诗词中也会出现一些在前人诗作中很少甚至从未出现的丑恶的意象，如鬼火、铜人、老鱼瘦蛟、黑云、熊、蛙、狐狸等一系列奇异的意象。我们不禁感叹二人在审美风格上的相似性。正如魏玮在《在"丑"的花园里游历——李贺与波德莱尔美学追求相似性初探》中所说："他们都与当时的审美追求相背离，美是和谐的，丑是不和谐或是反和谐的，不和谐因素的增加，实际上就是丑的因素的增加。李贺和波德莱尔恰恰都追求这种'不和谐''反和谐'，他们都以丑为美，以丑为诗。"[17]当然在笔者看来，总的来说，李贺诗歌能具备现代性的光芒，和他敏锐的感受力、善用色彩词和色彩意象有着巨大的关系，正是如此才使得李贺诗歌的意境很接近西方象征主义诗作家的诗歌意境。前人总以为李贺善用色彩词及色彩意象是一种一味注重诗歌形式的错误，甚至是文害了质，诗歌境界不高，其实不然，我们应该敢于跳出古典文论观的视野，更注重对作品本身的仔细研读，发现闪耀在李贺诗歌中的独特艺术魅力。

2. 陌生化

陌生化是由俄国形式主义学者什克洛夫斯基提出来的，它强调将新奇的魅力赋予习以为常的事物上，在内容与形式方面不同于人们常规的习惯，通过唤醒读者的注意力和想象力，引起读者的思考，使读者注意到眼前的新奇事物。陌生化的途径包括语言陌生化、题材的陌生化以及形象的陌生化。[6]限于本文论述的主要问题为色彩感，笔者只谈语言的陌生化。

因李贺作诗喜用奇色，又善用各种比喻、通感、借代等修辞手法，故其诗歌的色彩意象十分奇崛晦涩，纵然是熟悉的事物，通过他的艺术构思也会变成我们陌生的事物。本来是自然界中极为常见的小草，李贺的诗歌不直言草，而为"寒绿""空绿""小绿""细绿""颓绿"，亦不直言花，而是说"堕红""长红""愁红""冷红""团红"。此类的例子还有很多，在此不再枚举。正如钱钟书研究所说，这和李贺爱用代词有关，然而笔者也认为李贺喜欢这样创作诗歌和他的审美趣味是有关联的。这或许是千年前的李贺特意追求创造的审美风格。李贺年岁有限，但饱读诗书，他明白在他之前的盛唐诗人曾创作出后人难以企及的伟大诗作，而自己必须另辟蹊径，自成一体。李贺也许并不懂什么陌生化理论，但是我们可以说他对于诗歌艺术的热忱成就了他，也成就了他的诗歌艺术。

陌生化理论认为，文学语言应该和日常语言有所区别，这是每个艺术家都应该努力追求的，陌生化使得读者于接受之时在审美上产生陌生感。我们不难发现李贺诗歌中很多色彩词的使用带来了陌生化的审美效果。"诗人故意把常见的两种色彩不同寻常地组合在一起，使读者感到别扭、陌生，使语言呈现出一种受阻状态——读者无法用经验去理解它，这自然引起作为接受一方读者的注意。"[18]50所以，不管是从陌生化理论，还是从接受美学的角度来说，李贺诗歌中所呈现出的色彩感都是值得我们肯定的。王国维在《人间词话》中曾说过，诗词的境界分为"隔"与"不隔"，而按照王国维的理解，李贺喜欢用代词，诗中出现的大量的色彩词和色彩意象无非是使他的诗歌"隔"了，这就不能算作高境界了。而今在笔者看来，我们必须审慎地对待李贺的诗作，一来是陌生化理论和接受美学理论的支持；二来笔者也认为李贺诗中的色彩不仅是单纯作为色彩而存在，而且可以说是物皆着他之色彩，一个个色彩意象皆寄托着长吉之思和审美的追求。

3. 唯美感

李贺的诗是唯美主义的，他追求表现他整个生命的诗歌世界，所以我们读李贺诗时仍会感其情深至切。为此，笔者试着从西方现代的唯美主义出发来分析李贺诗歌的独特美学风格。

总的来说，唯美主义属于浪漫主义，追求为艺术而艺术，追求纯粹的美，追求文学的本真，坚信美才是艺术存在的唯一目的。这种艺术观分明与我们几千年的"文以载道"的艺术观不符。那为什么还要拿唯美主义来谈李贺的诗歌呢？

杜牧在《李贺集序》中说李贺的诗歌"盖离骚之苗裔，理虽不及，辞或过之"；施补华在《岘佣说诗》中说李贺的诗"长吉七古，不可以理求，不可以气求。譬之山妖木怪，怨月啼花，天壤间直有此事耳"[1]375。说明前人早就发现，李贺的诗歌有特色（注重美辞），但其诗理稍显不足。细读李贺的很多诗，就会发现有些诗句对诗的整体意蕴的表现是没有任何意义的。如在《恼公》中刻意追求美辞，用"注口樱桃小，添眉桂叶浓"一句写美人的嘴和眉，而后却笔锋一转写了房间陈设，可见此句在诗中显得意蕴多余，而且隔断了诗歌整体的意脉。这显然是其诗为人所诟病的地方。

其实，李贺并非不说理，而是他的诗往往文辞过于出彩，加上其诗喜用典故，用词又陌生化，所以理往往就被掩藏在美辞之后了。李贺对色彩字词、色彩意象的使用往往能带来唯美主义的效果，诗歌的整体意境也是唯美主义的。唯美主义大师王尔德，在其作品中一直讴歌着美，甚至为了美不惜失去生命，在王尔德看来，艺术不需要考虑道德的价值，只需要表现美就够了。虽然这种美极易流于形式美领域中，但对彰显艺术独立的价值具有重要的意义。李贺诗歌的审美风格无疑是对传统文道说的一种反叛，但如果仔细分析，我们会发现，很多时候李贺诗中的这种形式美是和善相统一的，并不只是浮在表面。如《苏小小墓》，从文辞上看这首诗充满了鬼气，色彩阴冷，意象可怖，人们觉得这首诗语辞美艳冷冽，但是细细体会，李贺何尝不是在同情苏小小之余也寄托着自己怀才不遇的心思呢？《楚辞》词语华丽的同时寄托着屈原忠君爱国的思想，同样的，在李贺看似充满鬼气华丽辞藻的诗中也寄托着他的政治抱负以及愿望不得以实现的悲愤与苍凉。这样的长吉诗是有着丰富的内涵且散发着理性光芒的。

可以说，色彩词的使用一方面成就了李贺诗作语言上的独特风格，其是唯美主义的；另一方面，李贺偶尔也会回归之，突破之，实现了一种美与善结合的新方式。

四、结语

刘辰翁曾言："旧看长吉诗，固喜其才，亦厌其涩，落笔细读，方知作者用心。料他人观不到此也，是千年长吉犹独无知己也……千古长吉，余甫知之耳，诗之难读如此，而作者尝呕心，何也？樊川反复称道形容，非不极至，独惜理不及《骚》。不知贺所在正在理外……若眼前语，众人意，则不待长吉能之，此长吉所以自成一家欤!"[1]57 千年已逝，今人再读长吉诗集，难免发出和刘辰翁同样的感慨。我们有必要理解长吉其人其诗。这个千年前的诗人，呕心沥血地打造了一个五光十色的世界，其诗读起来艳丽晦涩异常，然而在光彩斑斓的语词下是诗人内心情感世界的真实写照。今人对其诗歌色彩感的研究不仅能够加深对诗人生平的理解，生存状态的体悟，洞悉当时的社会情态，而且对我们更好地理解李长吉之诗有重要作用。穿越千年，这些缤纷艳丽的色彩词和色彩意象仍旧散发着奇异的光芒，继续影响着后代的诗人们，如晚唐的李商隐、温庭筠的诗歌风格都深受李贺影响，实则是对李长吉诗歌风格的延续，时至今日，长吉之诗具备的不朽的艺术美仍然感动着我们。

参考文献

[1] 吴启明. 李贺资料汇编 [M]. 北京：中华书局，1994.

[2] 李贺. 李长吉歌诗编年笺注 [M]. 吴启明，笺注. 北京：中华书局，2016.

[3] 钱钟书. 谈艺录 [M]. 北京：中华书局，1984.

[4] 陈允吉，吴海勇. 李贺诗选评 [M]. 上海：上海古籍出版社，2001.

[5] 李雪菲. 川合康三的李贺研究 [J]. 今日南国，2009（12）：109 - 110.

[6] 冯晓雯. 李贺诗歌色彩研究 [D]. 西宁：青海师范大学，2013.

[7] 范晞文. 对床夜语 [M]. 北京：商务印书馆，1937.

[8] 罗根泽. 乐府文学史 [M]. 北京：东方出版社，1996.

［9］昌庆志．论道教文化对李贺诗歌的影响［D］．广州：暨南大学，2001.

［10］叶燮．原诗［M］．霍松林，校注．北京：人民文学出版社，1979.

［11］陈允吉．诗歌天才和病态畸零儿的结合［J］．复旦学报（社会科学版），1998（6）：1-9.

［12］刘永芳．古典诗词意境创造中的色彩运用［D］．保定：河北大学，2007.

［13］叶朗．中国美学史大纲［M］．上海：上海人民出版社，1985.

［14］马玮．王维诗歌赏析［M］．北京：商务印书馆，2017.

［15］余光中．余光中集（第四卷）［M］．天津：百花文艺出版社，2003.

［16］波德莱尔．恶之花［M］．钱春绮，译．北京：人民文学出版社，1998.

［17］魏玮．在"丑"的花园里游历——李贺与波德莱尔美学追求相似性初探［J］．齐齐哈尔师范高等专科学校学报，2008（4）：53-54.

［18］周劼．试探李贺诗歌中的色彩变异［J］．华中师范大学学报，1992（6）：49-53.

论叶兆言小说中的江苏民俗风情
——以《夜泊秦淮》为例

廖　怡① 　肖佩华②

以地域划分派别的方式创造了一种新角度的文学分类依据。中国近现代文学史上，时代相仿甚至相同的作品间都存在巨大差别，原因之一是几乎每个作家都会受到其所在地域的影响。

南京富有深厚的文化历史精神底蕴，在血与火中经受了数次的洗礼。在南京土生土长的叶兆言深受其氛围的浸染，形成了独特的文化品格。[2]在"夜泊秦淮"系列中，叶兆言将南京独有的激荡与融合以文学性的方式淋漓尽致地表现了出来。

叶兆言曾说，"秦淮"系列所写的"都是老掉牙的故事"[3]3。但在他的笔下，南京虽无法回到六朝烟雨的繁盛时代，但也能发现南京将昂扬走向新时代。

综上，笔者认为对叶兆言《夜泊秦淮》进行地域文化研究的目的与意义如下：

第一，开辟以南京为中心的江苏民俗风情研究，挖掘深藏在六朝古都气质下的现代南京。

第二，使文学批评界更将多的关注点延伸到已有声势的京派、海派等派别之外，开拓现当代文学地域文化的新世界。

第三，对南京地域文化的发掘也有利于南京政治、经济的发展。

《夜泊秦淮》是南京民俗书写的典范式作品，展现了当时南京独特的

---

① 廖怡，广东海洋大学文学与新闻传播学院汉语言文学专业 2015 级本科生。
② 肖佩华，广东海洋大学文学与新闻传播学院教授。

精神风貌，从政权风貌到小民生活，给我们展现了一幅富有民国时期南京特色的巨幅画卷。

一、政治：动荡不安的局势

南京在中国近现代史上有着极为重要的战略地位，错综复杂的革命形势使南京在近现代史上处于动荡不安的局势之中。表现在叶兆言"夜泊秦淮"系列中，就是描写了许多政治性人物，在描摹时注意选取与政治事件有关的时间背景，并以平民的生活来侧面反映当时的革命形势。

（一）政治性人物的描写

《状元境》中的司令、《十字铺》中的雷师长都具有鲜明的人物性格，对故事的起承转合起到了不同程度的推动作用。

作者以简略的方式介绍了《状元境》中司令的发迹——"没几年却发迹做了个什么司令，那时南京已经光复，清朝也成了民国"[1]6。从一些情节中能够看出司令的性格特点，如对民乐艺术的追求使得这个扁平化角色变得立体起来。

作者用大量的笔墨来描写"司令"捉奸之后的审讯场景，却没有描写他的情绪，使"司令"的性格显得扑朔迷离，仅能看出他的窝囊和他身上难以摆脱的江湖习气。"司令"看似位高权重，却往往受制于人，手下一干将领也全然不听从他的号令，这巧妙地讽刺了当时的社会现象，旨在抨击当时权力和金钱的邪恶勾当。

"司令"是连接故事主人公"三姐"和"张二胡"的一座桥梁，对其经历的适当省略让读者对其发迹史和生平有了可猜想的余地。

《十字铺》中的雷师长深谙官场、两面三刀，"笑面虎"的实质展露无遗。当他得知亚声被秘密枪决时，他表面上"深明大义"，实则想要亚声的未婚妻，暗示其老奸巨猾的本性。作者看似笔调温柔祥和却是用另一种方式揭露了雷师长的伪善奸猾。这个形象是当时军官的真实写照，他们伪装成良善之辈，大肆屠杀异党，却以虚伪的善良去掩盖自身的罪行。

上述两个人物在各自所属篇章里都不是主线人物，但对人物地位和形象的塑造，对故事的主线部分的发展起着衬托作用。

（二）动荡政治环境与聒噪市井生活的并存

由于南京政治地位特殊，社会局势动荡不安，但在优越的经济条件下，市井生活也相当丰富，在这里形成了动荡政治环境与聒噪市井生活并存的景象。表现在作品中，动荡是丁家在战中的兵荒马乱，是季云经历的数次逃亡，也是张二胡和三姐最初生活的凄惨凋敝，这看似与这场战争毫无联系，实际却息息相关。

《状元境》的开头，写了状元境败落的景象，与夫子庙截然不同——"南京的破街小巷多，老派人的眼皮里，唯有这紧挨着繁华之地，才配有六朝的金粉和烟水气"[1]3。三姐嫁入张二胡家之后，便产生了矛盾，作者描写其家庭的鸡毛蒜皮——"做媳妇的当真赖在床上不起，把个婆婆当老妈子使唤。婆婆火了，背着媳妇便恶骂儿子"[1]22。又或是在士兵依旧横行的街上，张二胡被迫冒险买零嘴等。阅读过程中，读者自然而然地陷入这个家庭的纷争而忘却了外部的动乱。

《追月楼》中，陷入炮火的背景下，叶兆言描写了丁家内部对是否出逃避难的分歧。分歧、争吵与外围的枪炮声相融合，最终在危急时刻大家选择保全自己的性命而不是屈服于丁老先生的道德权威。这表明战火既打破了丁家的宁静，也打破了他们遵从礼法典范的惯例，所谓的传统道德内核已经被破坏。

虽受到了战争的影响，但平民生活中的雅致平和并未完全覆灭——张二胡在闹剧中平静地弹拉二胡；季云在追捕中平淡地与士新、珍珠重逢叙旧；丁老先生在追月楼上坚守着他略显腐朽的旧论，不失从容，令人心生敬佩。

而还有一些一成不变则来自因循守旧，老派文人的执拗顽固满溢于字里行间。我们看到了丁老先生面对日寇时的刚烈气节，却又因其不彻底性而显得酸腐可笑。[2]

同时，我们也看见了《十字铺》中季云面对内战时的坚定与执着，即便代价是告别他一帆风顺的仕途和生活。他曾是传统文人的得意弟子，但在革命中他选择为民众幸福和革命事业贡献自己的力量乃至生命。因此，大家都敬畏、爱戴、歌颂他，在他病入膏肓的情况下仍有无数人冒生命危险隐藏他的行踪，其身上传统性与现代性的交融是激烈而和谐的。季云师承南山先生，"年纪虽轻，旧式文人的一套，样样精通"[1]239。初看季云，只看到一副旧派文人的模样，是万想不到日后他会参加革命的。他最终的抉择是对他自身身份和心理的一种突破，其中存在着安定与动荡的交融。

在叶兆言的笔下，没有绝对的动荡与平静。市井小民虽受到战争的影响，但其植根于心中的恬淡、安稳意识并没有改变，这是南京固有的气质，《夜泊秦淮》其实就是这些战争动乱对安稳平民生活不停作用的表现。

（三）六朝古都遗韵的存留

南京具有良好的经济、政治基础，始终环绕着庄重典雅的气息。时至今日，南京在快速城市化的过程中保持着庄严的样貌，留存了深厚的文化历史底蕴。

南京为都城的六朝大都处于分裂时期，因此，南京作为都城时期的政治功能与中央集权时期相比较为孱弱，但都城地位能保证其经济、政治、文化在相对太平的环境中自由发展。到了近现代，"中华民国"的成立使南京处于紧要关口的位置，但夫子庙等遗留的六朝风韵，依旧显露出"金粉"和"烟水气"，而小巷如状元境的状况则较为凄惨。

即便动乱给城市的面貌带来了巨大的打击，风韵却一直留存在南京城中，那条桨声灯影里的秦淮河，面目全非却始终铭记着作为都城的庄严。

二、经济：繁华富庶的长江中下游地带

南京坐落在长江中下游平原，肥沃的土壤、温暖湿润的气候、流经此地的秦淮河都是这座城市快速发展的外在条件，历史上南京的繁华，向来都是秦淮河的繁华。[4]

南京发展所受惠的多条江河中，秦淮河无疑是具有传奇色彩的一条。秦淮河从古至今都是人们喜爱的游览圣地之一。傍河而建的村庄乃至城市，在城市中生活的人们，是南京水文所创建经济地带的证明。

叶兆言在《夜泊秦淮》中也对南京的经济环境进行了细致的刻画。

（一）南京的商品经济在小说中的体现

南京，地处丘陵山区，北连江淮平原，东接富饶的长江三角洲。自经济重心南移之后，长江中下游及其以南地区的经济、文化都得到了较大的发展空间。南京是商埠重镇，有着发展商品经济的悠久历史和良好传统。经过数朝的发展，南京已成为全国性的贸易城市，经济重心的南移与商品经济的萌芽为南京经济发展奠定了良好的基础。

叶兆言笔下的民国经济是十分多元化的。在《半边营》中，德医师"浪子回头改邪归正，一时成了城南最有名望的中医"[1]141，出行都有小汽车接送。《十字铺》中介绍"到了季云爷爷那一辈，开始有人出来经商……益生轮船公司在安徽境内的长江流域声名赫赫"[1]247。这些都是比较具有代表性的对当时经济的描写。

南京早在古代就已是著名的烟花之地，到了民国时期，这种现象依旧存在，所以有《状元境》开头对花船上两个姑娘的描写。洋务运动的开展、私立企业的不断建立、商品经济的成形与发展，使得此时的商绅积累了一定的资本。《十字铺》中的益生轮船公司正是洋务运动的产物之一，以"自强、求富"口号兴起的洋务运动给民族资本主义注入了巨大的推动力，到了民国时期，私立企业和公有企业都占据了一定的规模。而作为清朝全国性的贸易城市，南京自然有大大小小的企业林立，此时商人地位提高，得到了社会的尊重与肯定。

商品经济的发展也体现在人物的穿着、吃喝等方面。穿着方面讲究得体；而在吃喝方面的表现，后文将从文化习俗的角度集中分析。

《十字铺》中的季云，在作者的描写中"这是一个阔朋友，在南京租了很宽敞的房子，乐而好施……季云和南山先生的家都是枞阳大户"[1]246，可以看出季云是南京典型的富家才子形象。

从以上的例子我们可以看出，在商品经济兴旺发达的南京，始终充盈着古时的才子佳人、王侯将相一般的气势，它的经济在文化的积淀下向深层次发展，结合了当时南京的地理位置、历史相关条件而发展。可以说，南京的经济形式是相当独特的。

（二）叶兆言笔下南京人的经济观念

不同地方的民众，其经济观念有着很大的差异，在叶兆言笔下，南京人的经济观念比较通达，与上海人的精明、计较有着很大的不同。

《状元境》中的三姐（沈姨太）虽以贫贱出身嫁入司令部，但有一种司令夫人的气势，将司令部内外打理得井井有条，生活中也打扮得十分得体大方。在嫁入张二胡家后，她也没有及时改变姨太习惯。相似的有《半边营》中的逎娴，出身良好并嫁给了仕途正顺的祖斐，她穿的衣服都是当时最时髦的款式。在学生时代，她具有开明的思想，说话得体大方。《十字铺》里的姬小姐和季云，同出身于大家，受过新式的教育。乐善好施、善良好客是他们共同的特征。

同时，小说中也不乏经济条件较差的人物。如《状元境》中张二胡与他的母亲，所以当母亲看见三姐脾气刁钻且花钱大手大脚之后，她满心怨恨。她虽生活艰苦，但也未极度节俭，平日里不会亏待自己。

冲淡、平和是吴越地域文化人格精神中的一个主要表现方面，这体现在人生态度上，则常常表现得比较豁达，善于化解因为矛盾、尴尬而产生的种种苦恼。[5]

叶兆言笔下的一些人物虽然性格刁钻，但都显示出比较通达的态度，只是富人会更加无所顾忌，而贫贱的小民则在生存的基础上努力追求美好生活。

文学反映现实，又升华现实。作品中的经济描写大体反映了南京现实，是研究当时南京经济与经济观念的有力参照。

三、南京人文环境与地域文化

与山区、高原粗犷豪迈的风格迥异，作为水乡的南京，从古至今都具有婉约沉静、小户柴扉的特色。市井的饭香萦绕着这些具有南京特色的篇章，为《夜泊秦淮》的整体风韵添砖加瓦。

（一）《夜泊秦淮》中的南京饮食特色

每个地区都有独特的饮食习惯，南京的饮食喜淡，多冷菜。作者在

《夜泊秦淮》中提及了许多南京特色的饮食习惯，笔者总结为以下三点。

第一，南京小吃种类丰富，"金陵小吃"远近闻名。作者笔下具有的浓厚南京人文氛围，与其特色小吃的登场是分不开的。有关南京小吃的历史，最早可追溯到三国时期在南京地区出现的炒米，当时人们把炒米当成点心。[6]夫子庙一带是金陵小吃汇集的地方，有"秦淮八绝"之称。在《状元境》中，张二胡的母亲临死前特意要了一碗老正兴的"过桥"鳝丝面；夫子庙一带茶楼坐满了只为秦淮八绝小吃而来的人，在乱世之中，大家保有对小吃的热忱。小说对一些小吃的描写细致到色香味，极具南京风味，生活化的语言和场景让读者仿佛置身其中。

第二，南京卤菜、冷菜盛行。华东地区对于冷碟十分钟爱，而在家禽类食品中，鸭尤其受到南京人的喜爱。在《夜泊秦淮》中，李进接待遒娴的方式就是上街买了猪耳朵和盐水鸭；三姐在出了一口闷气之后，吩咐丫头剁盐水鸭下酒……除了盐水鸭之外，其他冷菜如猪耳朵、烧鸭等也频繁出现在作品中的宴会和日常场景里。

第三，南京人对饮食有一种执念，换种方式来说是"习惯"。南京人习惯某个特定店铺的小吃，如"秦淮八绝"就是南京夫子庙地区七家点心店制作的八种小吃。南京人在摆宴席的时候，总是会有特定的菜式和小吃，讲究摆盘和菜式。南京人在饮食上的仪式感也非常强烈，张二胡母亲在临死之前还要了一碗鳝丝面；以斩盐水鸭庆功也说明了这种仪式感。

饮食特色反映出饮食观念，南京饮食极具特色，夫子庙一带更是荟萃了南京的饮食小吃精华，因此从古至今受到各地人的喜爱。

（二）《夜泊秦淮》中的南京建筑风格

南京的建筑风格有浓厚的历史文化色彩，在时间的流逝下，南京的建筑逐渐呈现出多样化与地域化并存的特色。

《状元境》的开头，就给我们展示了几种建筑风格。状元境是"小小的一条街，鹅卵石铺的路面……细长的街"，此处破败肮脏，正应了"南京的破街小巷多"的话。而距离状元境很近的夫子庙，则承载了南京作为六朝古都的风韵，是南京地标性建筑。

时代的新旧交替导致新旧体系建筑的并存，《追月楼》故事中穿插着对丁家老宅的建筑性描写："丁家的院子有两道门，包着铁皮，漆得墨黑。"[1]91丁家老宅是传统建筑的代表，庄严的同时略显呆板，暗示丁家老宅内虽萌发了新的思想，但被这扇大门紧紧锁在门外。丁家的"小轩窗""追月楼"，与少荆买的花园洋房产生了强烈的对比。

故事中不同性格和地位的人，所居住的房屋在风格和样式上都是不一样的。《状元境》中，张二胡家境贫困，所以住在脏乱的状元境，一个普通的带着个小院的住宅里。而司令部占地很广，分成好几个院落。"沈姨太住在司令部的西北角上"，需经过一个小月门，方能见到一个独立的院落，是最雅静的存在。南山先生寄居妓院，有石凳等摆设，院子里还有两棵桃树。从这些描述中我们发现几乎所有的南京建筑都带小院，院子里又通常有能开花的树。具体的摆设和院落的设置，与每个人的地位、经济能力与性格相关。

时间和空间是世界存在的基本形式，以时间维度为主的线性描述之所以能够如此充实、丰富，正是因为有着和无穷的空间意象丰富着时间的隧道。[7]综合说来，在新旧交替的时代，建筑风格的变化也是剧烈的，南京亭台楼阁较多，在摆设和置办上都有自己的特色，因此书中对建筑风格的描写，表现了地域与时代的有机统一。

（三）《夜泊秦淮》中的南京口语习惯

小说作者的语言是他人格的一部分，语言体现小说作者对生活的基本态度。[8]《夜泊秦淮》中描写了丰富的口语对话，极具地域风情。

《状元境》中，"倒马子"一事激起了张二胡家庭内部的剧烈争吵，"马子"其实就是一个用以排泄排遗的木桶。以"子"为后缀的词丰富，但大多粗俗，如"小泡子子""龟儿子"等。一方面，粗俗的词语展现了南京人泼辣的直性子，另一方面这些词语经由南京人的口说出，并不完全是谩骂和贬义词，在一些南京人的眼中只是一种话语习惯，并非以粗俗为乐。

在叶兆言的笔下，人物多以南京地域方言进行对话，如出现"屄""他妈""死""蠢材""小子"等贬义词或粗口。在《十字铺》中南山先生初次见士新时，就说："给屄的面子，坐就是了，屁股是你自己的，你站着干什么……"[1]240诸如此类的对话展现了原生态的南京语言风貌，体现了人物的真实生活，极富生活气息和地域特色。

叶兆言是南京人，因此能真实刻画出南京的特色方言，故事的展开和风貌的展示离不开南京方言的衬托和渲染，当一句极富南京风味的方言一出口，整个故事就变得南京味十足，叶兆言正是抓住了这个特色，才塑造出了一个个性格鲜明的人物。

（四）《夜泊秦淮》中显现的其他文化特色

作品多个篇章中均有凸显南京人文环境的人物性格，如《状元境》中的三姐，身姿容貌上活脱脱的南京风范，大胆泼辣却隐藏着柔情，她多才多艺，把将军府里外掌管得井井有条。她是南京典型环境下孕育出的典型人物形象，成为叶兆言笔下让人印象较为深刻的人物形象之一。

作者对服饰也作了相当细致的描写，与建筑方面类似，服饰有新旧交替的趋势。《状元境》中的三姐身着"缎面紧身夹袄"，脚踩"绣花鞋"，是典型的旧式打扮。而对《半边营》中的遒娴穿着的描写则又不同，遒娴是家庭中的叛逆形象，具有新式思想和抗争精神，作者写她"身穿花缎旗袍，外面罩了件半短的黑丝绒大衣……肉色玻璃丝袜，黑色高跟皮鞋"[1]148，俨然一副军官太太的姿态。遒娴是作品中刻画得较为丰满的人物形象，从内到外都是"新人"，其服饰展现了她的态度和追求。

另外，秦淮灯会是南京著名的民俗节日之一，南京城的历史发展离不开秦淮河畔的灯火盛衰，秦淮文化是南京城市文明的重要组成部分，而秦淮灯会则是秦淮文化的集中表现。[9]

《夜泊秦淮》展现的文化特色还表现在市井小民的生活方式、信仰、生活中的习惯等方面，它们无一不展现着南京人们的审美观念，体现着他们对生活的热爱和对获取灵感的积极态度。新旧时代的激烈碰撞，为南京带来了新思想、新物质生活，出现了像季云、遒娴这样的"反叛"者，也不乏像张二胡一家那样生活在旧梦中的人，还有如丁老先生一般拥有新思想却缺乏走出藩篱勇气的人……他们共同构成了当时南京的人情风俗画。

叶兆言的叙述平和从容，不带火气，让读者感受到一种书卷气。[10]2在作者笔下，鸿儒丁老先生、平言先生、南山先生，他们的政治立场和生活方式迥然不同，却均受到大家的尊敬。丁老先生的寿宴排场很大，南山先生虽寄居不堪的妓院但依旧有许多人来向他讨要字画，可见文化对于一个人的重要性。

同样地，对于城市来说，文化底蕴也是极为重要的，作者笔下的南京人看似言语轻佻、粗俗词语频出，但城市里依旧弥漫着书香与历史气，令人憧憬。

四、结语

《夜泊秦淮》展现的故事画卷，是政治、经济、文化的统一，三者相互交融渗透，展现了当时南京的独特地域风采。

南京在当时是特殊的城市，既孕育出了当地特色，也孕育了如《夜泊秦淮》中形形色色的人物，他们生长于南京，深受该地地域文化的影响，具有独特的行事方式和语言习惯，是《夜泊秦淮》故事里的主动因素；而具有独特文化的南京地域，则是该故事系列中的被动因素。主动因素推动被动因素在时空交错中发展，故事从而显得丰满，既具有地域风采，又具有时代特色。

叶兆言语言流畅自然，描摹细腻动人，文字功底深厚，他把特定时代的南京以另一种方式带到读者面前，真实且亲近。语言的平易近人和描摹的精到，是他在当代文学史上备受关注的重要原因。

参考文献

［1］叶兆言. 夜泊秦淮［M］. 北京：人民文学出版社，2017.

［2］徐春浩. 传统观念的尴尬境遇与地域生态的形象展示——叶兆言《夜泊秦淮》系列小说文化语境浅析［J］. 河南理工大学学报（社会科学版），2009，10（2）：256－259.

［3］叶兆言. 夜泊秦淮［M］. 杭州：浙江文艺出版社，2006.

［4］朱丽. 叶兆言小说之于南京秦淮文化建构的意义［J］. 哈尔滨师范大学社会科学学报，2014，5（3）：109－111.

［5］朱君秋. 从"夜泊秦淮"系列谈开去——浅析南京文化对叶兆言

等南京作家群创作的影响［J］. 文教资料，2014（24）：14 - 15.

［6］濮馨馨. 地域文化视角下叶兆言民国题材小说研究［D］. 南京：南京师范大学，2017.

［7］陈秋霞. 论叶兆言作品中的南京想象［D］. 广州：暨南大学，2014.

［8］丁帆. 跋叶兆言的《去影》［J］. 中文自学指导，1995（4）：35 - 36

［9］陈明辉. 南京秦淮灯会的现代特征与民俗意义［J］. 民艺，2018（4）：125 - 129.

［10］朱丽. 叶兆言秦淮系列小说的文人化书写［J］. 开封教育学院学报，2015，35（10）：27 - 28.

比较鲁迅和老舍作品中的启蒙者形象
——以狂人和钱诗人为例

张怡然①　李海燕②

狂人是鲁迅小说《狂人日记》中的主人翁，是一个患有"被迫害妄想症"的病人，也是在封建礼教中率先觉醒、具有启蒙意识的人。钱诗人是老舍《四世同堂》中的人物，原本是一个清高和气的读书人，后来因为抗日战争的爆发而觉醒，抛去了之前的"士大夫习气"，转变为一个勇敢热血的爱国人士。在狂人和钱诗人的身上，有着许多相似的特点，也有着一些不同之处。但这两者身上的异同点，并不是矛盾的，更有一种承前启后的联系。从狂人和钱诗人这两个启蒙者形象上，可以看到鲁迅启蒙文学对老舍创作的影响，也能看到老舍在狂人角色塑造的基础上对启蒙文学的进一步发展和完善。

一、狂人和钱诗人的性格特点

狂人作为鲁迅笔下典型的启蒙者形象，疯癫的行径和疯癫的语言展现出了他独特的性格特点。狂人是疯狂的，行为出格，心理怪异，但发出了"救救孩子"的呼声。钱诗人是老舍笔下的知识分子形象，其性格特点经历了一个转变的过程。他由一个隐逸诗人化身为追求民主和自由的战士，是一个具有强烈启蒙意识的启蒙者。从狂人和钱诗人的身上，我们能看到启蒙者所具有的共同特点。他们头脑中武装着启蒙精神，心中追求的是民主和自由，批判封建思想，与封建作斗争。同时，他们也有着不同之处。

①　张怡然，广东海洋大学文学与新闻传播学院汉语言文学专业 2015 级本科生。
②　李海燕，广东海洋大学文学与新闻传播学院教授。

他们处在不同的时代，表现出不一样的行为和心理，付出的行动力和实践力也有所不同。狂人和钱诗人身上的异同点，体现出了他们在性格特点上的联系，展现出了狂人对钱诗人性格的影响。

（一）狂人和钱诗人的共同点

狂人和钱诗人都是具有启蒙精神的人，他们比周围其他人要更早地觉醒，更早地进步。狂人生活在一个封建礼教背景下的社会，是一个患有被迫害妄想症的病人，虽然他言语疯癫、行为怪异，但是在他的骨子里、精神里，是熔铸着启蒙意识和反抗精神的。他害怕"吃人"，更害怕"被吃"，他痛恨这个"吃人"的世界，更痛恨"人吃人"这种荒唐至极的行径。而钱诗人是一个生活在抗日战争时期的读书人，他有着浓厚的书香气，清高且谦恭和气。他的形象前后有很大转变，由一个"一心只读圣贤书"的诗人形象，转变为一个勇敢刚毅决心投入爱国抗战事业的启蒙者形象。

1. 高扬的启蒙精神

在狂人和钱诗人的身上，我们都可以看见熔铸进骨血的启蒙精神。狂人虽然言行疯癫，但是在他的疯癫行为中透露出了强烈的启蒙意识。"我翻开历史一查，这历史没有年代，歪歪斜斜的每页上都写着'仁义道德'几个字。我横竖睡不着，仔细看了半夜才从字缝里看出字来，满本都写着两个字是'吃人'。"[1]12他的言语看似是疯言疯语，但是仔细琢磨，却也能感受言词背后"吃人"的真实性。看似荒唐的"吃人"，被"仁义道德"几个字刻意掩盖了起来，让"吃人"显得十分符合当时社会伦理道德的标准，而实际上则是封建礼教外衣下人性的愚昧荒谬，是丧失人性的丑陋行径。在狂人疯癫行为的背后，我们看见的是他作为一个觉醒者所看到的封建社会，透露出了他批判封建、推崇启蒙的世界观。

启蒙精神在钱诗人身上也得到充分体现，钱诗人经历了一个性格、心智和精神上的变化过程，他由一个满腹诗书、清高和气的读书人形象，转变为一个有想法、有胆量，敢于为国冲锋陷阵的爱国人士。他的转变意味着他启蒙意识的觉醒：从一个生活在封建背景下的隐世诗人，转变为一个向往自由与民主的战士。面对国家危难，他不再退缩，不认可保守落后且任人宰割的避战策略。这意味着他否定了旧观念和旧思想，抛弃了封建思想对人的禁锢。他变得渴望自由，追求民主，心系国家独立，关心人民自由。新眼光和新观念的出现，让钱诗人变得"焕然一新"，这是启蒙精神萌发的体现，更是启蒙精神在社会黑暗中闪烁出的点点星光。

2. 强烈的反抗意识

狂人和钱诗人都有强烈的反抗和斗争意识。狂人的疯癫言行无不体现出他对封建礼教的反抗和斗争。"我诅咒吃人的人，先从他起头；要劝转吃人的人，也先从他下手。"[1]15 在狂人看来，"吃人"绑架了所有的人，所谓的"道德仁义"也把大家蒙在鼓里，人们愚昧无知却毫不察觉，最终得利的只有封建礼教本身。社会被黑暗的封建礼教所裹挟，人民群众却麻木无知。面对这一切，作为最初萌发启蒙精神的人，狂人不仅想要"诅咒"吃人者，而且想要劝说和制止"吃人"的行为。因此，面对封建礼教，面对社会的愚昧风气，他想要反抗，想去斗争，他想以自己的力量去启蒙人们的心智，拯救这个被封建礼教侵蚀的社会。钱诗人也是一个拥有反抗和斗争精神的人。当他得知抗日战争爆发时，虽有过担忧和顾虑，但面对国家危亡，他最终觉醒，放下清高，身体力行地投入到爱国事业中，心甘情愿地为抗战牺牲自我。

3. 不可推卸的启蒙重任

狂人和钱诗人都肩负着启蒙民众的重任。狂人是在闭塞的封建礼教环境下最先觉醒的人，作为启蒙的"先驱者"，他必然肩负着启蒙他人的重任。钱诗人作为一个由知识分子转变为热血抗战的爱国人士，具有知识分子身份的特殊性，也同样有着不可推脱的启蒙重任。不论是狂人，还是钱诗人，都面临着国家危亡、内忧外患的时局，时代都赋予了他们启蒙者的重任。在狂人的时代，人们被封建礼教束缚，人性麻木愚昧；在钱诗人的时代，面对北平沦陷、国家动荡，人们展现出复杂各异的人性。时代和社会呼唤着启蒙者的诞生，更需要启蒙者的拯救。因此，狂人和钱诗人都是肩负启蒙人性这项重任的"先驱者"。

（二）狂人和钱诗人的不同点

狂人和钱诗人虽同是启蒙者，但仍有许多不同之处。狂人和钱诗人生活的时代背景不同，因而他们启蒙精神的传播效果有所差异。面对封建礼教，狂人表现出的是疯言疯语，而心智正常的钱诗人表现出的则有所不同。此外，由于他们两者个人原因和启蒙效果的局限，狂人对于批判封建所采取的行动，最后只能驻足在"疯言疯语"中，不被人们接纳和认可。而钱诗人则不同，他能够把精神和实践相结合，用实际行动去反抗封建，捍卫民族的独立自由。

1. 不同的时代背景

狂人身处的时代，是一个被封建礼教笼罩侵蚀的时代。帝国主义的侵略、封建制度的黑暗、封建阶级的蛮横欺压，助推了愚昧落后的传统思想，但陷入水深火热之中的人们却麻木无知。"'都出去！疯子有什么好看的！'这时候，我又懂得一件他们的巧妙了。他们岂但不肯改，而且早已布置；预备下一个疯子的名目罩上我。"[1]18 当这些无知的群众面对狂人的"疯言疯语"时，没有人愿意相信其中的道理，没有人愿意接受这"疯言疯语"中透露出的启蒙思想，他们只是把狂人的一切言行当作疯子的行径，还自以为是地一边嘲笑着他，一边做着伪"仁义道德"般的"吃人"行径。

钱诗人的时代，封建专制制度早已推翻，民主共和思想已深入人心，人们不再如从前般麻木无知，思想上有了一定程度上的进步。七七事变的爆发，也使人们清醒地认识到民族独立、民主自由的重要性。因此，从时代背景和社会的进步性上来说，钱诗人能够将他的爱国救国思想更好地宣传给人们。

2. 不同的心理和行为

狂人和钱诗人的心理和行为表现不一样。狂人具有极度病态的心理，他外表狂态，内心多疑，是一个患有被迫害妄想症的患者。他的病症导致他的心理和行为呈现出极度的病态，人们无法用正常人的思维逻辑去思考他的话语，去理解他的行为。但正因为他的疯癫，才使他可以更好地从整体上把握历史。他就像是一面镜子，通过他，照映和揭示出中国全部历史的真相。

钱诗人则是一个思维清晰、心智健全的正常人。他能够以自身的力量来表现自己的志向抱负和爱国精神，以此启蒙和激励更多的人投身到抗战事业中去，而且他足够勇敢、有胆识、有能力，能够在战争一触即发的时刻，抛下曾经的读书人习气，放下清高的心性，全身心地投入到爱国事业中去。因此，钱诗人是以一个具有爱国热情和积极能量的正面形象来启蒙人们、拯救社会的。

3. 钱诗人：真正付诸实践的人

在启蒙意识觉醒，反抗和斗争精神焕发时，狂人没有付出实际的行动，但是钱诗人付出了实践。狂人是一个把自己也放到了自省和批判位置上的人，他研究和思考问题，对社会有着清醒的认识，既发出了"救救孩子"的呼声，也发出"现在明白，难见真的人"的自责。这种深刻的自审是一个启蒙者身上的闪光点，但是他却没有付出实际行动。

钱诗人也是一个能够自省的人，他比狂人更进步的地方在于，他在审视自己之后由诗人化身为一个战士。他做到了精神和行动的统一，把精神作为指导，把行动当作实践。他的启蒙精神在他强有力的行动中得到体现和证明，钱诗人经历了下狱、家破人亡一系列残酷的现实鞭挞后，褪去了对理想中隐逸的桃源般生活的幻想，用自己的启蒙者身份对尽可能多的人进行启蒙，他鼓励被启蒙者们真刀真枪地去为国家做点事。从实践执行力上说，钱诗人比狂人更加深刻，他将精神和实践紧密结合，用实际行动去启蒙人们，身体力行地鼓励人们投身爱国事业。

二、狂人：现代启蒙者先驱

作为现代中国第一部白话小说，鲁迅的《狂人日记》以独特的第一人称视角，以日记体的形式，展示了狂人的疯癫言语。在中国现代文学史上，他塑造的狂人，为启蒙者形象的艺术创造留下了浓墨重彩的一笔，为后世文学塑造启蒙者形象提供了借鉴。

（一）狂人本质：反传统的启蒙者

在被封建礼教禁锢的大众眼里，患有极度心理病症且每日言行疯癫的狂人，是他们从没见过的文学形象。狂人的疯癫言行中透露出鲜明的启蒙精神，但他的斗争和反抗屡被人们当作是疯子的行径。这使大众读者不得不思考这样一个问题：他的语言和行为是否有值得借鉴揣摩之处？正如狂人所揭露的那样：吃人的人的"心思很不一样，一种是以为从来如此，应该吃的；一种是知道不该吃，可是仍然要吃"[2]。狂人的本质，就是一个带着新思想、新观念，走到愚昧大众面前的启蒙者、反传统者。他说着狂妄的话语，传播着与社会相悖的观念，像是一个"反面例子"在给读者提供一些看待封建礼教和社会的新观念。从某种程度上说，狂人形象的出现不仅能够启蒙当时大众的心智，还为之后的启蒙文学作家提供了形象塑造上的借鉴，具有里程碑式的意义。

狂人形象让钱诗人形象的形成有了准确的定位。鲁迅对狂人形象的定位十分准确和清晰，狂人即启蒙者。虽然狂人是与他所处的时代观念相悖的唯一者，行为疯狂且怪异，但是他只有一个目的——启迪麻木的人们，拯救黑暗荒凉的社会。狂人带着犀利的目光，以反传统的视角审视着这个社会，嘲讽和批判着封建礼教和愚昧大众。

（二）狂人形象对钱诗人形象的影响

狂人的形象本质和性格特点，在很大程度上影响了老舍对"启蒙者"的看法。在塑造钱诗人时，老舍不仅参考和吸取了狂人的许多性格特点，让钱诗人成为狂人的启蒙继承者，还以狂人为鉴，弥补其不足，从而塑造出老舍心目中的理想启蒙者。

从心理学角度分析，狂人的确是一个患有被迫害妄想症的病人，而钱诗人则是一个逻辑清晰、心智健康的人，但这并不意味着狂人和钱诗人没有相同的性格特点。首先，他们都有着爱憎分明的刚烈性格。在钱诗人身上，他那种对侵华日军和叛国贼的憎恨，就如同狂人面对封建礼教的诅咒和痛恨那般强烈。其次，在启蒙意识和进步观念的影响下，他们对破坏社会、殃国害民的恶势力都有着强烈的抵触和反抗意识。由此，我们可以看出，钱诗人在很大程度上继承了狂人的性格特点：有着作为启蒙者特有的刚烈性格，有着对恶势力的痛恨和反抗。狂人的性格特点为老舍刻画钱诗人提供了参考和借鉴，使老舍对"启蒙者"这一个形象有了初步的认识，对塑造钱诗人这一形象有了基本的框架设计。

从语言和行为上分析，在狂人如疯子般的语言和行为的背后，是一个启蒙者对时代和社会的审视。他虽然患有心理疾病，但是他的确看到了封建时代的黑暗和社会的症结，他是一个拥有坚定决心去反抗封建传统的启蒙者。钱诗人的行为与狂人有着本质的差别，但他同样表现出对国家民族的爱护和担忧，这是启蒙者言语行为背后体现出的共有特点。钱诗人的身上，不仅集成了狂人的性格特点，行为和言语上也都表露出一个启蒙者对社会的思考、对国家的担忧以及启蒙国民心智的担当。由此可见，老舍在塑造钱诗人这个形象时，深受狂人性格特点的影响，在设计钱诗人心理、性格和行为时参考了狂人，使得钱诗人成为一个继承狂人性格特点、承袭先辈启蒙精神的启蒙者形象。

三、老舍对启蒙文学的发展和完善

鲁迅和老舍的启蒙文学作品有一种承上启下的紧密联系。作为新文学先驱者的鲁迅对于后起之秀老舍有着深刻影响，这种契合和影响是多方面的，主要表现在他们对于文化批判和国民性改造的关切上。[3]但老舍不仅借鉴了狂人的许多性格特点和启蒙者身上应有的特质，还审视了自己身处的时代和社会，以启蒙大众、挽救国民为目的，找到了启蒙文学在新时代可以进一步完善和发展的道路。

（一）钱诗人：理想的启蒙者

钱诗人作为老舍《四世同堂》众多人物中的一个，最具有启蒙者形象特征，也最符合新时代启蒙精神。不论是从钱诗人这个形象本身出发，还是从外部社会因素需要来看，钱诗人都是老舍心目中最理想的启蒙者形象。

老舍的笔下出现过许多的启蒙者形象，"留学归来者"是老舍前期创作的启蒙者形象。这一类留学归来者，不切实际地全盘接纳西方思想，并且观念中带有"钱本位"的观念，是爱慕虚荣、虚伪人格的集中体现。例如，《文博士》中的毛博士和文博士，都是接受西方教育，接纳西方思想的归国者。毛博士的理想是"女朋友""看电影"，而到了文博士一代则成长为"咱们就是当代的状元，地位，事业，都给咱们留着呢；就是那有女儿的富家也应当连人带钱双手捧送过来"[4]188。老舍对毛博士和文博士的刻画，表现了他对这一类留学归来者的质疑和反思。这一类人虽然接受了西方教育和思想，但他们都披着虚伪的外衣，认为留学归来的"博士就是状元"[4]210，经常以自己留学归来者的身份卖弄资格，是典型的中国"钱本位而三位一体"思想的延续。

老舍对这一类归来启蒙者的审视，旨在分析出归来启蒙者失败的原因。留学归来者空有现代的外表，他们盲目崇拜西方文明，是经济理性主义的典型代表。对于他们而言，"留学"成为他们炫耀的外衣，为国奉献、挽救国民只是空谈。归来启蒙者失败的一个重要原因是他们放弃了自己的启蒙者身份，将自己的留学身份视作一种升官发财的资格。

与老舍前期的归来启蒙者相比，钱诗人最明显的进步之处，在于他有着对中国与西方、传统与现代思想的融汇与有效吸纳。钱诗人拥有传统中国的侠义精神，面对国家危难，他义无反顾地参加抗战，毫无胆怯退缩之意。"钱伯伯才是英雄，真正的英雄，敢在敌人的眼下，支持着受伤的身体，作复国报仇的事。"[5]503老舍赋予钱诗人一副大无畏的侠义肝胆，一颗热烈的爱国心和一个有智慧、有进步性的头脑。

另外，钱诗人对自己有着清晰的认识和深刻的自我批判，对于自我价值如何实现有着清晰明确的计划和极强的行动力，人格上也是善良且无私的。与留学归来的启蒙者相比，钱诗人具备了新时代启蒙者应有的优点和条件，更具有现实性，弥补了老舍以往启蒙者的缺点，更加符合时代的需求，更加符合挽救民族危亡的启蒙目的。所以说，他是老舍在探究塑造启蒙者形象道路上，符合老舍理想的启蒙者形象。

（二）老舍启蒙文学的"舍"与"新"

老舍在塑造启蒙者形象上，有着一定的进步性。鲁迅的启蒙文学偏向西方的启蒙思想，而老舍的启蒙文学不仅继承了中国部分传统文化，而且在反思中国传统落后文化的同时，将西方先进合理的思想引入。老舍对于启蒙文学有着自己的见解和观点，在创作启蒙文学形象时对"舍"与"新"有着自己的理解和标准。

"舍"在于老舍敢于抛弃旧观念，敢于抛弃不符合中国现状的不切实际的思想观念。与祁老人、祁瑞丰相比，钱诗人没有传统保守的旧观念，他意识到学习进步思想的重要性，感受到救国救民的危机感。老舍的

"舍"还体现在他笔下的钱诗人不是一个全盘模仿狂人或者说全盘吸纳西方启蒙思想的人。钱诗人的前期生活安逸悠闲，后来的他成为一个爱国抗争者。钱诗人对隐逸生活的"放弃"和对为国抗争的追求，无疑是老舍"舍"的典型呈现。

"新"在于老舍对启蒙文学有自己的见解，有着如何创作出一部符合国情、启蒙人心的作品的新思路。老舍立足国情，从社会现实出发，赋予了钱诗人独特的知识分子身份：满腹学识，合理接纳新思想，自觉担负起历史赋予的责任感。比如，在谈及抗战一触即发时，祁老人隐忍，祁瑞宣矛盾，冠晓荷则背叛，他们各自人性的弱点，使得他们都没有挺起胸膛，救国于危难，但钱诗人做到了。

老舍的"新"还在于他独特的艺术手法。与鲁迅等启蒙文学作家不同的是，老舍没有选择直白辛辣的嘲讽，而是运用幽默的艺术手法，聚焦于剖析人物内心，来揭示社会风气，批判国民劣根性，被称为"含泪的幽默"。鲁迅主张"一个都不宽恕"，极尽批判和嘲讽。老舍则认为，"讽刺必须幽默，但比幽默厉害。它必须用极锐利的口吻说出来，给人一种极强烈的冷嘲"；"幽默者的心是热的，讽刺家的心是冷的；因此，讽刺多是破坏的"。[6]203 在老舍看来，幽默和嘲讽是不一样的。幽默更加呼吁爱，呼唤人性，用一种调侃的语气来启迪人的心灵。老舍站在当时中国的时代背景下，感受到社会的动荡不安，人心的涣散迷离，国家命运的岌岌可危。因此，他采用"含泪的幽默"，以真情去触动人心，让人们意识到挽救国家于危难的重要性。

四、结语

在狂人和钱诗人这两个启蒙者形象身上，我们看到了他们都具有高扬的启蒙精神和强烈的反抗意识，他们都是被时代委以重任的启蒙者。虽然这两者身处的时代背景不同，行为和心理也有差异，但不可否认的是，他们都是拥有进步思想的优秀启蒙者。狂人虽没有像钱诗人那样付诸实际行动，但他是塑造钱诗人形象上最具参考价值的人物形象。狂人作为现代启蒙者先驱，他反传统反封建的意识和性格特点为钱诗人的塑造带来重大的影响，使得老舍能够以狂人为参考，弥补和完善自己心中的启蒙者形象。

老舍在受到鲁迅先锋启蒙文学影响的同时，也对启蒙文学创作做了进一步的发展和完善。在塑造钱诗人的过程中，他既抛弃了旧观念，也运用了独特的幽默手法，让钱诗人成为一个融合中西方思想、传统与先进相包容的启蒙者，符合时代、社会和大众的需求，更加有力度和深度地启蒙大众，发出救国救民的真切呼唤。这是老舍在鲁迅启蒙文学的影响下，对启蒙者形象塑造的完善和创新。

参考文献

［1］鲁迅. 鲁迅小说集［M］. 成都：四川人民出版社，2017.

［2］姜新录.《狂人日记》与鲁迅的启蒙主义思想［J］. 辽宁师院学报，1983（3）：44－49.

［3］史承钧. 鲁迅与老舍［J］. 上海鲁迅研究，1999（0）：270－284.

［4］老舍. 老张的哲学［M］. 海口：南海出版公司，1999.

［5］陈霞. 论老舍小说的启蒙者形象［D］. 桂林：广西师范大学，2011.

［6］老舍. 老舍全集：第十六卷［M］. 北京：人民文学出版社，2013.

文化对话下的世俗化翻译

——以王尔德 《理想丈夫》 中译本为例

刘明芬① 李 欢②

一、世俗化呈现之文化语境的建构

本文以文学翻译的原作与译本为研究对象，基于翻译理论加以展开，因其中涉及的翻译学内容庞杂，首先在研究方向上应有所侧重。传统意义上认为翻译仅是语言形式之间的转化，直至二十世纪七十年代后，翻译研究开始进入"文化转向"阶段[1]1-10，强调了文化在翻译中的地位和作用，开启了翻译作品文化语境的研究空间，译本和原作之间的文化互动关系可见一斑。基于前人的研究与文学世俗化视角，并依托于王尔德《理想丈夫》(An Ideal Husband) 源语文本，本文第一部分着重探讨该戏剧创作背后的社会历史语境及作品中新的文化语境之世俗化建构。

(一)"世俗化"的内涵

"世俗化"最初是西方宗教社会学的专有概念，随着漫长历史进程的催化，不单是发生在基督教等特定宗教上，还包括政治文化方面，精神信仰、价值取向等无一例外地呈现出世俗化的倾向。本文关注的是世俗化的文学世俗化的一面，为了首先明确本文"世俗化"的内涵，笔者归纳出以下三个主要特征。第一，理性化。世俗社会的最大特征，是"那些终极的、最高贵的价值，已从公共生活中消失"[2]48，而所谓"价值"往往代指

---

① 刘明芬，广东海洋大学文学与新闻传播学院汉语言文学专业 2015 级本科生。

② 李欢，广东海洋大学文学与新闻传播学院讲师。

不合时宜的社会观念与价值秩序，亦是王尔德所描述的那一套伦理道德追求。世俗化促使文学审美发生转变，作家在开始以理性严肃的眼光审视周遭社会、消解宏大叙事的同时，在文学作品中表达理性的批驳与现实诉求。第二，生活化。文学世俗化必定要回归世俗生活本身，因此世俗化这一趋向拉近了文学艺术与世俗生活的距离。第三，私人化。个人的精神信仰成为私人事务，价值话语归还给个人加以阐释，由此在文学中形成更多有血有肉、丰富多样的人物形象与精神景观。

笔者认为文学的世俗化创作大体遵循两大意图/功用——解构和建构。这两者亦是文学世俗化的意义所在。社会价值秩序是世俗文学的解构对象，尽管这种解构的力度微弱，但作品的批驳反思对世人势必有启发意义。随着作家对社会认知的逐渐深入，更多作品对"世俗化"本身也有了更高水准的实践，在解构的基础上实现建构，构成愈发理性现实的社会和文学发展秩序。

文学的世俗化也必然影响着文化交际的中介——翻译，本文将王尔德戏剧译介的例子和"世俗化"研究相结合，归根结底探讨的亦是"翻译世俗化"的问题。事实上，文学翻译的沃土里一直埋着世俗化的种子，某种程度上得益于翻译中文化的"求同存异"。本文的论述依据的是中英文两个文本，其中都展现着程度不一的世俗化叙写，而优秀的译本必然带有"求同存异"的翻译风格，也表现出文化之间的对话与融合。

（二）主流意识形态的反拨

十九世纪后叶，英国出现"资产阶级所占据的社会生活实际中的强势与贵族和精英阶层所占据的舆论上的强势产生分离，于是就出现了行为上对原有道德体系的背离，而舆论中却对原有道德体系高调坚持的奇怪局面"[3]。在新旧时代交替之际，人们的文化精神层面出现了断层，新的价值观念尚未确立，宗教信仰危机又引发个体焦虑；贵族阶级言语上坚守道德标准，行径则伪善低劣，相对应的下层民众在精神道德上则无所依附、混乱不堪。那套以优等民族自居的自我道德体系，不过是名存实亡，故上层贵族亟待解构，中下层民众另需建构。

面对这种特殊的世俗语境，王尔德把社会的"秘密"搬上了舞台，将

"真相"演绎得淋漓尽致。"这时文学不仅作为某种文化成分参与历史语境的建构，另一方面，文学又将进入这种历史语境制定的位置。"[4]6-13这印证了前文所述的解构、建构的功用，表明两层功用是作用在社会历史和文学两重语境上的。但这不是一个一蹴而就的过程，当社会历史语境以文学的形式进行呈现、再加工时，便成为解构之后形成的新一重文化语境，此为文学世俗化的第一阶段。由此可见，本处所论的"主流意识形态的反驳"，正是源于解构的意图功能。更多的文学作品往往停留在解构的意义层面，多是对社会的关注、批驳，只有处于新旧时代交替的转折时期，才会产生促使人类思考自身命运的世俗动力，也能使作者完成对人类理想栖息地的书写，即为世俗化的第二阶段——建构。而具体到这部作品，王尔德意欲建构的是新的"理想丈夫"的形象，陈述出迎合实际的所谓"理想"的标准。采用社会题材和背景，意在建构艺术的真实性，用喜剧的形式加以包裹，而内里的批判反拨的意识，则须抽丝剥茧地深入底层才能体悟。正是王尔德这种"苦心经营的淡然"，平衡了现实与艺术之间的关系，从而达到了作品现实主义艺术的高度。

（三）个人文化身份的书写

相对于政治、地域的身份，文化身份指主要诉诸文学和文化研究中的民族本质特征和带有民族印记的文化本质特征，涉及群体或个体的自我界定和价值判断。[5]73在已有的本民族文化身份的基础上，人们往往还会受到异质文化的影响从而产生认同感，生成其他新的文化身份。王尔德是一位英国作家，实际上出身于爱尔兰，因为当时爱尔兰是英国的殖民地，故他拥有了英国与爱尔兰双重文化身份。王尔德出身于爱尔兰的特权阶级，并受家庭文化氛围的熏陶，从小接受的是爱尔兰式的精英教育和新教思想，故而他的作品中时常会流露出爱尔兰情怀。所以说，王尔德既非纯粹的英国人，也不是绝对的爱尔兰人。

事实上，殖民者大范围地宣扬自己优越的文化，被殖民者处于这种文化杂糅的模糊状态之中，对自我身份的认知几乎陷入矛盾。王尔德内心这种矛盾的认知活动会更加强烈，文化身份的双重性使王尔德更多处在社会边缘人的位置，但也为他创造了思想的契机，更加清醒地察觉到英国社会的弊病。同时，特殊的文化背景决定了王尔德艺术创造上的不寻常，他巧妙地调和了双重文化的矛盾，又以文学先锋的角色惊世骇俗一番，完成了对自我身份的书写。

从王尔德的喜剧作品中明显能感受到，那些插科打诨、反语悖论、警句怪论，根本上是对爱尔兰风格的演绎，再借由英国贵族之口道出，举重若轻，启导世人。这种爱尔兰风格，也始终存在于文本内的文化语境之中，模糊了叛逆世俗的文学棱角，但从那些看似反面人物的反常对话中，我们仍能瞥见王尔德那建构未来的倔强姿态。

二、世俗化翻译之译本要素的取舍

余光中的中译本《理想丈夫》，较好地保有译入语的文化面貌，并在原本的世俗化语境的统摄之下，融入当时中国的社会现实因素，演绎出一幕兼有中国文化色彩的社会剧。接下来，笔者将通过构成译本的要素，即题材、语言、悖逆特征三方面，探究《理想丈夫》中文本翻译的取舍之处；强调文化语境在翻译中解决文化差异的作用，进一步探析余光中笔下建构的世俗化语境。

（一）取题材以合时

在《理想丈夫》之前，余光中对王尔德的另外两部喜剧作品《温夫人的扇子》《不可儿戏》也进行了翻译，足以见得译者对王尔德创作才华的推崇。但除了译者的主观原因，是否仍存在其他客观因素影响译者的选材，这也是值得思索的问题。

王尔德喜剧的译介始于 1915 年，在二十世纪二三十年代出现翻译热潮，之后的四十多年中归于沉寂，八九十年代再次迎来对王尔德作品翻译的繁荣时期。发生这种变化的原因，总体上能归结于意识形态对翻译取材的影响，如政治、文化、思想等意识形态方面，经常左右着翻译选材。[6]在二十世纪中国的文化语境下，政治话语影响着文学艺术的创作，随着社会历史语境的变化，文艺方针历经流变，使得文学翻译呈现阶段性的变化。而余光中《理想丈夫》（1998）的重译正是处于后二十年的繁荣期，意识形态的激荡以及文化因子的活跃，成就了翻译界开放的局面。文学艺术的态势决定了文学翻译取材的取向，意图还原生活原貌，重视书写世俗人情，因此译者在选择翻译文本时，亦会考虑题材本身是否顺应当时的文化语境。

在翻译实践的过程中，译者面对的看似只是一个文本，但实际上是不同语言、文化、思想等各种力量的交互，所要考虑的是为译本"培育"一个良好的生存环境，首要的是选材合时宜。[7] 在翻译题材的选取上，现实主义是世俗化趋势的主要呈现方式。王尔德的《理想丈夫》是社会问题剧，存有较大的现实主义成分，其中也涵盖了世俗化的倾向——对英国社会政治、伦理道德的反叛，找寻真正的生活的艺术。就这一点而言，与当时余光中所处创作氛围——追求"世俗化"的话语建构，是极为契合的。

（二）改写源语风格

王尔德的喜剧作品向来以巧舌如簧、妙语警句为人所称赞，其驱遣文字的高超能力有目共睹，即便是选择戏剧这类偏世俗的文学体裁，其语言风格仍旧维持一贯的理性雅致、清畅单纯。事实上，王尔德的喜剧创作不过是为戏谑而戏谑，并非以正义家的姿态针砭时弊，他始终是用路人的口吻调侃，过后便罢了。余光中翻译时在保留王尔德式大雅之文风的基础上，还将翻译体裁的特殊性及译本的受众因素考虑在内，实现了文本的口头化与世俗化，意在合众。戏剧不仅是供读者品读的文学作品，还得是供观众欣赏的舞台表演，译者必须考虑到源语的可表演性和舞台感染力。如译本中"你就完蛋了""神经病"这样的翻译，听起来略失文雅，流于口头形式，却为对话本身增添了情绪与人情味，强化了艺术感染力。

纵观二十世纪以来中国翻译界的发展历程会发现，无论是题材选取，还是语言转化，都呈现出不断世俗化的趋势。《理想丈夫》的创作纯粹是传达意念，其中的主旨、思想会受到客观因素的制约，故带有世俗性；但作品的语言、情感，都是带有作者极强的主观意味的产物，故透着王尔德式的高雅。然而，由阳春白雪到下里巴人，两者是可以和谐共存的。倘若译者将王尔德的"唯美"太过看重，留存得太过完好，那么他国读者是否能全盘接受，这一点仍有待商榷。余光中的翻译实践，是将源语文本置于中国二十世纪九十年代的语境之中，同时为王尔德的才华注入了时代情感，《理想丈夫》已然能算是彻底的俗文本了。

（三）《理想丈夫》的世俗性悖逆

在余光中之前，已有钱之德、张南峰等人对王尔德的这部喜剧进行过翻译，而作为较晚出现的重译本，余译本《理想丈夫》通过对原作文化要素的改写，强化了作品的讽世意味，整体上呈现出对当时世俗面貌的颠覆。本节所叙述的悖逆现象，是一种文化语境的悖逆，借由题材、语意、人物与世俗的悖反，更加精致地呈现出剧本隐含的讽刺性，达到戏剧愈发生动的表演和思想效果。

第一，译本题材的悖逆。文本题材本身并没有流露出过多揭露、批判的倾向，甚至塑造出了如齐爵士夫妇般对道德绝对忠诚的理想人物，结局皆大欢喜。在爱与道德的主题下，存在着隐晦的批判反讽意识，贵族绅士、淑女贤妻的体面生活背后，却是一派自私虚伪、道德沦丧的作风。

第二，人物的悖逆。《理想丈夫》中有两类人物：正人君子和花花公子。前者在道德上属于正方，描写他们时作者多用溢美之词，但代表的是现实中的伪善之人，也是作者所要批驳的真正对象。而后者在道德上不属于正派，作者常将他们描写为玩世不恭、浪荡的形象，却是社会中真正的清醒者和智者。

第三，语言的悖逆。标题所存在的悖逆最为明显，"理想的"为全剧的剧眼，但事实上理想的丈夫并不理想，也有不堪追究的过往；"理想的"看似是一种美德，实则是苛刻的道德束缚。题目之意是一种悖逆形态，辛辣地嘲讽了维多利亚时代贵族阶层的所作所为。原文频频出现的悖论式的语言，例如："我倒喜欢伦敦的上流社会！我认为它已经大有进步了，现在全是些漂亮的白痴跟聪明的疯子。"[8]7 "人间如果少一点同情，人间就会少一点烦恼。"[8]64这些对话看似语意悖反，异乎情理，却道出了上流社会荒唐假象下的腐朽。悖论语言的表述构成不同人物角色的反差，再到整体题材的悖反意义，糅合构成惊奇和讽刺共有的戏剧作品。借由种种译本要素的取舍，原作的悖论妙语都在译本中很好地呈现出来，并且融入了译者的见解及不同的情感色彩，强化了语言的张力而道出更复杂的世俗理念。

三、文化对话下文本的融合与变通

《理想丈夫》原著与译著两个文本，在翻译实践中是双向互动的关系，尽管这种互动常常处于"特别艰难的取得相互理解的情况"[9]500，但在文化层面上，这种互动关系依旧成立。译者在互动翻译的过程中需斟酌的对象有很多，当中最为重要的，即社会文化→读者→语言，前两者经由译者的再创作，最终以语言文字的形式传达出来。在翻译实践中，翻译语言越是通俗晓畅，诠释就越是全面深入，这样才能为翻译文本的世俗化道路打下基石。本节主要从语言层面分析，具体到文本遣词造句的例子，重现出文化的对话、译本的融合与变通、译本向读者观众"妥协"的过程。

（一）翻译策略的世俗化选择

余光中在《变通的艺术》中指明了文学翻译的困境，"精确"和"通顺"常常难以两全，保留"外国风味"又恐本国人难以理解，这固然是翻译界共有的难题。为此，译者需要根据自己的翻译目的，选择合适的翻译策略。所谓翻译策略，具体指的是归化和异化两种翻译的原则和取向。

分析该译本的归化运用之前，首先要明确翻译策略的指向。随着翻译作品不断呈现出世俗化的演变趋势，翻译的文化功能愈发受重视，人们认识到归化和异化也发生在文化层面，许多涉及文化的意识形态、话语权力等问题，都需要运用翻译策略加以解决。归化以译入语文化为指向，译本采取读者习惯的表达方式来传达原作内容；异化则以源语文化为指向，吸纳源语表达方式。余光中在翻译中一向坚持一个原则——最理想的翻译当然是既达原意，又存原文。退而求其次，如果难存原文，只好就径达原意，不顾原文表面的说法了。[8]176因此，《理想丈夫》运用的是以归化为主、异化为辅的文化翻译策略。

受文本内外的主客观因素影响，归化和异化在不同时代会受到译者不同程度的青睐，而翻译策略的选择，更多时候是出于译者的文化立场，意指本文所立足的顺应世俗化的立场。在此，还须再次强调《理想丈夫》体裁的特殊性，作为一部喜剧，不单是要被写出来，还要能被演出来、演得好。读者的因素，被置于更重要的考虑地位上，译者有意识地在翻译中向中国读者（观众）的口味靠拢，为他们提供一个易接受、易揣摩的文学艺术空间。再加上文学的世俗化取向，要求译者更关注该原作翻译的交际功能，重视表演效果，故译本语言应直截了当、简明流畅，整个文本偏重归化法。而余光中的翻译在语言文化处理上很好地权衡了翻译策略，取舍进退皆有度。

（二）翻译实践的融合与变通

余光中以"婚姻"中的两性关系作比喻，提出了中英语言形式须相互"妥协"的翻译之道；"妥协"近似一种对立统一的关系，实则纳入了融合与变通之义。"融合"可以简单理解为"保留"，而所谓"变通"，是"译者在翻译过程中受文本外围因素的影响，而采取打破全译常规，运用灵活的翻译策略来满足读者的需要"[11]85。为了更深入文本，见微知著，将结合余光中译本《理想丈夫》的几个例子，详细分析译者在戏剧翻译中融合与变通、归化与异化的处理手法，以及潜在的世俗化效果。

例1：① Mrs Marchmont：We have married perfect husband, and we are well punished for it.

Lord Goring：I should have thought it was the husband who was punished. [12]284

马太太：我们家的丈夫太完美了，活该我们受到报应。

高大人：我倒以为是做丈夫的受到报应了。[8]16

② Mrs Cheveley：I have a perfect passion for listening through keyholes. One always hears such wonderful things through them.

Lord Goring：Doesn't that sound rather like tempting Providence?[12]337

薛太太：我最喜欢从钥匙缝里听人说话了。从钥匙缝里听到的话，总这么妙不可言。

高大人：你这语气莫非要招惹天谴?[8]73

③ Sir Robert Chiltern：I would to God that I had been able to tell the truth…to live the truth. [12]310

齐爵士：神明在上，但愿我能够说真话……过真的日子。[8]43

这三段对话分别选自不同幕场，都运用归化的手法，从文字上体现出世俗化改写的一致性。如前两处的"be well punished"译为"活该受到报应"、"tempt Providence"译为"招惹天谴"，"报应""天谴"都符合中国人情绪发泄时的言语习惯。"Providence"一般解释为"上帝""天意"，属于宗教中性词，而余光中译作"天谴"则添上了情感色彩，是再贴切不过的。原文意在表达所指对象的行为不合情理，而余光中的翻译既表达出了说话人不满的情绪，又考虑到中西方文化表述的差异，加强了戏剧对话的情感感染力。一般情况下译者会把"God"直译为"上帝"，但如第三处，余光中将其变通翻译为"神明"，凸显了文化意蕴，这种译法明显优于前者。"神明"在整个中国宗教文化及语言表达上都更为常用，加深了观众读者的文化认同感。余译本带有一贯的读者意识，这些细微的改写，表露出译者对中国观众细致的体贴关怀。

例2：Mrs Cheveley：What do you know about my married life?
Lord Goring：Nothing：but I can read it like a book.
Mrs Cheveley：What book?
Lord Goring：*The Book of Numbers.* [12]371
薛太太：我的婚姻生活你懂什么？
高大人：什么也不懂：可是我一目了然，像看一本书。
薛太太：什么书呀？
高大人：户口名簿。[8]76

这里同样采用了归化的手法。对话是以讽刺的口吻说出薛太太以婚姻利益为先，实则空洞无物，不过是户口簿上多加了一个人名。"*The Book of Numbers*"指的是《圣经·旧约》中的经典书卷《民数记》。《民数记》记录了因神谕的昭示，以色列人出埃及后的第二年向应许之地迦南进发的路途中所发生的事，共经历了38年的旷野流浪时期。该书卷因重点提到户口调查和士兵登记而得名，即在这一段时间跨度内以色列人进行了两次全族人口大普查。而在《圣经》（思高版）中是将《民数记》另译成《户籍纪》，由这一宗教名头中得出延伸义，因此余光中译为"户口名簿"，豁然醒目且通俗易懂。若将其直译为《民数记》，则在前后语境中显得突兀、不通顺，对于不熟悉《圣经》内容的观众来说，听起来会是一头雾水。在融合文化意义的基础上，余光中变通了表达方式，用更为幽默、世俗化的翻译巧妙地弥合了中西文化间的空隙，足以见出他文化仲裁之深厚的翻译功底。

四、结语

全文以翻译的世俗化取向作为旨归，有所侧重地选取了与文本语境相关的文本要素加以分析，如语意语风、题材、手法、意象等，这些都需要回归到文本内容。诚然，翻译研究不同于一般的文学研究，它涉及的研究对象更为复杂、陌生，从源语到译入语，从作者到译者，从源语文化到译入语文化，它们共同构成了翻译研究的基本方向。而如何处理源语文本中迥异的语言形式和文化内涵，这是译者所要面临的一大难题，同时是本文论述的切入点，并从译者的处理方式与风格态度中，最终总结出译本呈现的一大特征，即世俗化。

参考文献

［1］安德烈·勒菲弗尔. 翻译、历史与文化论集［M］. 上海：上海外语教育出版社，2004.

［2］马克斯·韦伯. 学术与政治：韦伯的两篇演说［M］. 北京：生活·读书·新知三联书店，2005.

［3］曲彬，尹丹. 一部认真的社会喜剧——王尔德在《认真的重要》中对传统的颠覆与重建［J］. 东北大学学报（社会科学版），2011（5）：466－470.

［4］徐志英，丁帆. 中国新时期文学主潮（上）［M］. 北京：人民文学出版社，2002.

［5］王宁. 文化研究的历史与现状：西方与中国［J］. 天津社会科学，2000（3）：73－79.

［6］蒋骁华．意识形态对翻译的影响：阐发与新思考［J］．中国翻译，2003（5）：26－31.

［7］刘莹．翻译理论范式中的翻译选材与意识形态——严复译著《天演论》为例［J］．电影评介，2014（15）：109－110.

［8］余光中．理想丈夫与不可儿戏——王尔德的两出喜剧［M］．沈阳：辽宁教育出版社，1998.

［9］伽达默尔．真理与方法：哲学诠释学的基本特征［M］．洪汉鼎，译．上海：译文出版社，2004.

［10］弗兰克·哈里斯．奥斯卡·王尔德传［M］．蔡新乐，张宁，译．郑州：河南人民出版社，1996.

［11］刘桂兰．论重译的世俗化取向［D］．上海：上海外国语大学，2011.

［12］WILDE D. The plays of Oscar Wilde［M］．London：Wordsworth Editions Limited，2000.

论贾樟柯电影中的 "边缘人" 形象

梁泳珠①　许那玲②

贾樟柯是中国第六代导演的领军人物之一，他的电影作品在国际上屡屡获奖，但在国内曾遭遇票房遇冷、无法上映等情况。近年来，随着社会各界越来越重视社会边缘人群的生活境况，有更多的人认识了贾樟柯。贾樟柯的电影中塑造了许多典型的、具有代表性的"边缘人"形象，所以认识贾樟柯电影中的"边缘人"有助于加深对当代社会边缘人的了解，让这群"被历史绊倒了的人"重新被记起。当前学界关于贾樟柯电影人物的研究比较少，且大多是以影评的方式存在，缺乏较为系统、全面的探讨。鉴于此，本文试从多个角度对贾樟柯电影中的"边缘人"形象进行分析，力求让大家认识更加全面的贾樟柯式边缘人。

一、电影中"边缘人"的概念界定

贾樟柯曾把自己称为一个来自中国最底层的导演，在创作伊始，他便把镜头的焦点对准了这些跟他一样的中国底层人民，在其电影生涯中塑造了许多立体生动的人物形象。虽然不能将这些人物形象全部都划分到"边缘人"这一领域，但是其中的绝大多数角色形象都符合"边缘人"的概念。"边缘人"的概念由美国社会学家帕克明确提出，他把"边缘人"定义为"生活在两个不同的世界、对两个世界都陌生的人，他们也是'文化混血儿'，是在未完全相融的文化边缘生活的个体"[1]61。而在贾樟柯的电影中，"边缘人"从抽象的概念变成了一个个更加鲜明生动的、可触及的

① 梁泳珠，广东海洋大学文学与新闻传播学院汉语言文学专业2015级本科生。
② 许那玲，广东海洋大学文学与新闻传播学院讲师。

角色个体，得到了更具体的呈现。从 1995 年的《小山回家》，到 2019 年上映的《江湖儿女》，贾樟柯都把镜头对准了那些社会中的弱势群体和零余人。与贾樟柯的个人出身有关，其镜头下的此类人和他一样大多出生在小县城，他们曾经有过理想与热情，但在时代的洪流下，在社会快速发展的进程中，逐渐迷失自我，成了无法掌控自身命运的边缘群体中的一员。譬如外出到北京打工的农民工小山，小县城里以偷盗为生的小武，为了到蒙古探望姐姐而不惜出卖自己肉体的妓女安娜，不知名的广告模特赵巧巧等，都是贾樟柯电影里颇具代表性的边缘人。

从贾樟柯电影所塑造的各色人物形象中，我们可以大致对贾樟柯电影中"边缘人"的概念进行界定。贾樟柯电影中的边缘人，是指游离于社会主流文化、意识和体制之外，精神世界漂泊不安，丧失社会话语权的一群人。他们可能是处于灰色地带，通过出卖身体赚钱的娼妓；可能是终日无所事事，游走在街边，靠着小偷小摸生存的"手艺人"；也可能是经济洪流中无奈"下岗"的工人……而正是这些遍布在社会各个角落的、不起眼的小人物，组成了贾樟柯电影世界中的人物形象群，成为一道不可磨灭的时代记忆。

二、电影中的"边缘人"形象分析

贾樟柯电影中所塑造的边缘人形象有很多，本文选取了四类具有典型意义的边缘人作为主要分析对象，同时是贾樟柯电影中最常出现的边缘人类型，包括灰色地带的边缘女性、四处漂泊的打工群体、情感断层的"下岗"工人和穷极无聊的县城"游民"。他们虽有着不同的遭遇，但同样都是经济上不宽裕，终日与迷茫、焦虑为伴，无法融入这个时代的一群人。

（一）灰色地带的边缘女性

在电影《小武》中，胡梅梅作为失意落魄的小武的心灵寄托而出现。当小武在现实世界中到处碰壁，来到歌厅寻乐时，是胡梅梅给予了他心灵的慰藉。从她与小武的相处中可以看出，胡梅梅是一个性格爽朗，善于以撒娇向男人们讨要好处的歌厅陪唱女。但从她与母亲的通话中得知，她可以云淡风轻地诓骗母亲说自己在北京做演员，语气中还带有些许得意，可见胡梅梅对歌厅这种灯红酒绿的生活是得意且眷恋的，也间接说明了胡梅梅是自主走上了歌厅陪唱女的道路的。而小武对于她来说，只是一个暂时的情感港湾，她明白以小武的身份与财力，并不能满足她对物质生活的追求。所以，当财力雄厚的山西老板出现时，这份单薄的情感便难以支撑，她毅然决然地选择抛下小武，跟着山西老板离开。在胡梅梅的眼中，富裕的生活比仅靠情感所维持的关系更重要，也更实际。

在电影《天注定》中，贾樟柯又塑造了以莲蓉为代表的一类女性角色——享乐型妓女。初见莲蓉会被其外表所吸引，她长相清纯，气质甜美，身上不带一丝风尘气息。与《小武》中的胡梅梅相比，莲蓉的身上多了一份什么都不在乎的洒脱与对自身身份认同的坦然。她深知自身工作的性质但乐在其中。她可以随意地开低俗玩笑，也可以在明知小辉在场的情况下为其他客人提供情色服务，她比胡梅梅这类小县城歌厅陪唱女更加职业化与市场化。

当小辉向莲蓉表白并提出带她走时，莲蓉明确地拒绝了，不愿意跟着小辉离开，究其原因，是她已经习惯了这种通过出卖身体来获取金钱的工作方式。她的灵魂已经被金钱主义所侵蚀殆尽，过上正常人的生活只不过是她在闲暇时光里的偶尔幻想。莲蓉是现代社会中特定人群的生活缩影，她们被拜金主义所侵蚀，深陷其中，享受其中，并渴望通过求神拜佛等虚无的方式获得灵魂救赎。

随着社会经济的发展与人们生活水平的提高，人们的思想观念与价值观发生了巨大变化。人们对物质生活的欲望愈加强烈，社会竞争也愈渐加大，这都与底层劳动人民的生存能力形成巨大的差距，使得中国社会底层人民的人格发生裂变与异化。

（二）四处漂泊的打工群体

这里讲述的打工群体是指那些出身于农村或小县城，刚脱离土地，前往城市务工，整体文化程度不高，主要从事劳力工作的群体。例如，《三峡好人》中的韩三明、《世界》里的赵小桃和成泰生，都是属于这个群体中的一员。他们中有的是被迫离开农村，有的是自主到城市打拼，希望开启新的生活。但相同的是，他们在城市里都从事着底层的工作，靠着出卖劳力而获得微弱的报酬。

《三峡好人》的主人公韩三明是被迫离开农村前往城市的典型人物，他本是山西的一名普通煤矿工人，为了找寻16年前从家里出逃的妻子而来到重庆。当韩三明来到妻子临别时留下的地址时，才发现那里已经沉入水底，变成了三峡工程的一部分。为了继续寻找妻子的下落，他只好从事三峡水坝拆迁建设的工作，成为一名临时的拆迁工人。随着韩三明故事的展开，我们认识了他身边的一群与他相似的打工者。他们没有稳定的工作，三峡水坝的拆迁工作也只不过是他们的一个暂时落脚点，他们的命运如同浮萍，漂泊不定，难以扎根。"现实的中国就是一个大工地，建城和拆城交叉进行，是一个正在施工的历史现场，而三峡是其中的一个碎片"[2]，即使这个碎片曾承载了许多人对家的感情与记忆，但无论是谁，都无法阻止时代向前迈进。

（三）情感断层的"下岗"工人

贾樟柯的电影《二十四城记》里专门讲述了"下岗"工人这类"边缘人"的故事。影片采取伪纪录片的方式，对"下岗"工人进行采访，他的目的"不在于梳理历史，而是想去了解经历了巨大的社会变动，必须去聆听才能了解的个人经验"[3]157，通过420厂"下岗"工人代表侯丽君、顾敏华、宋卫东等人口述的方式回忆过去工人时代的辉煌与如今现实生活的心酸。

在过去，一个工厂便是一座城，里面装着无数人的血与泪，还有他们的青春回忆。在国家大力发展工业的年代里，工人阶级是以国家主人翁的姿态登上历史舞台的。进厂当工人就代表拿稳了"金饭碗"，这是那个时代的共识。然而当国有大企业面临市场经济大潮时，生产受限，工厂也就逐渐走向了衰落。一夜之间，这些曾以为拿稳了"金饭碗"的人就变成了集体失声的"下岗"工人。原本是社会的主人翁，却随着国家体制的变化，逐渐变成了社会上的边缘人，甚至彻底失去了话语权。正如影片中侯丽君所说的，谁都没有错，每个人都努力工作从未迟到，而谁又该为此负上责任呢？

贾樟柯通过《二十四城记》，把聚光灯打在了这群曾经为国家事业挥洒青春，如今却被边缘化的人们身上，让大众重新审视那一段被沉默的历史。正如贾樟柯在其书中写到的："每一次访谈将要结束的时候，都伴随着很长时间的沉默。在这本书里，白纸黑字，句句都是过往的真实生活。"[4]这些沉默包含了太多未说出口的心酸的回忆，也成了他们生活的常态，而这也是时代发展对个人利益的影响之一。

（四）穷极无聊的县城"游民"

改革开放初期，在一些偏远小县城，"知识改变命运"的思想尚未得到有效普及。许多青年或选择辍学，到外省打工，提前进入社会；或选择游荡于城镇之间，成为靠着坑蒙拐骗勉强度日的街头混混。学者王学泰提出："凡是脱离当时社会秩序的约束与庇护，游荡于城镇之间，没有固定的谋生手段，迫于生计，以出卖体力或脑力为主，也有以不正当手段取得生活资料的人们，都可视为游民。"[5]16而电影《小武》的主人公小武便是属于靠着不正当手段获取生活资源的"游民"。

"一个有强烈纪录片气质的电影作品，它对中国当下的现实有深刻而敏锐的洞察，关注人性但拒绝任何煽情，从而改写了中国电影的懦弱和逃避"[6]，这是吕新雨教授对于《小武》的评价。小武是汾阳的一名街边小偷，乡里乡外都知道他的"美名"。一天，他从朋友口中得知昔日的同行小勇将要结婚的消息。小勇如今已经成功"洗白"，摇身一变成为优秀的民营企业家，他害怕小武的到来会让人们想起他曾是小偷的事情，所以结婚的消息一直瞒着小武，这让一向重感情的小武深受打击。但他仍然选择坚守承诺，打算送六斤钱给小勇当作贺礼。所以，即使在警方严抓犯罪的时期，他仍然顶风作案。

但这份"精心准备"的贺礼最终还是被小勇拒绝了。心灰意冷的小武来到歌舞厅寻求慰藉，也就是在那里他遇见了胡梅梅并逐渐爱上了她。胡梅梅让小武感受到了爱情，但当他把所有的情感都寄托在胡梅梅的身上时，胡梅梅却转身跟着山西老板跑了，只给小武在呼机里留下了一句"万事如意"。

在友情与爱情里接连受伤的小武把希望寄托于家庭，希望家人能给他带来一丝安慰。然而，现实却是他被父亲用擀面棍赶出了家门。一夜之间，仿佛整个世界都在离他远去，友情的抛弃、爱情的背叛、亲情的冷漠，周围的一切都在迅速地发生变化，而小武却显得与这一切格格不入，剩下的只有无尽的迷茫与痛苦。

时代发展的步伐不曾为谁停留，文化程度与思想层面决定了小武难以融入这个时代，迫于生计，他只能当那个终日游荡在街头、勉强度日的小偷。小武的焦虑来源于他感受到了时代发展给县城带来的变化，然而他却无法改变自己，让自己融入社会。加之被昔日好友、爱人与亲人接连背叛，他彻底地成了无依无靠的边缘人。

三、贾樟柯式"边缘人"与其他"边缘人"形象的对比

有人曾评价贾樟柯为时代的记录者，他追求真实，所以相较于其他的第六代导演，贾樟柯的电影中很少出现知名演员。在他的第一部电影《小山回家》中，贾樟柯就启用了非专业演员[7]，他相信没有比普通人更能演绎普通人的生活。真实，是贾樟柯镜头下的"边缘人"与其他电影中"边缘人"的一大区别。贾樟柯镜头下的韩三明、小辉、崔明亮，与张元导演塑造的摇滚歌手崔健、窦唯导演塑造的地下音乐人等相比，更贴近生活在我们身边有血有肉的普通人。他们是社会中的大多数，在现实的泥潭里挣扎，但他们对抗生活的方式是隐忍与沉默的，这不同于其他第六代导演在电影中对现实歇斯底里的控诉。"这种内敛平静是一种底层平民的生活态度，更是平民意识的极度彰显。"[8]29

贾樟柯善于在现实这种伸手不见五指的黑暗中创造出希望的微光。这些处于社会或文化边缘的人，他们作为个体与社会总是发生着不同程度的冲突，然而即使是被现实打击至遍体鳞伤，在他们的身上也总能看到不服输、不屈从的草根精神。而正是这些微弱的生命之光，让我们感受到了他们生命之顽强与伟大。这也使得贾樟柯的电影不容易让观众感受到压抑与巨大的无力感，同时让塑造的人物形象不过于单薄与脸谱化，具备独立参考的价值。

四、电影专注"边缘人"的原因探析

贾樟柯的电影能如此关注社会边缘人群体，与他的出身背景和成长环

境相关。由于出身平民，边缘人这一社会弱势群体伴随着他的整个成长过程，深深地影响了他的价值观与人生观，同时让他拥有着对社会底层人民强烈的人文关怀。这些因素塑造了贾樟柯，同时成为贾樟柯电影的主题。可以说，没有这些因素的影响，就没有如今的贾樟柯。

（一）出身背景及生活环境的影响

贾樟柯曾在多次访谈中谈及自身的出身背景与生活环境。1970 年，贾樟柯出生在山西省汾阳小县城里，从此，他与这片生育他的土地结下了不解之缘。他曾对生活着的那个小县城有过这样的一段描述：那是一个自行车用不了五分钟便可以从东到西，从北到南穿越一遍的小县城。在城外是山与田地，而城里是一片片黑砖的老房。[9]88 在改革开放初期，县城作为一个特殊的存在夹在了乡村与城市之间，与乡村相比，它更加贴近现代化；但与城市相比，又显得落后与凋敝。正是这样独特的环境，让贾樟柯有了许多机会接触与了解中国的社会底层，也架起了他与世界沟通的桥梁。

成年后在北京求学的经历也深深地影响着他。出身于小县城的贾樟柯曾三次报考北京电影学院，终于在 1993 年得偿所愿进入北京电影学院文学系，然而克服了求学之路的困难之后的贾樟柯迎来了都市生活的考验。

从小便生活在小县城的贾樟柯，对于大城市的生活显然有些水土不服。虽然具有一定的文学天赋，但是与许多出身城市、接受过系统文学教育的同学相比，贾樟柯的知识储备与专业知识自然是跟不上的。贾樟柯也曾多次听到同学们在相互攻击时，用"农民"一词来辱骂对方。不同的人生经历、不同的价值观，决定了贾樟柯难以融入其他人的圈子。在这偌大的北京城里，贾樟柯也仿佛是"游民"一般，无法找到心灵的依归，无时无刻不感到在"边缘"。但幸运的是，贾樟柯并没有因此而改变初心，他依旧坚持那份汾阳时光所给予他的一切，而在汾阳的那段时光也让他找到了往后电影的创作方向。他希望通过镜头，把那些被社会所忘却、所轻视的人们带到舞台上来，让世界了解与记住他们。

（二）对底层人民强烈的人文情怀

二十世纪九十年代以后，中国进入了快速发展时期，而西方文化的渗人，也使得人们的日常生活发生改变。这些变化贾樟柯都看在眼中。而当他回到家乡汾阳，对家乡变化又有了更加深刻的体会。时代发展的车轮滚滚向前，但是在这里仿佛与世隔绝，大量的底层平民，因为受教育程度、精神层面等原因，无奈地被时代所抛弃，陷于变革的洪流之中。社会的快速发展与底层人民愈发艰难的处境形成强烈对比，这极大地激发了贾樟柯的创作热情与创作欲望。他明白，这些曾为国家发展作出贡献的人，正逐渐被时代和社会忘记。

贾樟柯曾指出，"个人动荡的成长经验和整个国家的加速发展如此丝缠般地交织在一起，让我常有以一个时代为背景讲述个人的冲动。如果说电影是一种记忆方法，在我们的银幕上却几乎全是官方书写。往往有人忽略世俗生活，轻视日常经验，而在历史的向度上创造一种传奇。这两者都是我敬而远之的东西，我想讲述深埋在过往时间中的感受，那些牵挂着莫名冲动而又无处可去的个人经验"[9]103。草根人民就像是时代大机器上的一个个小齿轮，当机器更新换代时，他们往往是第一批被换掉的零件。被时代所遗忘，是底层人民固有的命运。所以他知道，此时必须站出来，通过电影为社会边缘人发声，让人们重新关注这些时代的牺牲者。

五、贾樟柯的"边缘人"电影所产生的社会价值

贾樟柯拍摄"边缘人"电影主要来源于他对社会底层边缘人的独特人文关怀。这与其成长经历密不可分，《小武》《天注定》《江湖儿女》等电影的创作都源于现实对贾樟柯的驱动。贾樟柯的"边缘人"电影使电影创作不再只是官方书写，而是把大多数的、广泛布落在社会各个角落的失声者的身影与声音通过银幕传播开来，丰富了时代的记忆，使时代更具有人情味。贾樟柯在电影创作中，常把个人经历与国家历史相结合。《二十四城记》中有经济衰退、工厂没落与工人们对过去集体时代的辉煌与辛酸的回忆；《三峡好人》中宏伟壮阔的三峡工程与背后被迫搬迁、集体失声的原住民等的差异对比，都通过贾樟柯的镜头展现了出来。这些尘封的记忆被重新搬到现实中，供人们批判与反思。这是"一个充满怨恨的时代，也是一个无力愤怒的时代，一个不知道如何阐释当下和走向未来的时代"[10]52。

　　如今社会发展到了一个新阶段，人们接受的都是新观念与新思想，这也让社会整体氛围变得浮躁与急促，甚少有人愿意静下心来，站在人文关怀的立场去反思过去的时代，关注那些生活在社会阴暗角落的人。贾樟柯的成长阶段正是国家重大变革的时期，那时候的中国，新观念不断涌入，旧思想与旧体制逐渐消融瓦解。正是这种多元性的社会氛围，促使他看待事物时更容易持怀疑与审视的态度，也更容易具有强烈的平民意识与边缘意识。电影是"人类历史的代言人"[11]7，贾樟柯用手中的镜头记录下这段被人忽视的时代历史，他电影里的主角从来不是时代伟人，小偷、"下岗"工人、无业"游民"这类被时代遗忘的人及发生在他们身上的故事才是他真正想表现的。观看贾樟柯的电影，就像是把这个时代曾经的伤疤掀起来看，虽疼痛但极具警醒作用，同时会被贾樟柯的电影所感染，唤起那埋藏在心底的发出耀眼光芒的人文关怀精神。贾樟柯的电影虽然缺少了商业大片的精致与娱乐性，但是"展现了转型时期中国社会历史文化的变迁，见证了一个有良知的电影人的时代担当"[12]14。

　　贾樟柯在塑造"边缘人"形象的道路上无疑是成功的，他善于通过人物语言、神情、故事情节等塑造人物的性格，他的细腻手法让镜头里的每一个边缘人角色都有血有肉、立体真实。而在当下时代里，很多影视从业者都追求高票房而选择性地忽视电影的艺术性和社会价值。贾樟柯作为这个时代里勇敢的逆行者，他在票房与艺术价值、社会价值之间选择了后者，他希望能通过他的镜头，让更多的人了解和关注这些跟不上时代的边缘人群，同时警醒社会，如果我们现在选择忽视这些社会边缘人，那么在未来只会出现越来越多的边缘人，最后造成更大的伤害。

　　虽然贾樟柯电影的艺术价值高，但不可否认的是，他的电影仍存在不少的缺点，譬如影片质感过于粗糙、故事情节过于平淡等。这些问题间接影响影片的接受度，使得贾樟柯的电影受众范围小，这同时影响了让更多人了解贾樟柯电影所要传达的思想。但庆幸的是，影片质感粗糙的问题在贾樟柯最新上映的两部电影《山河故人》和《江湖儿女》中得到了一定程度的解决。尽管这两部影片都做了改变，但最终的票房仍不尽如人意，贾樟柯的电影也仍未能逃出"小众"这个圈子。故如何在保持影片艺术性的同时扩大影片的受众范围，是现时贾樟柯最急需解决的问题。这注定是一条漫长的道路，但随着越来越多人关注社会边缘群体，他的电影也将受到更多观众的认识和喜爱。

参考文献

［1］单波，刘欣雅．边缘人经验与跨文化传播研究［J］．新闻与传播研究，2014（6）：61-77．

［2］张利．时代良知的影像表达［D］．苏州：苏州大学，2011．

［3］周华．尘封在时间里的信仰、青春与热情——浅析贾樟柯电影《二十四城记》对人物群像的塑造［J］．作家，2012（14）：157-158．

［4］贾樟柯．中国工人访谈录：二十四城记［M］．济南：山东画报出版社，2009：序言．

［5］王学泰．游民文化与中国社会：增修版［M］．太原：山西人民出版社，2014．

［6］吕新雨．从彼岸开始——新纪录运动在中国［J］．天涯，2002（3）：58-72．

［7］李迅，贾樟柯．中国的独立电影人［M］∥王朔．电影厨房：电影在中国．上海：上海文艺出版社，2001：147-164．

［8］邴波．贾樟柯与"第六代"［J］．电影文学，2010（17）：30-32．

［9］贾樟柯．贾樟柯电影手记：贾想1996—2008［M］．北京：北京大学出版社，2014．

［10］周志强．"怨恨电影"与失范的时代［J］．天津师范大学学报（社会科学版），2014（6）：46-52．

［11］马克·费罗．电影与历史［M］．彭姝纬，译．北京：北京大学出版社，2008．

［12］张利．贾樟柯电影研究［M］．合肥：安徽文艺出版社，2016．

语言·文字研究

"上"的语义演变及"V+上" 结构的语义类型

徐婉华①　安　妮②

近年来，人们对于方位词"上"的研究不再局限于从句法角度进行分析，而是转向探讨"上"的语义历时演变，并试图分析其演变机制。其中，胡晓慧认为"上"的语义演变顺序为：趋向义 > 空间域引申义 > 非空间域隐喻义 > 时态义。[1]5罗玮则不局限于把"上"作为体词性的方位词分析，全面还原了"上"作体词和谓词的语义演变过程。[2]

关于"V+上"结构语义类型的研究成果十分丰富。有的学者对"V+上"结构的语义类型进行了全面归纳，有的学者单独研究"V+上"结构的某一种或者某两种语义类型。其中，信晓情、卢卫中认为"V+上"的语义类型，大致可以归纳为以下四种：表示向上的趋势；表示动作的实现；表示行为的开始、状态的实现；表示动作达到一定的数量、价值量或程度的多少。[3]多数学者的观点与信晓情、卢卫中的一致。但是由于对"V+上"结构各语义类型所表现出的语义特征归纳不完全，目前"V+上"结构中仍有许多词归类模糊，如"爱上"。

本文以《汉语大词典》和北京大学中国语言学研究中心现代汉语语料库（以下简称"CCL 语料库"）为主要材料来源，旨在通过文献研究法、数据库分析法和个案分析法等研究方法探讨"上"语义的历时演变过程及其演变机制，并且运用得出的结论归纳、分析"V+上"结构的语义类型及各类型的语义特征。

---

① 徐婉华，广东海洋大学文学与新闻传播学院汉语国际教育专业 2015 级本科生。
② 安妮，广东海洋大学文学与新闻传播学院助教。

一、"上"的语义演变

由我们日常的学习经验及生活的语用经验可知，"上"可以用于表达空间意义、时间意义和动作意义，既可以是体词，也可以是谓词。为了尽可能详尽地考究"上"的语义演变，笔者充分地利用了《汉语大词典》。《汉语大词典》是我国第一部大型多卷本历史性汉语语文词典，广泛收列古今汉语中的词、熟语、成语、典故和较常见的百科词，集古今汉语词汇之大成，义项分析精当齐全，释义扼要精准，并辅以丰富的书证，可以全面反映语词的历史源流演变。因此，笔者把《汉语大词典》作为本文的主要语料库。

（一）"上"体词性意义的演变

1. "上"的原始义

"上"最早出现在甲骨文中，为指事字，字形由上下两横组成，下面较长的一横表示地平线，上面较短的一横是指事符号，两横平行，在垂直方向上有距离，表义为"相较于一个物体，另一个物体位置在高处"。本文所掌握的最早的语例来源于甲骨文，例如：

（1）王立于上。

2. "上"的具体空间义

"上"的具体空间义由原始义直接发展而来，至迟在魏晋时期已全部出现，与原始义关系紧密，但并不具备充当"上"其他语义的原型义的特征。当"上"语义涉及的对象为两个不同物体时，"上"有以下三个义项：①用在名词后，表示在物体的表面；②用在名词后，表示在江河的侧边；③用在名词后，突显在高处的整个范围，表示一定的处所和范围。[4]261以上三者在先秦时便有语例，例如：

（2）风行水上。（《易·涣》）
（3）王坐于堂上，有牵牛而过堂下者，王见之曰："牛何

之？"（《孟子·梁惠王上》）

例（2）中，风与水面相接，在水面上穿行而过。"上"突出了水面与风的接触关系和支撑关系。例（3）中要凸显的不再是处于上方的某一对象，而是整个上方，"上"与前面的名词组合表示的是具体的处所和范围。

当"上"语义涉及的对象属于同一物体时，可指示这一物体的上部，此时整个物体为基底，物体的上部是指示的对象。在魏晋时期的著作中已有此方面的语例，例如：

（4）河神巨灵，以手擘开其上，以足蹈离其下，中分为两，以利河流。（东晋·干宝《搜神记》卷十三）

3. "上"的时间义

"上"的时间义与原始义几乎是同时出现的，"时间可以包括时间先后、时间前后、时间早晚。时间在先、在前、在早为'上'，时间在后、在晚为'下'"[5]44。

根据《汉语大词典》，"上"表示时间意义的用法在先秦两汉时期已经出现，具体有三种义项：①时间或次序在前；②起初；③远；久远。[4]261

"上"表达时间或次序在前的语例在甲骨文中已经出现，例如：

（5）求其上自祖乙。

在先秦时期，次序或时间在前的意义极端化，使得"上"可以表示"起初"[6]9，例如：

（6）然则郊曷用，郊用上辛。（《公羊传·成公十七年》）

何休注曰："'上辛'犹始新，皆取首先之意。"可见，此处"上"意为"初"。次序或时间在前的意义极端化还可以表示"远，久远"[2]9，例如：

　　(7) 尊者尊统上，卑者尊统下。(《仪礼·丧服》)

　　例 (7) 意为尊者祭祀久远的祖先，卑者祭祀近祖。

　　4. "上"的社会心理义

　　人所处的社会文化孕育出的社会心理对"上"的语义发展也有影响。"上"在权势关系中，可以表达尊卑关系中的"尊"、长幼关系中的"长"、上下级关系中的"上级"等；也可以表达评价体系中的正面评价。这些用法在先秦时期已经成熟。根据《汉语大词典》有具体义项如下：①上天，天帝；②上位，社会最高层；③泛指尊长；④君主，皇帝；⑤等第高或者品质良好；⑥犹正，主要意义；⑦丰足；⑧广大。[4]260-261 其中，义项①~④可以表示权势关系中强势的一边，义项⑤~⑧可以表示评价体系中的正面评价。由于以上义项比较好理解，本文便不一一举例，仅列举以下两个语例：

　　(8) 桓公践位十九年……赋禄以粟，案田而税，二岁税一，上年什取三，中年什取二，下年什取一，岁饥不税。(《管子·大匡》)

　　例 (8) 中的"上""中""下"为衡量一年收成的评价等级，"上年"即为丰年，"下年"为饥年。

　　(9) 其为人也孝弟，而好犯上者鲜矣。(《论语·学而》)

　　例 (9) 中，由前半句中的"孝弟"可知，后半句中所犯之"上"表示长辈。

　　5. "上"的抽象空间义

　　在历时演变中，至迟在唐代，"上"完成了具体空间义到抽象空间义的转变，出现了可查得的表达抽象空间义的用法；在唐代之后，"上"所表达的抽象空间义也呈现出丰富多样的特征。[2]7 据《汉语大词典》，"上"所表示的抽象空间义有以下几种具体义项：①用在名词后，表示一定的处所或范围；②用在名词后，表示事物的某一方面；③用在名词后，表示某种缘故；④指事物发展达到的程度。[4]261 所对应的语例如下：

（10）人生世上，势位富贵，盖可忽乎哉！（《战国策·秦策一》）

在以上语例中，"上"前接的名词皆为非实体名词。"上"作为具体空间义和抽象空间义都可以表示一定的处所和范围，两者区别在于"上"表具体空间义时，前接表示处所、地点的实体名词；表抽象空间义时，前接非实体名词。例（10）中的"世"表示世界、世道，无法实际触碰。

（二）"上"谓词性意义的演变

1. "上"的动作义

当目的物处在参照物的上方位置时，这种静止的状态用方位词"上"表示。在现实空间中，这种静止状态必须借助动态的位移来实现，这种位移过程也可以用"上"表示，但此时的"上"不再是体词性的方位词，而是谓词性动词，表示升起、由低处到高处。这就是"上"的原始动作义。[2]16 "上"的原始动作义在先秦语料中已可查得，例如：

（11）云上于天。（《易·雷》）

由原始动作义引申，先秦两汉时期"上"还出现了一类表示"去，到"的动作义，表示目的物从起点移动到终点，关注位移但不局限于垂直方向上的位移。这类意义具体有以下三种义项：①去，到；②前进，进行；③放到，放进。[4]262

在先秦两汉时期表示"去、到"意义的"上"就已经出现，如：

（12）令吏民上长安城以避水。（汉·班固《汉书·王商传》）

表示"前进，进行"意义的"上"，例如：

（13）甘茂攻宜阳，三鼓之而卒不上。（《战国策·秦策二》）

鲍彪注曰："上，犹前。"表示"放到，放进"意义的"上"最早出现在魏晋时期，例如：

（14）二月中，还出，舒而上架。（北魏·贾思勰《齐民要术·种桃柰》）

"上"的语义进一步引申，到了近代汉语阶段，出现了一类表示"做，干"意义的"上"，表示动作物完成动作后，不再继续移动，在某处保持静止并进行下一步动作。这类"上"对位移的关注减少，对停止后的动作关注增多。具体有以下七种义项：①到任，就职。唐代始有此用法。②当值。元代有词"上宿"意为夜晚当值。③点燃。元代有词"上灯"意为点灯。④教授，学习。清代戏剧《桃花扇·传歌》中有词"上戏腔"意为学戏腔。⑤登台，出场。元曲《梧桐雨》中有句"高力士上云"意为高力士的扮演者登台。⑥登载。清代有"上报"一词意为在报纸上登载。⑦演出。出现在现代汉语中。[4]262

随着"上"语义引申程度的增强，到近现代汉语阶段已经出现一类可以表"状态义"的"上"，既不关注动作物的位移，也不关注位移静止后动作物的动作，而是更多地关注位移静止后受事的状态。具体义项有：①陷入，遭受；②符合。[4]262表"陷入、遭受"意义的"上"多出现在清代，如词语"上当"；表"符合"意义的"上"在现代汉语阶段才出现，如词语"上规矩"。

古代汉语中，训诂上有"实、德、业"三品的讲究，指的是古人在解释词语的时候，是使用辩证的观点看待词性的，名词、形容词、动词，这三种词性是可以互相转变的。[6]38研究《汉语大词典》中引用的书证，发现"上"的使用受先秦时期丰富灵活的词类活用影响，作为体词时表示社会心理义的"上"可自然而然地活用表示动作意义，所表示的动作意义都与社会等级有关。根据《汉语大词典》，具体的义项有：①上报，呈报；②上缴，缴纳；③凌驾，欺凌；④奉献，送上。[4]261由于这四个义项的出现时间集中在先秦时期，难以准确考证先后，便不一一列举语例。

2. "上"的趋向义

在运用谓词"上"表示动态的位移过程时，如果关注动作物是否有移动，则"上"表示的是动作义；如果"上"的移动语义被消解，路径元素得以保留，则"上"表示趋向义。表示"去、到"的"上"语义虚化之后，表示"移动"的语义脱落，表示"路径"的语义得以保留，这时"上"通常在动词后作补语，表达的是动作的趋向。唐代时就有这样的用法，例如：

（15）斋后，天台山禅林寺僧敬文从扬州来，寄送本国无行法师书札一封，寄上圆澄座主书状一封。（唐·圆仁《入唐求法巡礼行记》卷一）

二、"上"的语义演变机制

前文梳理了"上"作为体词和谓词的语义演变过程，可以得出"上"的众多语义是以原始义"位置在高处"为源范畴，向四周不断辐射虚化而成的。在这个过程中表示位置高、自下往上移动的原始语义不断虚化，这是由于人类认知规律和隐喻机制在同时起作用。

（一）人类的认知规律对"上"语义演变的影响

根据儿童习得方面的研究成果可知，在主观的认知心理、个体儿童语言习得的过程中，遵循着先具体后抽象的发展规律，同时垂直方向的方位词比水平方向的方位词先习得。而在"上"语义演变过程中，位移终点的物理空间位置发生了向抽象的概念终点的引申，垂直方向位移发生了向水平方向位移的引申。由此，我们不难得出，以儿童习得顺序为代表的人类认知规律影响着"上"语义发展的先后顺序。

（二）隐喻机制对"上"语义演变的影响

认知规律只是影响了语义发展的顺序，导致"上"语义能够发生演变的主要机制是隐喻机制。国内外有许多学者对"隐喻"这一概念作出了科学的解释，笔者认为刘焱对隐喻的解释相对容易理解，他指出：隐喻是用一个相似的概念（源范畴，往往是常见的、具体的）来说明另一个概念（目标范畴，往往是不常见的、后认识的、具体的或抽象的），是两个相似的认知范畴之间的投射。[7]136位移终点的物理空间位置和抽象的概念终点之间能够发生引申，主要还是因为动作所涉及的两种对象之间有相似的接触、附着等关系或者相似的运动模式（都有状态起点、位移、状态终点等因素），使得两空间之间具备相似性，能进行相互投射；同理，垂直方向的位移之所以可以向水平方向的位移引申，是因为两者运动模式相似，都具备状态起点、位移和状态终点三要素，互相能进行投射。

三、"V+上"结构的语义类型

(一)"V+上"结构的历时发展

"V+上"结构的起源格式是并列结构，此结构在先秦时已经产生，其形式是"而"连接两个动词作谓语，公式表示为"N1+V+而+上+（N2）"，可拆分为"N1+V"和"N1+上"，表示动作动词V与趋向动词"上"之间没有轻重之分，处于并列关系，例如：

（16）我腾越而上。（《庄子·逍遥游》）

可拆分为"我腾越"和"我上"。也有另一种形式是不用"而"连接，"上"直接跟在动词后面，公式表示为"N1+V+上+（N2）"。虽然没有"而"连接，两个动词之间更加亲密，但是动作动词V和趋向动词"上"仍然表示无轻重之分的连续两个词，公式仍可拆分为"N1+V"和"N1+上"，例如：

（17）水工激上洛中之水。（东汉·王充《论衡·率性篇》）

到唐代，"上"的语义虚化，由"上"充当趋向补语的"V+上"结构正式出现[8]38；五代以后，"上"的语义进一步虚化，表趋向的语义减弱，多表示动作的结果和动作的完成等，"V + 上"这一述补结构真正稳定下来且所表达的语义也得到丰富和发展。

（二）"V + 上"结构的语义类型

"V + 上"语义的强大功能往往是由"上"的语义决定的，前文已经梳理了"上"的语义发展和演变机制，再结合前人的研究，笔者认为"V + 上"结构的基本共时义有：①趋向义，表示向上的趋势；②结果义，表示动作的实现；③状态义，表示行为的开始或者状态的实现或变化；④达到义，表示动作达到一定的数量、价值量或达到某种程度。

1. "V + 上"结构表示趋向义

"V + 上"结构表示趋向义，在物理空间上可以表示以下两种不同的位移：

（1）表示自下而上的纵向位移。"上"用在某些动作后面，可以表示人或者事物随着动作的方向由低处向高处趋近。例如：

（18）战斗机飞上了蓝天。

（19）我们兴致勃勃地爬上了白云山。

（2）表示客体趋向目标的横向位移。例如：

（20）等我追上前，他早就不见了人影。

（21）他不断地迈动步伐，终于赶上了第二跑道的选手。

除了物理空间的具体位移，"V + 上"结构也可以表示抽象位移的趋向意义。例如：

（22）请你帮我报上请示。

在表示趋向义的"V + 上"结构中，"V"一般具有共同的语义特征

[+位移],可以表示三种状况:动作物自身的移动、受动物的移动或动作物和受动物一起移动。"上"作为趋向补语,语义虚化程度较低,一般表示趋近于立足点;整个述补结构后可带宾语,亦可不带宾语,带宾语时,宾语通常表示事物经动作位移后的终点位置。

2. "V+上"结构表示结果义

"V+上"结构表示结果义可以分为两种情况:

(1)实义动结式。属于实义动结式的"V+上"结构中,"V"一般具有[+添加]、[+出现]等共同的语义特征,如实义动结式"穿上"中的动词"穿"具有[+添加]的语义;"上"作为结果补语,表示自下而上移动的词汇意义模糊,更加凸显其为结果补语的具体意义(表接触、附着);整个结构表示附着的结果义,结构相对独立,既可独立使用,也可后带宾语。

(2)虚化动结式。属于虚化动结式的"V+上"结构表达的既不是施事的变化,也不是受事的变化,而是整个事件状态的变化。其中"V"的语义表示达到、完成;"上"的虚化程度较于实义动结式更高,失去了词汇意义,作为结果补语的具体意义(表接触、附着)也脱落了,只剩下语法意义——帮助判断"上"前面的动作动词语义是否实现;整个句法结构为非自立结构,后面必须带宾语作为语义中心,宾语一般表示相对来说难以完成的任务、难以到达的理想或者难以得到的事物,整个结构表达实现的结果义。[9]278例如:

(23)他穿上了衣服。

(24)他喝上了纯净水。

上面两个例子中,例(23)为实义动结式,"上"表示附着义,衣服经过"穿"这个动作后附着在"他"的身上;例(24)是虚化动结式,"上"表示确认动作"喝"的实现。

3. "V+上"结构表示状态义

"V+上"结构表示状态义,既表示事物进入一种新的状态,也表示某一动作行为的开始以及相关事件的持续。在这种结构中,"V"一般有共同的语义特征［＋持续］，如"研究""锁"等；"上"作为状态补语，表示"由开而合""动作开始并继续"。

另外，在表示状态义的"V＋上"结构中，趋向动词"起来"可以普遍代替"上"并保持结构意义不变。[10]55例如：

（25）夜幕降临，街上的灯渐渐亮上了。

例（25）中"亮上"为表情状的述补结构，表示"灯"进入一种新的状态，开始并持续"亮"着。若用"起来"替换"上"，结构的整体意义不变。

4. "V＋上"结构表示达到义

"V＋上"结构表达到义，表示动作达到一定的数量、价值量或程度的高低。其中"V"可以表示容纳、达到等语义；"上"表示达到了一定的数量；整个结构后通常带数量短语或者数量名短语，体现动作的实现及累积或者动作的发生并在时间上延长，表示动作的发生以及预测的价值量或者程度多少的积累。例如：

（26）这个房间可以住上十二个人。
（27）我们会在这里住上几天。

例（26）中的"住上"表示对动作价值量的预测，凸显的是房间的容量；例（27）中的"住上"表达的是动作"住"即将发生及此动作将在时间上延续。

四、结语

"上"的原始义是"位置在高处"，受人类认知规律及社会发展的影响，通过隐喻机制，以原始义为源范畴，经过层层语义虚化，辐射出了众多语义，组成了一张语义网络，在现代汉语中承担着十分重要的语法、语义、语用等功能任务。

正是因为"上"如此重要而复杂，方位词"上"的相关研究有很多，其中关于"上"的语义演变和演化机制的研究最多，但是由于"上"的性质十分复杂，很多研究都过于片面。本文运用《汉语大词典》及《现代汉语词典》等工具书，通过对语料的搜集、统计和对前人研究成果的总结，尽力还原"上"作为体词和谓词的语义历时演变过程，并从认知语言学的角度分析其演变的机制，最后运用前两部分所得的结论分析、归纳出述补结构"V+上"的四大语义类型，分别为表趋向义、结果义、状态义和达到义，并简略总结了各语义类型的语义特征。

本文也存在许多不足之处，如梳理"上"的语义演变时过分关注语义而忽略了句法、句式和分析"V+上"结构的语义类型时对语料搜集不充分等。希望未来能有机会进行更深入、全面的研究。

参考文献

［1］胡晓慧. 动词后"上"与"下"、"来"与"去"的语义演变及其不对称性［D］. 杭州：浙江大学，2010.

［2］罗玮."上"、"下"语义演变研究［D］. 重庆：重庆师范大学，2018.

［3］信晓情，卢卫中."V上"的语义类型及其认知分析［J］. 外语教学，2015（1）：43－46.

［4］汉语大词典编纂处. 汉语大词典［Z］. 上海：上海辞书出版社，2011.

［5］蔡永强. 汉语方位词及其概念隐喻系统——基于"上/下"的个案考察［D］. 北京：北京语言大学，2008.

［6］张其昀. 运动义动词"上"、"下"用法考辨［J］. 语言研究，1995（1）：37－43.

［7］刘焱."V掉"的语义类型与"掉"的虚化［J］. 中国语文，2007（2）：133－143，191－192.

［8］赵亚丽，赵立军. 古代汉语"V+上"格式的演变［J］. 长春大学学报，2010，20（5）：37－38.

［9］常娜. 虚化动结式"V上"中"上"的语义及实现条件［J］.

语言科学，2018，17（3）：273 – 280.

[10] 蒋华. 趋向义"上"和继续义"上"的对比分析 [J]. 太原大学教育学院学报，2007（1）：54 – 56.

[11] 中国社会科学院语言研究所词典编辑室. 现代汉语词典 [Z]. 7版. 北京：商务印书馆，2016.

[12] 常海星. "V 上"结构的语义分析 [J]. 贵州教育学院学报，2009，25（4）：67 – 71.

[13] 雷可夫，詹森. 我们赖以生存的譬喻 [M]. 周世箴，译. 台北：联经出版事业股份有限公司，2006.

[14] 李宇明. 空间在世界认知中的地位——语言与认知关系的考察 [J]. 湖北大学学报（哲学社会科学版），1999（3）：64 – 68.

[15] 蔡永强. 从方位词"上/下"看认知域刻划的三组构件 [J]. 语言教学与研究，2010（2）：47 – 54.

[16] 郭晓麟. 意外：起始义"V 上"的语用意义 [J]. 汉语学习，2018（4）：13 – 20.

[17] 谢婷. 动趋式"V + 上"和"V + 起来"中单音节动词的分类研究 [D]. 重庆：重庆师范大学，2016.

[18] 邹鑫. 方位词"上下"的隐喻映射与文化认知——以空间隐喻为例 [J]. 佳木斯职业学院学报，2017（8）：330 – 331.

基于字序视角的现代汉语
双音复合词词义研究
——以《实用现代汉语词典》"J"声母词为例

颜卫民① 董国华②

历史上关于双音词的研究由来已久，早在先秦时期就已经出现一些关于双音词的语义解释，其后由于研究者对汉语的思考渐深，以及受外来影响，汉语双音词的研究取得了丰硕的成果。但总的来说，相对于语音和语法研究，汉语词汇研究仍较为落后，对双音词的研究也存在不足。目前，双音词研究主要集中在两个方面：一是对于古代汉语和近代汉语的双音词研究。在这方面的研究上，词汇研究者已取得显著的成绩，主要以中古汉语时期或该时期的专书为例进行双音词研究。[1]二是关于现代汉语的双音词研究。学界在这方面的研究虽颇有建树，但对从现代汉语出发，基于字序视角的双音复合词研究力度尚显不够，下面就这一方面的研究略作阐述。

基于字序调换的视角，词汇研究者进行了关于双音复合词字序调换以及调换后的词义变化的探讨和研究。就目前而言，词汇研究者在关于双音复合词字序调换方面的研究成果颇多，但其研究多在古代汉语和近代汉语上。具体主要是关于某一专书或不同时代的字序调换的双音词语的举例说明、词义演变研究或分类分析。关于某一专书字序调换的双音词研究的文章有：宋积良的《〈水浒传〉中字序对换的同义词》[9]；田照军和肖岚的《〈汤显祖戏曲集〉字序对换的双音词初探》[10]；车淑娅的《〈韩非子〉同

---

① 颜卫民，广东海洋大学文学与新闻传播学院汉语言文学专业 2015 级本科生。
② 董国华，广东海洋大学文学与新闻传播学院讲师。

素异序双音词研究》[11]等，这些文章主要是把专书中的字序可调换的双音词按其发展和使用情况进行较为详尽的描述和分析。[12]109关于不同时代的字序调换的双音词研究的成果有：一是以郑奠为代表的通代字序调换双音词研究，郑奠在《古汉语中字序对换的双音词》中把前代文献中所见到的64对字序调换的双音词按其在古代汉语和现代汉语中的使用情况，分为五类排列出来，为汉语词汇研究提供了很好的材料[13]。二是以张永绵为代表的断代字序对换双音词研究，他在《近代汉语中字序对换的双音词》一文中按其发展和使用情况，分类列举了85对字序对换的双音词，并按其在近代汉语和现代汉语中的意义和用法方面的区别进行分析说明[14]。相比之下，关于现代汉语中字序调换的双音词研究的成果有：司罗红、赵柯静的《现代汉语倒序词研究》从倒序词的特点、使用价值和规范三个方面进行现代汉语双音复合词研究[15]；康健的《现代汉语反序词琐谈》从产生原因、在语言使用中所起到的作用、类型及特点四个方面对反序词进行研究[16]；贾锦锦的《〈现代汉语词典〉（第6版）与〈现代汉语规范词典〉（第2版）同素异序词比较研究》通过对这两本专书的现代汉语同素异序词的穷尽式统计，将两者对比分析，就同素异序词的优缺点及规范性问题，提出了自己的意见[17]；喻晗阳的《〈现代汉语词典〉同素异序词研究》从共时与历时两个方面研究现代汉语同素异序词的现状与发展[18]等文章。但总体而言，基于字序视角下的现代汉语双音复合词研究仍有待我们进一步探讨分析。

本文语料选择的依据是由《实用现代汉语词典》编委会编辑、崇文书局出版的《实用现代汉语词典》[19]，同时文章选用中国社会科学院语言研究所词典编辑室编辑的《现代汉语词典》（第6版）和北大CCL语料库作为《实用现代汉语词典》"J"声母下双音复合词词义研究的语料范围。囿于笔者研究时间、研究条件和研究水平限制，因而本文选择《实用现代汉语词典》"J"声母下的双音复合词作为研究对象。

一、《实用现代汉语词典》"J"声母字序调换双音复合词统计

本文主要依据黄伯荣、廖序东主编的《现代汉语》（增订五版）所定的关于词的结构类型[21]211-213，对《实用现代汉语词典》中"J"声母下的

词语进行了双音节的单纯词和复合词的区分。根据统计，《实用现代汉语词典》"J"声母下的词语一共有 723 个，其中双音复合词有 530 个，而字序可调换的双音复合词共有 84 对。其中"J"声母下字序可调换的双音复合词数量统计如表 1 所示：

表 1　"J"声母下字序可调换的双音复合词数量统计表

讥嘲—嘲讥	积攒—攒积	祭告—告祭	健康—康健	经典—典经	沮丧—丧沮
击打—打击	基本—本基	绩效—效绩	谏诤—诤谏	经历—历经	倨傲—傲倨
击破—破击	基地—地基	加倍—倍加	践踏—踏践	井盐—盐井	惧怕—怕惧
叽咕—咕叽	激荡—荡激	加强—强加	鉴赏—赏鉴	颈项—项颈	捐弃—弃捐
饥寒—寒饥	集会—会集	家法—法家	姜黄—黄姜	警报—报警	倦怠—怠倦
机变—变机	嫉妒—妒嫉	甲兵—兵甲	犟嘴—嘴犟	警告—告警	决定—定决
机动—动机	计算—算计	驾御—御驾	叫喊—喊叫	敬爱—爱敬	诀窍—窍诀
机关—关机	记挂—挂记	架构—构架	结巴—巴结	静谧—谧静	觉察—察觉
机灵—灵机	纪年—年纪	尖刀—刀尖	孑遗—遗孑	窘困—困窘	觉悟—悟觉
机密—密机	忌妒—妒忌	俭省—省俭	节气—气节	窘迫—迫窘	绝灭—灭绝
机杼—杼机	忌讳—讳忌	检查—查检	捷报—报捷	纠缠—缠纠	均分—分均
奇数—数奇	继承—承继	剪裁—裁剪	解剖—剖解	居停—停居	君主—主君
积累—累积	祭拜—拜祭	见长—长见	芥蒂—蒂芥	橘红—红橘	俊秀—秀俊
积蓄—蓄积	祭奠—奠祭	剑舞—舞剑	经常—常经	橘黄—黄橘	峻峭—峭峻

　　在这里需要说明的是对其中两类字序可调换的双音复合词的统计：一是对"J"声母下的属于多音字的字序可调换的双音复合词的统计，这一类词仅有一对，本文所用"见长[1]"的词义，即是：

　　　　见长[1]：在某方面显出特长。（350）①
　　　　见长[2]：看着比原来高或大："孩子的个头儿见长。"［《现代汉语词典》（第 6 版），636］

---

　　①　此为在《实用现代汉语词典》中的页码，下文未作其他说明的均表示出自此书。

长见：远见。秦国丞相吕不韦《吕氏春秋·纪·仲冬纪》："五曰：智所以相过，以其长见与短见也。今之于古也，犹古之于后世也；今之于后世，亦犹今之于古也。"

二是对"J"声母下的字序可调换的双音复合词在其调换后变成单纯词的统计，这一类词有三对，分别是：

（1）姜黄—黄姜

姜黄：①多年生草本植物。叶子很大，根茎椭圆形，深黄色，开黄花。根茎可入药，也可做黄色染料。②形容像姜似的黄颜色：病人脸色姜黄，气息微弱。（353）

黄姜：一般指火头根，多年生草本植物，是世界上薯蓣皂苷元含量最高的种。清代屈大均《广东新语》："番禺多种黄姜，以其末染诸香屑，为香线、香饼，是名黄香。"

（2）橘红—红橘

橘红：①形容颜色像橘皮一样黄里透红。②柑橘属常绿乔木，其果实也叫橘红。嫩果和果皮可做药材。（375）

红橘：柑橘的一种，原产我国，主产四川、福建。又常称川橘、福橘。明代小说《初刻拍案惊奇》（上）："正闷坐间，猛可想起道：'我那一篓红橘，自从至船中，不曾开看，莫不人气蒸烂了？趁着众人不在，看看则个。'"

（3）橘黄—黄橘

橘黄：形容颜色像橘皮一样黄颜色。（375）

黄橘：橘子的一种："橘核，昔日晏子至楚，楚王曾有黄橘之赐；枣核名唤'羊枣'，当日曾晰最喜。"《镜花缘》（上）

二、《实用现代汉语词典》"J"声母字序调换双音复合词词义分类

字序调换的双音复合词是指字序不同、词义基本不变、词义稍有变化

或词义完全改变的双音复合词。本文对《实用现汉代语词典》"J"声母下字序可调换的双音复合词的词义变化进行了相关统计，主要从词义基本不变、词义稍有变化和词义完全改变这三方面进行。其中在84对字序可调换的双音复合词里，词义基本不变的有28对，词义稍有变化的有29对，词义完全改变的有27对。下面我们就这三方面来分类分析。

（一）词义基本不变

词义基本不变的双音复合词有28对，例如：

（1）讥嘲—嘲讥

A 动词，讥讽嘲笑：讥嘲的语气。（331）

B 动词，讥讽嘲笑："言者以为此嘲讥之辞，遂报改临晋主簿。"（《宋史·列传》）①

（2）叽咕—咕叽

A 动词，小声说话：他们两个在一起不知在叽咕什么。（331）

B 动词，同"咕唧"，小声说话。（270）

（3）嫉妒—妒嫉

A 动词，忌妒，因别人比自己强而心怀怨恨。（337）

B 动词，亦作"妒忌"，对胜过自己的人心怀怨恨："由于为人耿直，不容奸诈，在官场中很不顺利，常遭小人妒嫉，后来辞官回乡了。"（《百家姓·蔚》）

（4）记挂—挂记

A 动词，惦念；挂念：好好儿养病，不要记挂厂里的事情。（339）

B 动词，挂念；惦记：你安心在外面工作，家里的事用不着挂记。[《现代汉语词典》（第6版），474]

---

① 表示出自北京大学 CCL 语料库，下文情况同此。

（二）词义稍有变化

这一类字序调换的双音复合词共有 29 对，在其调换后，词义均发生了不同程度的变化，词义缩小的有 16 对，词义相关但之间又有不同的有 7 对，词义扩大的有 6 对。以下对其进行分类分析。

1. 词义缩小

词义缩小的双音复合词有 16 对，例如：

（1）机密—密机

A①形容词，重要而机密：机密文件。②名词，机密的事：保守国家的机密。（332）

B 名词，机密；秘密的机谋："可恨柳秀才饶舌，泄我密机！当即以其身受，不损禾稼可耳。"（《聊斋志异·卷四·柳秀才》）

（2）经典—典经

A①名词，指传统的权威性著作：儒家经典。②名词，指宗教教义的根本性著作。③形容词，著作具有权威性的：经典著作。（368）

B 名词，犹经典，指可作为典范的经书典册："垂之后世。则为典经。"（《前汉纪·荀悦》）

（3）积累—累积

A①动词，（事物）逐渐聚集：积累财富。②名词，国民收入中用在扩大再生产的部分。（333）

B 动词，层层增加；积聚：前八个月完成的工程量累积起来，已达到全年任务的 90%。（409）

（4）积蓄—蓄积

A①动词，积存：积存物资。②名词，积存的钱：月月有积蓄。（333）

B 动词，积聚储存：水库可以蓄积雨水。[《现代汉语词典》（第 6 版），1473]

2. 词义相关但有不同

词义相关但有不同的双音复合词有 7 对，例如：

（1） 击打—打击

A 动词，①重重打击：激浪击打海滩。②乐器的敲或打：鼓是以击打来演奏的。（331）

B 动词，①敲打；撞击：打击乐器。②攻击；使受挫折：打击犯罪分子。（156）

（2） 继承—承继

A 动词，①依法承受死者的遗产或权利：继承人。②把前人的作风、文化、知识等接过来；继续前人的事业：继承革命传统。（341）

B 动词，①给没有儿子的伯父、叔父等做儿子。②把兄弟等的儿子收做自己的儿子。③同"继承"：继承庞大遗产。（107）

（3） 甲兵—兵甲

A 名词，①铠甲和兵器，泛指武备、军事：甲兵之事。②身披铠甲、手执兵器的士卒：甲兵不劳而天下服。（345）

B 名词，①兵器和铠甲，泛指武器、军备："今南方已定，兵甲已足，当奖率三军，北定中原，庶竭驽钝，攘除奸凶，兴复汉室，还于旧都。"（《出师表》）②指战争："明言章理，兵甲愈起。"（《战国策》）

（4） 君主—主君

A 名词，古代国家的最高统治者；现代某些国家的元首。有的称国王，有的称皇帝。（382）

B 名词，①对一国之主的称呼："乐羊再拜稽首曰：'此非臣之功也，主君之力也。'"（《战国策》）②指诸侯相互聘问的主国之君："宾继主君，皆如主国之礼。"（《周礼》）③对卿大夫的称呼："齐侯使高张来唁公，称主君。"（《左传》）

3. 词义扩大

词义扩大的双音复合词有 6 对，例如：

（1）居停—停居

A 动词，停留住下：居停之所。（374）

B①名词，租寓之所，居停之所："真皇上仙执政，因对奏寇准与南行一郡。丁谓至中书云：'雷州司户。'王曾参政云：'适来不闻有此指挥。'丁云：'停居主人，宜省言语。'王悚息而已。盖王是时僦寇宅而居。"（《谈苑》）②动词，静止："蒲昌海一名盐泽。去阳关三千余里。广长三四百里。其水停居。冬夏不增减。皆以为潜行地下。"（《前汉纪·荀悦》）

（2）峻峭—峭峻

A 形容词，形容山高而陡：峰峦峻峭。（382）

B 形容词，①高峻陡直；形容山高而陡："其入中国，必下领水，领水之山峭峻，漂石破舟，不可以大船载食粮下也。"（《全汉文》）②刚直严峻：风骨峭峻。［《中国成语大辞典》（分类）］

（3）节气—气节

A 名词，根据昼夜长短、中午日影的高低等，在一年的时间中定出若干点，每一点叫一个节气。（361）

B 名词，①坚持正义、忠贞不屈的品质：民族气节。②节令。（545）

（4）绝灭—灭绝

A 动词，毁灭；完全消失；灭绝：恐龙早已绝灭。（380）

B 动词，①完全灭亡：濒临灭绝。②完全丧失：灭绝人性。［《现代汉语词典》（第 6 版），902］

（三）词义完全改变

词义完全改变的双音复合词有 27 对。例如：

（1）经常—常经

A①形容词，平常；日常：干我们这一行，晚上加班的情况是经常的事。②副词，常常；时常：保持经常联系。（368）

B名词，①固定不变的法律规章："国无常经，民力必竭，数也。"（《管子·法法》）②永恒不变的规律："《春秋》大一统者，天地之常经，古今之通谊也。"（《全汉文》）

（2）机动—动机

A形容词，①利用机器开动的：机动车辆。②权宜（处置）；灵活（运用）。③准备灵活运用的：机动费或机动力量。（332）

B名词，推动人从事某种行为的念头：动机好，方法不对头，也会把事情办坏。（201）

（3）加强—强加

A动词，使更坚强或更有效：加强爱国主义教育。（343）

B动词，强迫人家接受某种意见或做法：强加于人。（557）

（4）警报—报警

A名词，用电台、汽笛等发出的将有危险到来的通知或信号。（369）

B动词，向治安机关报告危急情况或向有关方面发出紧急信号：发生火灾要及时报警。（29）

三、《实用现代汉语词典》"J"声母字序调换双音复合词词义变化发展

一般事物发展变化受内、外两方面影响，一方面是外部因素的作用，另一方面则是事物本身的原因，汉语词义变化也是这两个方面促成的。汉语词义变化的外部原因主要来源于科技发展、时代变迁和外来影响。汉语词义变化的内部原因主要是指汉语词的组合关系和汉语自身的发展规律。汉语词的组合关系主要指它们之间的相关性，比如汉语双音复合词字序之间调换组合，其词义也因此产生不同的变化，而汉语自身的发展规律即是遵循语言发展的重要原则——经济原则。

就第一类的词义基本不变的28对字序调换的双音复合词来说，虽然从其例释看，它们的字序调换后，其词义基本上不发生改变，都是就同一事物、同一现象的不同说法，但是我们不难看出，有些调换后的双音复合词在今天的言语中因其使用频率低或随着时代的变迁而很少出现了，如"寒饥、踏践、迫窘、谧静"等词。因而这些字序调换后的双音复合词，除了"挂记、妒忌、效绩、省俭、诤谏、赏鉴、喊叫、困窘、怕惧、察觉"这十个双音复合词被收录在《实用现代汉语词典》或《现代汉语词典》（第6版）中，其余的双音复合词则很少出现在口语或书面语中了。会产生这种变化，主要有两方面的原因：一方面是根据语言的经济性原则，这些词语两两之间词义太过接近，必须淘汰其中的一个。另一方面是随着社会的发展，时代的变迁，一些事物或现象逐渐消失，于是解释这种事物或现象的词语也随之不再使用，逐渐消失在汉语词汇系统中了。

就第二类的词义稍有变化的29对字序调换的双音复合词来说，根据其例释，在词义缩小的双音复合词中，有些B式词义较之A式词义有所缩小，且在现代汉语中已不用或罕用了。这是由于社会的发展、时代的变迁、人们使用频率变低，其字序以及词义发生变化，以适应社会的发展。第(8)～(15)对的双音复合词被收录在《实用现代汉语词典》和《现代汉语词典》（第6版）中，虽然B式的词义因其内部原因而有所缩小，但并没有受到汉语词义变化的外部原因的影响而消失，它们仍在现代汉语中经常被人们使用。第（16）对双音复合词比较特殊，它们调换字序后，B式词义成为一种植物的专有名词，但并不影响它们的使用。在词义相关但又有所不同的双音复合词中，它们的词义受其内外部原因影响而产生变化，但第（1）～（4）对的双音复合词亦被收录在《实用现代汉语词典》和《现代汉语词典》（第6版）里，并没有因为词义的变化而被人们少用或不用。第（5）～（7）对双音复合词在现代汉语中已不用或罕用了。在词义扩大的双音复合词中，第（1）～（4）对双音复合词的B式义项较之A式的有所增加，但在现代汉语中已不常用了。第（5）～（6）对则被收录在《实用现代汉语词典》和《现代汉语词典》（第6版）里，为人们所用。

就第三类的词义完全改变的27对字序调换的双音复合词的情况来看，根据其例释，这27对字序调换的双音复合词进行调换后，其词义完全改变了，即两个词的表达意义完全不同了，那么按道理来说，两者各有其用，应该并存，其存在必要性很强。但是，他们同样受词义变化的两方面原因的影响，第（1）～（7）对双音复合词的 B 式词在现代汉语当中少用或罕用了。不过第（8）～（23）对均被收录在《实用现代汉语词典》和《现代汉语词典》（第 6 版）里，各有其用，有着强大的生命力。第（24）～（25）对中的 B 式词虽然没有被收录在词典里，但是并没有因此而少用或消失，它们经常出现在人们的口语当中，沿用至今。第（26）～（27）对也比较特殊，它们调换字序后，B 式词义成为一种植物的专有名词，但并不影响它们的使用。

因此，通过统计，我们可知《实用现代汉语词典》"J"声母下的词语共有 723 个，其中双音复合词有 530 个，能够进行字序调换的双音复合词共有 84 对。而在 84 对字序调换的双音复合词中，其词义基本不变的有 28 对，词义相关但有变化的有 29 对，词义完全改变的有 27 对。且根据字序调换后的双音复合词的词义变化分析和发展情况，从中可以看出有大部分词（B 式词）在现代汉语的具体言语活动中，存在着明显的不平衡性，即是有大部分词（B 式词）由于词义变化的内外部原因而在现代汉语当中少用或罕用了，但部分字序调换后的双音复合词还是有着很顽强的生命力，在现代汉语中有其存在的作用，人们只是对它们进行了有效的规范。关于现代汉语字序调换的双音复合词研究，已经得到越来越多词汇研究者的重视。本文对专书的某一类字序可调换的双音复合词进行数据统计和分类分析，客观记录语料，希望能为今后进一步的研究提供翔实、准确的参考。

参考文献

［1］丁喜霞．中古常用并列双音词的成词和演变研究［D］．杭州：浙江大学，2004.

［2］傅建红．论《现代汉语词典》F 类双音复合词的结构关系［J］．现代语文（语言研究版），2009（1）：49 – 50.

［3］张玲．现代汉语双音复合词个案研究［J］．河北北方学院学报（社会科学版），2012，28（4）：25 – 32.

［4］石秀双．现代汉语双音复合词结构关系考察——以 z 字母下双音复合词为例进行分析［J］．晋中学院学报，2007，24（6）：1－3，8.

［5］孟德宏．现代汉语双音复合词形成的语义动因刍议——以"败"为例［J］．人文丛刊，2015（0）：35－43.

［6］苏宝荣．词义研究与汉语的"语法—语义结构"［J］．语言教学与研究，2002（1）：15－21.

［7］卜丽君．"笨"本来不"笨"——多角度解读"笨"的词义演变［J］．文教资料，2016（36）：24－26.

［8］刘海燕．现代汉语双音复合词理据研究［D］．保定：河北大学，2004.

［9］宋积良．《水浒传》中字序对换的同义词［J］．安顺学院学报，2013，15（2）：50－52，79.

［10］田照军，肖岚：《汤显祖戏曲集》字序对换的双音词初探［J］．北京航天大学学报（社会科学版），2008（2）：64－66.

［11］车淑娅．《韩非子》同素异序双音词研究［J］．语言研究，2005（25）：113－118.

［12］姜黎黎．古代汉语同素异序词研究综述［J］．江南大学学报（人文社会科学版），2009，8（3）：108－112.

［13］郑奠．古汉语中字序对换的双音词［J］．中国语文，1964（6）：445－453.

［14］张永绵．近代汉语中字序对换的双音词［J］．中国语文，1980（3）：177－183.

［15］司罗红，赵柯静．现代汉语倒序词研究［J］．唐山学院学报，2016，29（2）：86－88，97.

［16］康健．现代汉语反序词琐谈［J］．喀什师范学院学报（社会科学版），2001，22（1）：45－47.

［17］贾锦锦．《现代汉语词典》（第 6 版）与《现代汉语规范词典》（第 2 版）同素异序词比较研究［D］．青岛：中国海洋大学，2013.

［18］喻晗阳．《现代汉语词典》同素异序词研究［D］．南昌：江西师范大学，2014.

［19］《实用现代汉语词典》编委会．实用现代汉语词典［M］．武汉：崇文书局，2008.

［20］中国社会科学院语言研究所词典编辑室．现代汉语词典［M］．6 版．北京：商务印书馆，2012.

［21］黄伯荣，廖序东．现代汉语［M］．增订五版．北京：高等教育出版社，2011.

"×族"词语研究
——以 2010—2018 年《人民日报》为调查语料

林巧翠①　　裴梦苏②

新词语作为汉语词汇的重要组成部分，其产生、发展和消亡不仅是词汇自身演变的结果，还反映了社会政治、经济、文化、生活的发展和变化。20 世纪 80 年代以来，随着改革开放的不断推进，新事物大量涌入，新词语大量产生，这些现象引起了学者们的关注。1984 年，吕叔湘曾呼吁"大家来关心新词新义"，这是因为，现有的各种语文词典对于这方面都尚未给予足够重视。[1]同年，陈原也介绍了其在北京街头搜集到的新语条，研究了 57 个主要新词语的社会价值和社会意义。[2]这两位先生的提议具有倡导性和开创性，从那时起，语言学界每年都会出现一些新词语的研究论著，近年来，有关记录新词新语的词典也是层出不穷。

在这些新词当中，有一类词特别显著。它们的产生，导致汉语的构词方式发生了一定的变化，这种方式构词的速度快、数量多、范围广、能力强，如"×族""×控""被×"等，学术界倾向于把这种现象称为类前缀或类后缀。本文选取"×族"新词语作为研究对象，这些词语中的"族"作为类词缀出现。这类词与作为词根构词的"族"有明显的不同，前者的意义出现了一定程度的虚化和泛化，共同表示"具有某种共同特征的一类人"；后者表示具体的意义。具体分类方法如图 1 所示：

---

① 林巧翠，广东海洋大学文学与新闻传播学院汉语言文学专业 2015 级本科生。
② 裴梦苏，广东海洋大学文学与新闻传播学院讲师。

$$"×+族" \begin{cases} \text{新"×族"词(如"低头族""银发族")"×族"词语} \\ \text{旧"×族"词(如"家族""宗族")} \end{cases}$$

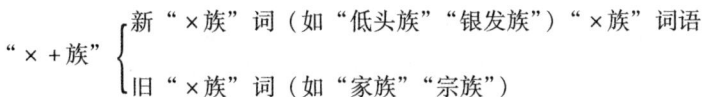

图1　"×族"词语的结构关系

"×族"词语早在 20 世纪 80 年代就已经出现在汉语词汇系统中,其中以"打工族""上班族"使用最为广泛。根据笔者收集的相关资料,学术界对"×族"词语的研究主要有:"×族"词语的来源问题探讨、"×族"词语产生的原因分析、"×族"词语与其他词群的对比研究以及"×族"词语的音节、语义研究和语法功能研究。本文的研究建立在前人的基础上,主要以 2010—2018 年的《人民日报》为调查语料。第一,锁定一定数量的"×族"词语进行研究,不仅可以摸清"×族"词语的内在规律,还能通过观察其使用情况,了解"×族"词语的生命力,预测其未来的发展方向。第二,统计并探究《现代汉语词典》中收录的"×族"词语,根据《现代汉语词典》的收词原则和《人民日报》、北京语言大学BCC 现代汉语语料库(以下简称为"BCC 语料库")中"×族"词语的使用频率,指出《现代汉语词典》收录"×族"词语的不足之处,为《现代汉语词典》的编辑工作提供改善的建议。用语料库去辅助词典的编撰,既能为其提供丰富的语料,也能使其收录词语的标准更加科学。

本文考察了辞书中对于"族"的使用情况,对"族"字从古到今的演变情况进行了梳理。主要以《人民日报》为调查语料,对所统计到的 174个"×族"词语作出分析。《人民日报》作为我国极具影响力的主流媒体,其特点是:①权威性,其用词规范简练,通俗易懂。②时效性,《人民日报》的词汇系统与当代社会生活联系紧密,能及时反映人民生活的变化。而 BCC 语料库是对《人民日报》的补充。在研究的过程中,将会使用以下研究方法:

第一,溯源法。追溯"×族"词的源头,从古代开始,随着文化的发展,"族"字的意思也不断地发生变化。本文分四个时期:上古、中古、近代、现代,梳理"×族"词语的发展脉络,概括其从词根直至当下类词缀用法的发展变化。

第二，对比分析与计量统计方法。列表比较近几次修订的《现代汉语词典》，以观察《现代汉语词典》对"×族"词语的收录情况。统计2010—2018年《人民日报》对"×族"词的使用情况，并结合 BCC 语料库，客观地指出词典收录新词的不足并提出建议。

第三，描写与解释相结合的方法。对 2010—2018 年"×族"词语进行比较全面的描写，包括"×"部分的音节数量、结构类型，在描写的基础上对背后的现象进行合理的解释，使研究的结果更加具有说服力。

一、"族"的语义演变过程

"族"字出现较早，在甲骨文中便能找到，并一直沿用至今。《说文解字》："族，矢峰也，束之族族也，从㫃，从矢。"[3]141 由此可知，"族"最早应是会意字，表示箭头。古代五十矢为束，"族族"是聚集在一起的意思。持矢之人聚于旗下，或练兵或打仗，因此引申为一个"战斗单位"。[4] 随着社会的进步，"族"字的语义在不同时期产生不同的变化。下面，我们将分期梳理"族"字的发展脉络，概括其从词根到类词缀的发展变化过程。

（一）上古汉语时期

谢光辉在《汉语字源字典》中提到，"甲骨文、金文的族字，从矢在旗下。树旗所以聚众，箭矢则代表武器。所以，族字的本义即指氏族、宗族和家族而言，用为动词则有聚结、集中之义"[5]492。在上古时期，"族"字以"家族""宗族"义项为基本义，在此基础上引申出"筋骨交错聚结之处""官职""种类"等名词义项；"聚集、集合"等动词义项及表"众多"的形容词义项。例如：

（1）宗族称孝焉，乡党称弟焉。（《论语》族：宗族，家族）
（2）象曰：天与火，同人，君子以类族辨物。（《周易》族：种类）

"族"字从基本义"家族""宗族"到演变为"种类""……的一类"，

离义素［＋血缘关系］愈来愈远。此外，查阅资料的过程中发现上古汉语后期，少量以"族"为语素构成的偏正复合词开始出现。例如：

（1）我倚名族，亡秦必矣。（《史记》）

（2）陈祖虞舜，舜出颛顼，故为颛顼之族。（《史记》）

"名族"表示"名门望族"的意思，是以"族"为语素构成偏正复合词。"颛顼之族"与现代"有房一族""有车一族"构词相似，但语义不同，语素"族"表示有血缘关系的族人，而非现代所指的具有某种共同属性的一类人。

（二）中古汉语时期

中古汉语时期，"族"字的基本义项仍是"家族""宗族"。其次，"族人"义项出现得较为频繁。上古汉语时期使用的"官职""筋骨交错的地方"及"众多"等义项基本不再使用。例如：

（1）其为宗室，自太上皇以来族亲，各以世氏，郡国置宗师以纠之，致教训焉。（《汉书》族：家族）

（2）辛庆之族子昂。（《北史》族：族人）

在中古汉语时期，"族"字有两种形式较上古时期表现得更为明显：一是"定语＋族"的格式增加，双音节化趋势显著；二是上文提到的"单/双音节＋之＋族"的格式在此时期继续得到发展。例如：

（1）不尔，行当赤族。（《晋书》）

（2）琨父母罹屠戮之殃，门族受歼夷之祸。（《晋书》）

（3）扬子笑而应之曰："客徒欲釚丹吾毂，不知一跌将赤吾之族也！"（《汉书》）

上古汉语时期"族"一个字便可表示"灭族""家族""宗族"之意，

但这里用双音节词"赤族"表示"灭族",双音节词"门族"表示"家族""宗族。"同时"之"字介入协助单音节和双音节语素与"族"相连接,由此可见,"族"字构词在这一时期已经开始呈现出双音节化甚至多音节化的趋势。

(三)近代汉语时期

近代汉语时期,"族"字的基本义项仍然是"家族""宗族"。中古汉语时期使用的"以百家为一族""代、辈"等义项已不再使用。此外,随着近代中国民族民主革命运动的兴起,"族"出现了一个新义项——"民族",并在此时期得到广泛应用。例如:

(1)重熙中,为本族将军。(《辽史》族:民族)
(2)广出腴田莲族子,多将嘉谷济苍生。(《醒世姻缘》族:品类、种类)

(四)现代汉语时期

"族"字的"民族"义项成为现代汉语时期的基本义,而在近代汉语时期使用的"品类""种类""灭族""族人"等义项基本不再使用。在"×族"类型词语中,"族"的意思逐渐出现一定程度的虚化,共指"事物具有某种属性的一大类",从广义上讲,"汉族""回族""蒙古族""水族"等都可以归入这一意义范畴。近些年来,随着"族"字的发展,它进一步虚化,类词缀特征更加明显,已不再局限于表示"具有相同血缘关系的家族",而扩展为"有共同特点的一类人",这些"×族"词语可表示有共同行为习惯、生活遭遇、生活方式、兴趣爱好等特征。由本义"宗族"发展变化,其语义不断抽象,然后概括为表示某种类别的语法意义的类词缀,逐渐稳固下来,最终成为当今社会使用频率较高的"×族"类新词。

二、关于"×族"词语中"×"的分析

本文所研究的"×族"词语都是由"×+族"构成,"×"部分的不同将引起整个词语意义的不同,所以有必要对"×"部分进行研究,进而能对"×族"词语有一定的了解。接下来,将主要对"×"部分的音节数量、结构类型进行分析。

(一)"×"的音节数量分析

"音节是语流里最自然的语音单位。"[6]83音节长度是词汇的一个重要特征。汉语词汇从古代发展到现代,双音节词逐渐占优势,这是汉语词汇发展的一个必然趋势。特别是随着类词缀"×族""×控""×客"等词语的产生,汉语的多音节的趋势更加明显。根据统计的 2010—2018 年《人民日报》的 174 个(不计重复)"×族"词语,"×"部分的音节数量有单音节、双音节、三音节,甚至更多。"×"音节分类及例词如表 1 所示,不同音节"×"词语数量及比例分布详见图 2。

表 1 "×族"词语中"×"音节分类及例词

音节	单音节	双音节	三音节	四音节	其他
例词	蚁族 漂族	低头族 背包族	自行车族 向日葵族	保障通勤族 公共交通族	SOHO 族 越野 e 族

本文所考察的 174 个"×族"词语中"×"为双音节的数量最多,有150 个,占比高达 86%。其次是四音节,有 10 个,约占 6%。单音节与其他类的数量一样,同为 5 个,约占 3%,这里的"其他"类是指"×"部分由字母或由字母+汉字构成。三音节数量最少,有 4 个,仅约占 2%。总体来说,"×族"词语的"×"部分为双音节的占比最多,其次依次是四音节、单音节、其他类、三音节,构词材料以汉字为主,字母构词所占比例较少。

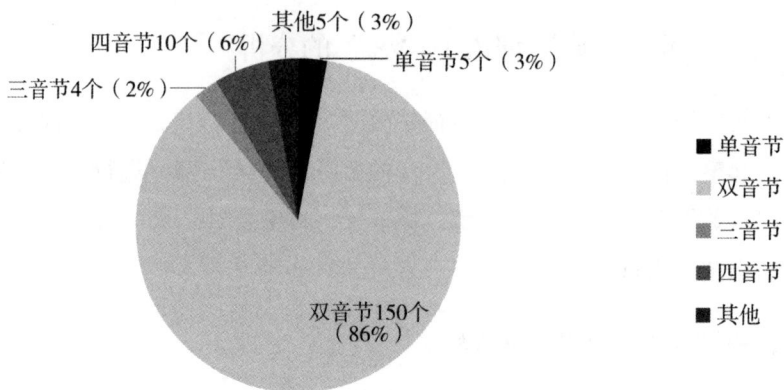

四音节10个（6%）
其他5个（3%）
单音节5个（3%）
三音节4个（2%）
双音节150个
（86%）

■ 单音节
▨ 双音节
▥ 三音节
■ 四音节
■ 其他

图2　不同音节"×"的词语数量及比例分布

此研究结果与沈孟璎曾经指出的带词缀新词趋于三音化的趋势相契合，她说："值得注意的是，现阶段'单音节＋词缀'的双音化格式，已成弱化趋势。代之而起的是'双音节＋词缀'的势头，三音化成了带词缀新词的主流。"[7]"×族"词语中的"×"以双音节居多，这正与上文提到的现代汉语以双音节词占优势有关，并且双音节词同"族"组成"×族"词语可以满足新的表义需要，也符合了语言经济省力的原则。

（二）"×"的结构类型分析

词语都是由语素构成的，按照词语所包含语素的多少，我们将词分为单纯词和合成词。单纯词包括三类，分别是联绵词、叠音词、音译外来词。合成词有复合式（联合型、偏正型、补充型、动宾型、主谓型）、附加式（前加式、后加式）、重叠式三种构词方式。[8]3 "×族"词语由不同的"×"跟类词缀"族"构成，属于附加式构词，其中"×"部分的结构类型是多种多样的。本文所探讨的"×族"词语不包括图2中"其他"类的字母词以及音译词"尼特族"①，所以研究对象共有 168 个。其中，将短语词化的"×"称为短语，其余为词。"×"为词的有 44 个，为短语的有 124 个。

_____

① "尼特族"指一些不升学、不就业、不进修或不参加就业辅导，终日无所事事的族群，它的"×"部分"尼特"不能单独构词。

1."×"为词

具有以下三类词：表示事物与概念的名词、表示动作和行为的动词、表示性质和状态的形容词。根据语法功能的标准划分，主体词可以分为名词、动词、形容词三类。"×"部分作为主体词，其性质分类情况如表2所示。

表2 作为词的"×"的性质分类情况

词性	名词	动词	形容词
例词	拇指族、袋鼠族	熬夜族、低头族	悲催族、孤族
数量（个）	29	7	8
比例	65.91%	15.91%	18.18%

由表2我们可以清楚地看出，名词性的"×"占半数以上，共有29个，形容词性的"×"有8个，而数量最少的是动词性的"×"，有7个。

2."×"为短语

"×族"词语中的"×"在音节上虽然以双音节占优势，但是并不代表所有的"×"都是词，其中大部分的"×"是由词与词相结合构成的短语。作为短语的"×"结构类型分类情况如表3所示。

表3 作为短语的"×"的结构类型分类情况

结构类型	联合	主谓	动宾	偏正		中补	连谓
				定中	状中		
例词	嬉戏族 傍傍族	脑残族 北漂族	网络 刷票族	豪车族 三枪族	特困族 快闪族	掏空族	毕业 逃债族
数量（个）	7	4	63	17	30	1	2
比例	5.65%	3.23%	50.81%	13.71%	24.19%	0.81%	1.61%

由表3得知，作为短语的"×"以动宾结构为主，占比为50.81%。其次是偏正结构中的状中结构，约占24.19%。主谓、连谓、中补结构的数量较少，分别占比3.23%、1.61%、0.81%。这表明多种结构类型的

"×"皆可以与"族"组合,代表一群具有共同特征的人,可见"族"作为类词缀,其构词能力远比汉语中已经存在的很多词缀要强很多。

通过上文对"×族"词语中"×"的多角度分类考察,我们得出以下结论:174个"×族"词语主要是由一个以双音节为主,动词性的汉语短语加上类词缀"族"组成的一系列词语。这与付义荣对1996—2005年出现的181个"×族"词语进行分析得出的结论基本吻合。付义荣称:"时下,'族'尾词主要是由一个双音节的、动词性的汉字合成词再加一个'族'构成的。"[9]这种现象可以说明20世纪90年代以来大量产生的"×族"词语内部一直都是有规律可循的。人们在创造使用"×族"词语时,都不自觉地遵守了某种内在规律,这就是"×族"能够被大量使用和易为人们所接受的原因之一。

三、词典对"×族"词语的收录情况与局限

(一)《现代汉语词典》对"×族"词语的收录

《现代汉语词典》作为一部以推广普通话、促进现代汉语规范化为目标的工具书,至今已经出版至第7版。它根据时代的变化,定期删除少量陈旧的词语,增补新词语,对那些具有普遍性、稳定性的词汇化了的词语和短语(如"私信""网银""中石化"等缩略词;"点赞""骑车族"等短语),达到符合词典收录标准的都将之收录。

第2版的《现代汉语词典》没有收录"×族"词语,从1996年修订的第3版《现代汉语词典》开始,在"事物具有某种共同属性的一大类"后增加了"×族"新词语的两个例子:打工族、上班族。这可以看作是学界对"×族"词语的初步认可,并且其在社会上也有广泛的使用人群。第4版在"打工族""上班族"的基础上,又增补了"追星族"。第5版与第4版基本一致。但第6版时就出现显著的变化:①把之前的"事物具有某种共同属性的一大类"进一步延伸,将"称具有某种共同属性的一类人"这一解释单独列出,这一细微变化可以折射出当今汉语中"族"字的意义不断地概括、虚化,指代某一类人的用法也得到进一步确立;②这一义项后面的例词变为"有车族""啃老族""追星族",同时"啃老族""蚁族"

"月光族"三词被列为词条加以释义。这一系列现象的出现表明了学界对"×族"词语的进一步认可。第7版《现代汉语词典》的词条与第6版的一致，但例词变成了"上班族""骑车族""追星族"。《现代汉语词典》对"×族"词语的收录情况如表4所示。

表4 《现代汉语词典》对"×族"词语的收录

版次	"×族"词语
第2版	无
第3版	打工族、上班族
第4版	打工族、上班族、追星族
第5版	打工族、上班族、追星族
第6版	例词：有车族、追星族、啃老族；词条：啃老族、蚁族、月光族
第7版	例词：上班族、骑车族、追星族；词条：啃老族、蚁族、月光族

因大部分"×族"词语在各年度使用的频率忽高忽低，起伏不定，这需要专家们在修订《现代汉语词典》时紧跟时代变化，根据实际情况作出适当调整。对明显呈现下降趋势的"打工族"，近两次修订的《现代汉语词典》已不再收录。对一直保持高频率出现的"上班族""追星族"，除第6版本有所例外，其余版本均收录。至于那些使用频率逐年增长的上升型词，如"啃老族""蚁族""月光族"，《现代汉语词典》同样予以收录。

（二）《现代汉语词典》收录"×族"词语的局限

《现代汉语词典》第6版、第7版虽然对"×族"词语的收录有所增加，但是仍存在着一些局限性。苏新春、黄启庆对《现代汉语词典》（2002年增补本）当中的新增词语进行了检测，认为规范词典应该收录已经趋于稳定、有相当通用度的新词。[10]杨露也认为《现代汉语词典》在收词方面，坚持"通用性""规范性""与时俱进""系统性"和"思想倾向性"等原则。[11]本文综合这些原则，指出第7版《现代汉语词典》对"×族"词语收录的不足之处，并对第8版《现代汉语词典》的修订提出一些建议。

1. 违背高频原则

《现代汉语词典》对词语进行收录时，需要考虑它们各自的使用频率，选取更为常用的词语收进词典。笔者对在 2010—2018 年《人民日报》中搜索到的高频词汇进行统计，结果如表 5 所示。

表 5　2010—2018 年《人民日报》中"×族"词的使用频率

例词	上班族	银发族	低头族	蚁族	追星族	有车族	月光族	啃老族	有车一族	打工族	上班一族	加班族	骑车族
频次	413	93	80	71	54	52	39	37	37	26	23	14	3

由表 5 可得，"上班族"的使用频率远远超过其他词，频次为 413 次。使用"银发族""低头族""打工族"的人较多，但未见《现代汉语词典》收录。而"骑车族"使用得并不广泛，却被第 7 版的《现代汉语词典》收录，这显然不符合《现代汉语词典》收词的通用原则，即选取更为常用的词语收进词典。《人民日报》的部分语料可能不足以说明问题，为了使结论更有说服力，笔者还在 BCC 语料库中检测"×族"词语的使用情况，并按使用频率从高到低进行排序，详见表 6。

表 6　BCC 语料库中的"×族"词语

文学	报刊	多领域	微博	科技	总计
上班族 58	上班族 742	上班族 2 715	上班族 7 669	上班族 499	上班族 11 683
追星族 11	追星族 229	追星族 553	追星族 333	追星族 329	追星族 1 455
0	月光族 33	月光族 281	月光族 621	月光族 2	月光族 937
0	上班一族 20	上班一族 135	上班一族 657	上班一族 45	上班一族 857
0	有车一族 37	有车一族 228	有车一族 493	有车一族 77	有车一族 835
0	有车族 71	有车族 268	有车族 253	有车族 154	有车族 746
0	蚁族 12	蚁族 125	蚁族 625	0	蚁族 762
打工族 4	打工族 119	打工族 145	打工族 135	打工族 169	打工族 572

(续上表)

文学	报刊	多领域	微博	科技	总计
0	啃老族 44	啃老族 141	啃老族 230	0	啃老族 415
0	低头族 124	0	低头族 213	0	低头族 337
0	加班族 123	加班族 43	加班族 129	0	加班族 295
0	银发族 75	银发族 22	银发族 19	银发族 14	银发族 130
0	骑车族 6	骑车族 37	骑车族 4	骑车族 10	骑车族 57

由表6的统计结果显示,"上班族""追星族"一直以来都是高频率使用词汇,所以《现代汉语词典》除第6版未收"上班族"外,其他版本均收录此二词。"打工族"使用的频率相对较高,也应继续收录进《现代汉语词典》。"低头族""加班族"不管是知晓性还是使用频率都是较高的,我们建议将其收录。

2. 违背其他原则

首先,表6的统计中,我们发现"银发族"一词在BCC语料库中使用的频率并不是很高,但在《人民日报》近10年中的使用频率仅次于"上班族",居第二位。"银发族",就是指老年人。"银发族"一词随着中国人口老龄化问题的发展而逐渐出现在大众视野中,当前老龄化问题并没有得到缓解,而且有加剧的趋势,近些年"银发族"的生活、旅游日益成为民众关心的话题,社会的变化导致了词汇使用的变化,所以,《人民日报》中对"银发族"词的使用频率在不断增加。"银发族"是一个有生命力的词,故在《现代汉语词典》修订时,应该考虑收录。

其次,统计表中的高频词汇,除了"×族"词,个别"×一族"词的使用频率也很高,但《现代汉语词典》至今并没有收录任何一个"×一族"词语。笔者认为,出于对词语收录的完备性的考虑,高频率使用的"×一族"词语,还是应当收录进《现代汉语词典》的。

综上,笔者认为,在修订第8版《现代汉语词典》时,应将"低头族""打工族""加班族""银发族""上班一族""有车一族"收录,而"骑车族"应当删除,等其使用的范围更加广阔时,再考虑是否需要收录。

随着社会生活的丰富，人们的角色也日益多元化，人们对于人群的认识有标签化的特点，"×族"词语的产生符合大众的语言需求，它可以简单明了地代表一类人，承担了新时代背景下形容新事物、新情况的责任。同时其体现了现代人追求时髦、时尚价值的理念，"×族"词语具有口语化的特点，易于被人们接受和使用，尤其是迎合年轻人求新求异的心理。对"×族"词语的研究，其意义不仅在于它推动与丰富社会语用的发展，而且在于它能使人们从中了解到社会、心理等因素对语言的影响。

参考文献

［1］吕叔湘．大家来关心新词新义［J］．辞书研究，1984（1）：8－14．

［2］陈原．关于新语条的出现及其社会意义——一个社会语言学者在北京街头所见所感［J］．语言研究，1984（2）：151－158．

［3］许慎．说文解字［M］．北京：中华书局，2009．

［4］周美玲，黄伟群．近五年新词语中表人群的类后缀发展——以2006—2010年新词语为例［J］．宁夏大学学报（人文社会科学版），2013（2）：88－92．

［5］谢光辉．汉语字源字典［M］．北京：北京大学出版社，2000．

［6］胡裕树．现代汉语［M］．上海：上海教育出版社，1995．

［7］沈孟璎．试论新词缀化的汉民族性［J］．南京师大学报（社会科学版），1995（1）：35－41．

［8］任学良．汉语造词法［M］．北京：中国社会科学出版社，1981．

［9］付义荣．漫谈"族"尾词［J］．集美大学学报（哲学社会科学版），2009（1）：45－50．

［10］苏新春，黄启庆．新词语的成熟与规范词典的选录标准——谈《现代汉语词典》（二〇〇二年增补本）的"附录新词"［J］．辞书研究，2003（3）：106－113，151．

［11］杨露．《现代汉语词典》第6版与第7版收词差异浅探［J］．文教资料，2017（11）：22－23．

类后缀"痴"的共时和历时分析

张琳纯① 刘连海②

类后缀"痴",相对于其他热门的类后缀结构,其使用情况尚未普遍化,研究尚待深入。其实从语料中可以看出"×+痴"结构的使用早已出现,而且其使用频率逐渐升高,是一种较有研究价值的语言现象。检索中国知网发现,对类后缀"痴"进行研究的期刊文献主要有两篇。

研究较为深入的是李依一的《"×+痴"框式中类词缀"痴"探析》[1]。该论文框架结构十分清晰,从纵、横两方面对"×+痴"进行词义演变、句法和语义的分析。但没有从语言运用的角度去进行更加全面的分析;并且在对类后缀"痴"进行统计时,作者没有进行二次筛选,而是把所有符合搜索规则的语料都当作有效语料,从而影响了结果的准确性。

第二篇是洪硕成的《类后缀"痴"、"狂"的比较研究》[2],该文讨论了类后缀"盲""痴"在音节和词性方面的组配规律,作者指出"痴"有一个义项是"缺乏某种能力",这与类后缀"盲"的语义相似,所以作者通过例句来对"×+盲""×+痴"进行替换来辨别其含义,提醒我们在使用时要进行区别。但文章运用的对比角度较少,仅仅是停留在结构和词义的静态层面,对比的结论不完整,并不能让读者很清楚地了解它们之间的差异。

目前在学界,关于类后缀"痴"进行研究的相关成果较少,前人未阐释的或者阐释不全的部分还比较明显,仍存在较大的补充和完善空间。本文采用历时和共时相结合的研究方式,从历时的角度对不同时期"痴"在

---

① 张琳纯,广东海洋大学文学与新闻传播学院汉语言文学专业 2015 级本科生。
② 刘连海,广东海洋大学文学与新闻传播学院讲师。

某一特定语义场的使用情况进行分析对照研究。从共时角度，将"语法三个平面"理论知识运用到对类后缀"痴"的分析上，词法和句法是相通的，但很少有人将"语法三个平面"理论与"类后缀"的研究结合起来，这为本文的研究提供了一个契机。

一、类后缀"痴"的统计分析

本文的语料来自北京语言大学 BCC 现代汉语语料库。从结构角度，分别限定"痴"前的搭配成分是单、双、多音节。从词性的角度，本文赋予"痴"前的词语以名词、动词、形容词等词性后进行检索。在"文学作品""期刊"两栏进行检索，发现有效数据为含有类后缀"痴"的双音节或者三音节词语，通过赋予"痴"前词语以动词、名词、形容词的词性来进行统计，最终结果如表 1 所示。

表1 "×＋痴"中"×"部分的分析

×的词性	名词	动词	形容词	总数量	总占比	举例
单音节	200	9	0	209	84%	戏痴，画痴
双音节	38	1	0	39	16%	话剧痴，漫画痴

由表 1 数据可知："×"以单、双音节为主，单音节占优势，即含有类后缀"痴"的词语大多为双音节词。当"×"为单音节时，"×"的词性比重由大到小分别是名词、动词、形容词。当"×"为双音节时，"×"的词性比重由大到小分别是名词、动词、形容词，且"×"不可能为形容词。"×"为多音节词的情况仅占统计的 0.1%，本文将不考虑这个部分。除此之外，我们发现无论"×"的词性是什么，含有类后缀"痴"的词只能是一个名词，而且"×＋痴"一般都是对某一类人的称呼（注：本文没有特殊说明的"×＋痴"都是"词根＋类词缀"的用法）。

"×＋痴"的结构在"文学作品"和"期刊"中都出现过，表 1 数据中来自"文学作品"一栏的语料仅有 14 条，例如：

（1）因他欢喜傻笑，人家就把他叫浑了，叫他做 "笑痴"。（清·吴趼人《二十年目睹之怪现状》）

（2）仆友剑痴，闭户沪滨，枕流海上。（清·海上剑痴《仙侠五花剑》）

（3）叶北有个师兄就是个画痴，他能对着《清明上河图》不吃不喝地过一整天。（竺刀《魔师神画》）

来自 "期刊" 一栏的类后缀 "痴" 高达 234 条，类后缀 "痴" 在期刊中出现的频率要远远高于文学作品。这一方面说明了近现代类后缀 "痴" 的使用更加频繁，另一方面说明了类后缀 "痴" 是一个中性甚至偏褒义的指人语素，所以权威期刊经常使用 "× + 痴" 这个结构来指称一个人或者一类人。例如：

（1）由于他是这样一个 "棋痴"，所以他脑子里储存了大量的棋局。（《厦门日报》）

（2）"钱痴" 孙国宝被苏州人称为 "奇人"。（《人民日报》，1990 年 2 月 17 日）

（3）他二十年来情系大山，造林四千余亩，被乡亲们亲切地称为 "山痴"！（《人民日报》，2003 年 3 月 20 日）

二、"痴" 在 "愚痴" 类语义场的历时变化

"痴" 的本义是愚笨、不聪明，而 "对某物或某事十分迷恋" 的义项是在本义的基础上引申而来的，并且本义在 "愚痴" 类语义场的使用情况在不断发展变化。

先秦时期，"痴" 在文学作品中出现的频率不高，直到魏晋南北朝时期才逐渐增多。杨振华以先秦至魏晋南北朝、唐宋元、明清这三个时期著名的文学作品为参照，对同属于 "愚痴" 类语义场的 "愚" "蠢" "痴" "呆" "憨" 这几个词的使用情况进行统计，观察其变化走向。[3]

从杨振华的统计中可以发现，他选用的这几个例字在东汉之后使用得

更加频繁了。唐宋元时期，主要由"痴""愚"两个词来承担，"痴"在《敦煌变文集新书》《太平广记》中竟分别出现 53 和 36 次。"愚痴"类语义场在明清时期发生了显著的变化：明代时，"痴""呆"已经取代"愚"在该语义场中的主导地位；清代时，"呆"的使用频率几乎是"痴"的两倍，部分"痴"已经被"呆"替代了。

"痴"在"愚痴"类语义场的发展过程中有两个较为突出的表现："痴"替代"愚"、"呆"替代"痴"。李宗江认为："词汇系统存在着一个自我调节机制，通过词义的分担来不断求得系统内部的平衡。如果一个词承担得太多，就容易影响表达的清楚明确。这个矛盾会促使语言词汇系统自行调整，一个结果是变为复音词，另一种结果是导致在与词义负担较轻的同义成分的竞争中失败。"[4]37 同属于一个类语义场的词在使用时必然会出现交叉，人们在使用的过程中会自觉地考虑语言经济性的原则，有所侧重地选择使用某一个词，此时该语言系统就会进行调整以达到相对平衡的状态。

"愚"的词义可以理解为"不聪明、蠢笨"，但是"愚"放在不同的语境中，其词义会有不同的侧重点。人们在使用时需要特别考虑语用的合理性，因此人们有意识地避免使用该字。除了形容头脑不灵光之外，"愚"还可以用于形容计谋、言论等关于人思考的产物，如"人主知能、不能之可以君民也，则幽诡愚险之言无不职矣，百官有司之事毕力竭智矣"（《吕氏春秋·勿躬》）。与此同时，"愚"在词义演变的过程中引申出"自谦"的用法，如愚见，意为"谦称自己的意见"。此时，"愚"存在两个义项，人们在使用时为了避免语义混淆，选择了用意思相对明确和固定的"痴"来替代它，因此"愚"的使用频率逐渐下降。但是这种替代经历了从魏晋南北朝至明清这个漫长的过程，并非一蹴而就的。

从魏晋南北朝开始，呈现极大发展势头的"痴"一直稳居前列，直到明清时期被"呆"强势替换。究其原因，还是在于其具有不同高频率使用的义项，"痴"可以指"迷恋、痴迷"，也可以指"愚钝""发呆"，人们在使用时容易将其混淆，为了避免其词义的不确定性而选择使用其他意思较为明确的同义词语（即"呆"）。

"痴"在"愚蠢"类语义场的衰落始于明清时期。语言词汇系统的自动调节机制能够对负担重的词进行 "减压"，而 "痴" 在明清时期产生了新义导致其本义不明显，因此人们倾向于选择使用意思更明确单一的 "呆"。从语料中可以发现，最早出现运用类后缀 "痴" 的句子大约是在明清时期，除了由于社会急剧发展变化而亟须一批新词来指代新观念、新事物之外，还因为这个词出现了新的义项且其本义的使用频率不断降低，所以在明清之际 "×＋痴" 的使用开始流行起来。

三、类后缀 "痴" 的共时分析

共时分析是对不同的对象在某一个时间点所呈现出来的性质等进行分析和比较。从共时角度对 "×＋痴" 进行句法、语义、语用三个平面的分析，每一个平面下又从不同的角度来阐明对象，以此加深我们对类后缀 "痴" 的认识。

"单一的套用西方语言学理论难以揭示复杂的汉语语法规律，传统语法研究重意义轻形式，难以解释多变的汉语语法形态。"[5]3 正是在这种堪忧的情况下，"语法三个平面" 理论的提出显得十分重要。国外进行语法研究的学者们也认为仅对句法结构作静态的描写是无法满足人们实际运用需要的，语言作为一种最重要的交际工具却很少人研究它的交际功能。胡裕树和张斌率先倡导运用句法、语义、语用三个平面的理论来研究现代汉语语法。

在现代汉语中，词法和句法是相通的关系，对句子进行分析时可以从句法、语义、语用三个方面来进行，对一个词组或词也可以采用同样的方法，只是在分析它们时有不同的侧重点，但目的都是帮助我们更好地了解研究对象。

(一) "×＋痴" 的词法和句法分析

根据上文的统计数据，我们发现不同的 "×＋痴" 在词法和句法方面具有许多的共性。

从词性的角度来说，"×＋痴" 一般为名词性词语，"×" 主要由名词性的单音节词充当。从构词的角度来说，"×＋痴" 明显是合成词的一种形式，"×" 是一个个有实在意义的、独立使用的词根，而 "痴" 的语义类化为指代对某事某物十分迷恋的一类人，作为类后缀的它只能依附在词根后而不能单独使用，这种"词根＋类词缀"的构词方式就是附加法，把新的词根黏附在类后缀"痴"上从而产生新词。

类词缀能够起到词性标志的作用，这是它一个重要的功能。尹海良指出"词性标记功能肯定了一部分词根的词类属性……附加上类词缀之后形成的派生词其词性大都是一致的"[6]97。通过上文的统计分析我们发现"×＋痴"中"×"为名词性的词占大多数，且"×＋痴"基本是名词性的结构，这都是因为"痴"词性的标志功能使得整个结构呈名词性。

在句法方面，"×＋痴"的结构在句中经常充当复指成分，例如："他二十年来情系大山，造林四千余亩，被乡亲们亲切地称为'山痴'！"（《人民日报》，2003年3月20日）中的"山痴"复指主语"他"。在充当主语时，"×＋痴"往往是借代的用法，指一个人，因此在句法结构上表现为同位关系。在充当宾语时，"×＋痴"指的是一类人中的一个，因此常常用"一个"等词来修饰，例如："他是一个'舞痴'，他是一个舞蹈的情种，5岁开始就会编排一些简单的舞蹈了。"（《人民日报（海外版）》，2001年12月5日）。

（二）"×＋痴"的语义分析

语义平面主要是对"×＋痴"进行语义分析，目的是了解该结构中语素之间的语义关系，从更深的层面理解这个结构，分析它们的语义成分、语义关系等。从例句中我们发现，"×＋痴"表示的是对某人或某事极度迷恋的一类人，主要承担施事、受事、主事、定元等语义成分。此结构所搭配的动作可以是二价动词或者三价动词，如"是""称为"等。除了描述这个结构的语义特征、语义关系等，还应该把重心放在这个结构的关键词上，即关注类后缀"痴"的语义演变以及语义的形成过程。

1. 类后缀"痴"的语义演变

《说文解字》仅收"癡"字。从《说文解字·疒部》"癡，不慧也。从疒，疑声"[7]中可知，"痴"的本义是不聪慧。段玉裁《说文解字注》："不慧也。心部曰。慧者，儇也。犬部曰。猘者，急也。癡者，迟钝之意。故与慧正相反，此非疾病也，而亦疾病之类也，故以是终焉。"[8]356 宋代

《集韵》："抽知切，达音螭。痴疵，病也。一曰不廉。"[9]9除此之外，"痴"在《集韵》中还有另一个解释："超之切，音迟。痴癄，不达之貌。"即"痴"与"癡"的意义相近，并且它们的读音也相近，因此两个字可以合为一个字。杨振华发现"唐代以前的文献中写'癡'，唐代之后也写作'痴'"[3]60。

到了近现代，"痴"的使用频率也不断升高。2004 年出版的《新华汉语词典》"痴"有三个义项：①傻、愚笨，如白痴；②对物或人极度迷恋，如痴情；③因受某事影响而精神失常、陷入迷恋而不能自拔的人，如花痴。[10]133 2013 年出版的《通用规范汉字字典》给出"痴"的三个义项：①傻、愚笨，如痴呆、白痴、痴笑；②极度迷恋某人或某种事物，如痴情、痴迷、痴狂；③极度迷恋某人或者某事物的人，如情痴、书痴。[11]45 2012 年出版的《现代汉语词典》（第 6 版）中"痴"有四个义项：①傻、愚笨，如痴呆；②极度迷恋某人或某事物，如痴情；③极度迷恋某人或某种事物而不能自拔的人，如书痴；④由于某种事物影响变傻了的；精神失常，如吓痴了。[12]173-174

综上，"痴"的义项可以理解为愚笨，对物或人极度迷恋，极度痴迷某人或某事的人，精神不正常；其中，类后缀"痴"的义项是"极度迷恋某人或某事物的人"。

2. 类后缀"痴"的语义形成过程

如果某个词的意义的适用范围不断扩大，即外延义逐渐扩大而其内涵义正在缩小，致使其搭配对象的范围也在扩大，那么这个词的语义会变得抽象而形成类词缀。"痴"原本是具有实词意义"愚笨、不聪明"的词根语素，它的内涵义缩小了，如摒弃了"精神不正常"这个义项，但它对演变过程中出现的"迷恋"这一义项进行了扩大，进而演变出类后缀的用法即指代"对某事某物十分迷恋的人"。新事物不断产生，在"×+痴"的结构中，一方面"×"所涉及的范围越来越大，"痴"的语义泛化程度就越高；另一方面，随着"痴"外延不断扩大，其泛化程度不断加深，能够进入"×"域的词语也会越来越多。这意味着"×+痴"词群正是在两者的相互促进中日益壮大起来的。

隐喻机制是类词缀"痴"形成的一个重要机制，即通过联想的方式用已知的概念来表达另一种还未被命名的概念，而我们头脑里的联想就是这两个概念之间的联系。"痴"的词义演变路径：愚笨、不聪明→犹豫、踟蹰→发呆、发愣→对某事或某人迷恋、入迷→对某事或某人迷恋的人。虽然类后缀"痴"的词性一直在改变，由最初的形容词到动词，再到名词性的类后缀，但是这个变化遵循了隐喻机制，重点关注它们的相似性。人们由发呆、发愣的神情联想到对某事物着迷的表情，因此也用"痴"来表示"对某事某物着迷"，随后又把这种行为引申到有这种行为的人，专门用来指代对某事某物痴迷的人。

（三）"×+痴"的语用分析

在语用方面，如果某个句子旨在陈述、描述"×+痴"这个人或者这类人，该结构一般都是这个句子的焦点，即说话者认为对方不知道因此希望对方特别关注的部分。

语用会影响语义和句法层面的内容，三者是紧密相连的关系。因为"痴"具有多个义项，除了类词缀的用法，其他义项也可以跟词根组成"×+痴"的附加式，判断多义词的语义离不开语境。例如：①他是一个"乐痴"，每天都沉迷在音乐的世界。②他是一个"乐痴"，连音符都不认识。这两个句子中的"乐痴"结构相似而语义却截然相反，前一个句子表示他对音乐很迷恋，后一个句子表示他在音乐方面一窍不通。对两者进行区别必须通过语境，联系上下文去找它在例句中的实际含义。从这个角度来说，句子的语境影响了该结构实际的语义。除此之外，"×+痴"结构在交际过程中一般充当句子的焦点和话题，表现在句法层面上就是"×+痴"经常跟"称为""是"等词搭配。在交际时，人们运用这个结构来指称他人，因此它在句中经常充当主语、宾语或者定语，这都是名词性的语法成分。

从例句中我们可以发现，用"×+痴"称呼对方，即认为对方是对某物某事特别迷恋的人时，说话者的语气一般都是感叹的，在心理上产生了一种敬佩或者感慨的情感，这也符合礼貌性原则中的赞誉原则。这说明"×+痴"的语义感情色彩是中性偏褒义的，因此在交际时人们会选择感叹的语气，这是语义影响语用的一个明显表现。

四、"痴"类词缀化的动因

语言伴随着时间推移与人类社会的变动而发展演变，其系统内部以及外部社会因素都起着重要原因。内部因素主要包括语言的经济原则、类推机制，外部因素包括社会发展、人们的心理变化。

（一）内部因素

语言是一套有限规则的系统，系统内部的各因素之间相互影响、相互补充。考究类词缀的动因必然要分析其内部因素，其内部的众多因素可能会相互影响。语义和语用可以相互影响，在这里，本文认为语用平面的语言经济性原则和类推机制影响了类词缀的词义演变。

1. 语言的经济原则

"语言表述往往出于经济或省力的考虑倾向于采用短小的形式，这就是语言中的'齐夫定律'。"[6]122经济性、省时省力是语言的理想状态，人们在使用语言的过程中也会有意识或无意识地推动语言朝这个方向发展。"×+痴"采用的是"词根+类后缀"的方式从而形成属于同一语义类的派生词，它们共同的特点都是"表示对某人或者某事着迷的人"，采用这种附加式的构词方法而非用一个很长的短语来表示，使语言更加简洁凝练。简单的构词方式能够简洁明了地指代一类人，且"痴"在结构中的位置固定、语义明确，因此当人们需要表达这个意思时会优先选择派生词的方法。

2. 类推机制

"说话人常常把发音或意义上相仿的词和句归为一类；常以类推原则创造新的词或句子。"[13]类推机制遵循的是语言的经济原则，人脑里的隐喻和转喻机制促成了类推成词成句的现象。类后缀"痴"意为"对某人或某事物极度迷恋的人"，是对同一类人的称呼，因此人们会将此用法类推到同一语义类的现象上，即凡是具有这样特点的人都可以称为"×痴"，如"漫画痴""茶痴"。

（二）外部因素

语言是最重要的交际工具，它必须在使用中来实现自己的价值。因此，当我们要分析一个词的变化时，必然要涉及语言的外部因素，即社会因素。在此，我们认为社会的发展导致新的需求以及人们心理的变化都会影响到一个词语的变化。

1. 社会发展

社会的生活物质水平基本上呈上升的趋势，伴随着改革开放的大浪潮，许多新事物、新现象涌入我们的日常生活中。因此，急需一批能够记录和表达这些新生活内容的词语。除了复合词的构词方法，"词根＋词缀"的方式以简单、明确的优点而被大量使用。词缀的数量是有限的，而社会的发展速度却不断加快，因此一些原本有实词意义的词也开始向着词缀的方向发展以满足使用的需要，但仍保留着实词的义项。

2. 心理变化

时代的改变不只影响生活，还影响了人们的心理变化，"痴"在演变的过程中出现了"精神失常"这样的贬义义项。除此之外，古代社会提倡的"中庸"和"灭人欲"都导致"极度迷恋某人某事物"的行为呈贬义。但是随着社会的改变，人们的心理和头脑观念也开始发生转变，表现出自己对某人某事物的极度迷恋并非不可启齿的行为，相反在人与人的交流中能够以此了解对方的喜好，进一步加深彼此的关系。"画痴""茶痴""戏痴"等不仅体现了爱好之高雅，而且能说明此人在该领域颇有研究。因此，表达自己的喜好已经成为一种普遍行为，"×＋痴"的感情色彩也逐渐转变为中性，它不仅能满足人们在感情色彩方面的表达诉求，还能满足人们的心理诉求。

五、结语

本文基于 BCC 语料库，对类后缀"痴"的使用情况进行统计分析。从历时的角度对"痴"的本义进行追溯；从共时的角度对"×＋痴"进行句法、语义、语用的分析，发现该结构在这三个方面的特点，并且这三个方面相互影响。通过以上的论证，我们可以预测该结构在未来相当长的时间内会保持着高能产性和高频使用特征。

参考文献

［1］李依一．"×＋痴"框式中类词缀"痴"探析［J］．三门峡职业技术学院学报，2018，17（3）：77－81．

［2］洪硕成．类后缀"痴"、"狂"的比较研究［J］．青年文学家，2018（35）：167－168．

［3］杨振华．汉语"愚痴"类语义场成员的历时演变与共时分布［J］．中北大学学报（社会科学版），2017（3）：58－64．

［4］李宗江．汉语常用词演变研究［M］．上海：汉语大词典出版社，1999．

［5］马金英．"三个平面"理论研究与应用［D］．呼和浩特：内蒙古师范大学，2010．

［6］尹海良．现代汉语类词缀研究［D］．济南：山东大学，2007．

［7］许慎．说文解字［M］．北京：中华书局，1963．

［8］段玉裁．说文解字注［M］．上海：上海古籍出版社，1981．

［9］丁度．集韵［Z］．上海：上海古籍出版社，1985．

［10］新华汉语词典编委会．新华汉语词典［Z］．北京：商务印书馆，2004．

［11］王宁．通用规范汉字字典［Z］．北京：商务印书馆，2013．

［12］中国社会科学院语言研究所词典编辑室．现代汉语词典［Z］．6版．北京：商务印书馆，2012．

［13］刘润清．西方语言学流派［M］．北京：外语教学与研究出版社，2006．

韩国汉源成语与汉语本体成语的比较研究

廖慧敏①　黎海情②

　　成语是中华民族语言智慧的体现，蕴含着丰富的历史文化知识。中韩两国自古以来有着频繁的文化交流，处于汉字文化圈的韩国，其成语的发展也深受中国的影响。不少学者涉足汉韩成语对比研究的领域，经笔者整理，关于汉韩成语对比的研究成果，主要有以下内容：

　　韩国学者着重谈中韩成语的结构、形态和来源，如李桂瑶的《韩中四字成语的对照研究》[1]、金美英的《韩中常用四字成语比较研究》[2]、全贤淑的《韩中同义异字形四字成语比较研究》[3]和全香兰的《谈朝鲜语独有的汉字成语》[4]等。

　　而中国学者则更多地从文化的角度对两国成语进行对比研究。如马佳的《中韩成语俗语中动物象征意义对比研究》[5]、蒋俊杰的《关于中韩"龙""虎"四字成语的对比研究》[6]和艾丽的《韩国汉字成语中的中国因素》[7]等。

　　在中国，成语与惯用语在语言词汇范畴上是一种并列关系。辞书类著作和成语专著对成语的定义大多简洁明了，如《现代汉语词典》（第6版）对成语的界定是："人们长期以来习用的简洁精辟的定型词组或短句。"[8]而《现代汉语》等语言类教材中对成语的界定更加细致，在对成语进行定义的基础上提出了成语具有的特征。在韩国，成语与惯用语在语言词汇范畴上是一种归属关系，且成语的界定比较模糊，认为"由汉字构成的成语叫汉字成语"[9]14。

　　本文通过对韩国汉源成语与汉语本体成语形义层面异同点的分析，归

---

①　廖慧敏，广东海洋大学文学与新闻传播学院汉语国际教育专业2015级本科生。
②　黎海情，广东海洋大学文学与新闻传播学院讲师。

纳出韩国汉源成语与汉语本体成语产生差异的原因，进一步了解韩国汉源成语的演变方式，探讨强势语言和弱势语言之间的关系。本文运用的研究方法有：

第一，文献综合法。通过文献的查阅与综合，总结当前关于韩国汉源成语与汉语本体成语的研究状况。

第二，图表示例法。运用图表，展示韩国汉源成语与汉语本体成语在形义上的异同点。

第三，对比分析法。通过对韩国汉源成语和汉语本体成语词形词义的对比，揭示韩国汉源成语的变化手段。

本文以《汉语成语大词典》和《韩汉大词典》等具有代表性和权威性的工具书为主要依据，选取典型的、适合本文研究的成语。与此同时，以国内外相关著作的理论作为支撑，对本文观点进行佐证。

一、韩国汉源成语与汉语本体成语的异同①

（一）同形同义同素

同形同义同素，指韩国汉源成语和汉语本体成语的结构形式和意义完全相同，以表 1 的成语为例：

表 1　同形同义同素成语例词

成语	汉语释义	韩语释义
恻隐之心 측은지심	形容对别人的不幸产生同情心。也可指无原则的不忍之心。语出《孟子·公孙丑上》	남을 불쌍하게 여기는 타고난 착한 마음을 이르는 말. 다음은 맹자의 사단설(四端说)가운데서 나오는 말로,《맹자》〈공손추편（公孙丑篇）〉에 있는 말이다

① 由于学界对汉语成语的定义和划界至今存在分歧，且为了更好地同韩国汉源成语进行比较，本文为对比研究所选用的成语皆为四字格成语。

（续上表）

成语	汉语释义	韩语释义
腹背受敌 복배수적	前后都受到敌人的攻击	앞뒤로 적의 공격을 받음
四面楚歌 사면초가	四面都是楚人的歌声。比喻孤立无援，四面受敌的处境。语出《三国志·吴书·胡综传》	사방（四方）에서 들리는 초（楚）나라의 노래라는 뜻으로, 적에게 둘러싸인 상태（状态）나 누구의 도움도 받을 수 없는 고립（孤立）상태（状态）에 빠짐을 이르는 말

在韩国斗山东亚出版社出版的《东亚新国语词典》中，韩国汉源成语和汉语本体成语形式和意义完全相同的成语共有 1 271 个；《朝鲜语词典》中收录的两者同形同义的成语也多达 900 个。[10]60 从中可以看出，与汉语成语同形同义的韩国汉源成语在韩语成语中占了很大的比重。张晓曼在《试论中韩语言接触及中韩音韵关系》一文中认为："具有优势文化地位的语言会向其他非优势文化的语言输出借词，从而形成语言上的'占优势主导地位'和'占劣势'的分别。"[11]38 从表 1 的成语举例中，我们可以看到与汉语成语同形同义的韩国汉源成语，较多是出自中国古代典籍。结合张晓曼的中韩语言接触的观点，就会发现韩语成语中大量出现与汉语本体成语同形同义的汉源成语是有其必然原因的：由于地理位置上的相近，作为邻近的国家，千百年来，两国在政治、经济、文化上有着频繁的交流，在交流的过程中，必然不能缺少语言这一要素作为桥梁进行沟通。作为强势语言的汉语，在过去以古书典籍为主要物质媒介，对当时的韩国语言词汇体系进行渗透，而且不被韩语的语音、语法等语言要素同化。长此以往，就形成了与汉语本体成语同形同义的韩国汉源成语。

（二）同形异义

所谓同形异义，即汉语本体成语和韩国汉源成语在结构形式上相同，意义却存在差异。虽然韩语自古以来深受汉语的影响，在韩国成语中也出现了不少与汉语同形同义的成语，但语言一直处在变化发展之中，每种语言都有其独特的变化发展轨迹。汉语本体成语传入朝鲜半岛后，受朝鲜半岛的语言特征、国家文化、地理环境等方面的影响，被韩语吸收时，其意义特征逐渐发生改变，形成了与汉语本体成语同形异义的韩国汉源成语。根据两者意义上的差别，可分为下列三种类型。

1. 意义全不等型

意义全不等型指汉语本体成语与韩国汉源成语在意义上完全不相同，在词典中完全无相等义项。成语例词如表2所示。

表2　意义完全不对等型成语示例

成语	汉语释义	韩语释义
顾名思义 고명사의	看到名称就联想到它的含义	遇到事情首先考虑是否有损名誉和违背义理
百尺竿头 백척간두	①形容事业或学问有很高的成就 ②形容极高的官位和功名 ③佛教语。比喻修行达到极高的境界	爬到了百尺长竿的顶端，形容危险到了极点
大惊小怪 대경소괴	形容对不足为奇的事情过分惊讶	对怪异的事情感到有些奇怪

2. 意义镶嵌型

意义镶嵌型主要有两种情况：

一种情况是指韩汉成语在词典的释义中，汉语本体成语拥有的义项比韩国汉源成语的义项要多，即汉＞韩。成语例词如表3所示。

表3　汉语本体成语义项多于韩国汉源成语示例

成语	汉语释义	韩语释义
过眼云烟 과안운연	①比喻很快消逝的人或事物 ②比喻不必看中身外之物	像云和烟一样很快消逝的事物

（续上表）

成语	汉语释义	韩语释义
油头粉面 유두분면	①形容女子打扮的妆面很浓厚 ②代指娼妓、妓女	指女子化浓妆的模样

　　另一种情况是指韩汉成语在词典的释义中，汉语本体成语拥有的义项比韩国汉源成语拥有的义项要少，即汉＜韩。成语例词如表4所示。

表4　汉语本体成语义项少于韩国汉源成语示例

成语	汉语释义	韩语释义
弹指之间 탄지지간	指极短的一瞬间，形容时间极其短暂	①比喻时间极其短暂 ②比喻眨眼的间隙
浩然之气 호연지기	指正大刚直的气质和精神	①盛大宽广的模样 ②光明正大、正直的模样 ③心胸宽广

3. 意义交叉型

　　意义交叉型指韩汉成语在词典上的释义中都有多个义项，但至少有一个义项是在汉语本体成语和韩国汉源成语中都存在的。成语例词如表5所示。

表5　意义交叉型成语示例

成语	汉语释义	韩语释义
金枝玉叶 금지옥엽	原形容美丽的花枝树叶。后比喻帝王的子孙后代或出身高贵的人	①指子孙可爱 ②形容出身高贵的帝王及其子孙
落花流水 낙화유수	①落下的花瓣随着流水漂走，形容暮春之景 ②形容零落残败的样子	①形容残春之景 ②比喻男女之间的思念之情

（三）同义异形异素

1. 同义异形

汉语本体成语与韩国汉源成语意义相同，但形式有所不同，主要有下列四种类型：

（1）ABCD（中）—CDAB（韩）。

这种类型的汉源成语主要发生了两种变化，一种是原来的汉语本体成语为主谓结构，韩语借用后，其结构成为偏正结构。成语例词如表6所示。

表6　汉语主谓结构变韩语偏正结构同义成语示例

汉语成语	韩语成语	共同释义
人生朝露	朝露人生 조로인생	人生就像早晨的露水一样很快就消失，形容人生短暂
天下太平	太平天下 태평천하	普天之下，太平无事。指社会安定祥和，没有动乱

另一种是原来的汉语本体成语为并列结构，变化为韩国汉源成语后，其内部结构不发生变化。成语例词如表7所示。

表7　韩汉同义异形并列结构成语示例

汉语成语	韩语成语	共同释义
堂堂正正	正正堂堂 정정당당	多形容言行光明正大。也形容身材威武，仪表出众
独立自主	自主独立 자주독립	自己当家作主，不依赖别人。多指一国、民族或政党行使自己的主权，不受外来力量的控制或支配

（2）ABCD（汉）—ADCB（韩）。

此类结构转换的成语中，原来的汉语本体成语为并列结构，"B"与

"D"的位置相互交换变化为韩国汉源成语，韩国汉源成语仍为并列结构。成语例词如表8所示。

表8　ABCD（汉）—ADCB（韩）异形同义成语示例

汉语成语	韩语成语	共同释义
贤妻良母	贤母良妻 현모양처	既是贤惠的妻子，又是善良的母亲。比喻女子贤良淑德，勤俭持家
山穷水尽	山尽水穷 산진수궁	山和水都到了尽头，前面已经无路可走。原指遥远荒僻之地，现比喻陷入绝境

（3）ABCD（汉）—BACD（韩）。

此类结构转换的成语例词如表9所示。

表9　ABCD（汉）—BACD（韩）异形同义成语示例

汉语成语	韩语成语	共同释义
生死关头	死生关头 사생관두	决定生死成败的时刻
反客为主	客反为主 객반위주	客人反过来成为主人。比喻变被动为主动，也指违反了通常的主客关系

（4）ABCD（汉）—BADC（韩）。

此类结构转换的成语例词如表10所示。

表10　ABCD（汉）—BADC（韩）异形同义成语示例

汉语成语	韩语成语	共同释义
贪小失大	小贪大失 소탐대실	因为贪图小便宜而失掉大利益。比喻只谋求眼前的好处而不顾长远的利益

（续上表）

汉语成语	韩语成语	共同释义
居安思危	安居危思 안거위사	处在安定太平的环境里而想到可能出现的危难

除了以上几种主要的异形同义结构类型外，韩国的汉源成语中还存在其他异形同义结构类型，例如：ABCD（汉）—ACBD（韩）：情投意合—情意投合（정의투합）；ABCD（汉）—DCAB（韩）：海誓山盟—盟山海誓（맹산서해）；ABCD（汉）—ADBC（韩）：寡不敌众—寡众不敌（과중부적）等。

2. 同义异素

汉语本体成语与韩国汉源成语两者语素不同，主要有下列三种类型：

（1）一个语素不同，成语例词如表11所示。

表11　一个语素不同的韩汉同义异素成语示例

汉语成语	韩语成语	共同释义
走马观花	走马观山 주마간산	比喻观察事物粗略、不细致
独一无二	唯一无二 유일무이	只有第一个，没有第二个。指没有可以相比的东西，是唯一的
街谈巷议	街谈巷说 가담항설	大街小巷里人们的言谈议论。既指民间的舆论，也指非官方消息，没有根据的议论
雨后春笋	雨后竹笋 우후죽순	春天雨后冒出的竹笋，比喻大量涌现的新鲜事物
锦绣河山	锦绣江山 금수강산	像锦绣那样美丽的山川河流，形容祖国的美好河山

（2）两个语素不同，成语例词如表 12 所示。

表 12　两个语素不同的韩汉同义异素成语示例

汉语成语	韩语成语	共同释义
千钧一发	危机一发 위기일발	形容形势或情况十分危急
自卖自夸	自画自赞 자화자찬	比喻自我卖弄、吹嘘
同舟共济	同舟相救 동주상구	比喻同在艰难的处境中时团结互助，共克难关
不言而喻	不言可知 불언가지	不用解释就能明白
空中楼阁	砂上楼阁 사상누각	比喻脱离实际理论或虚构的事物

（3）三个语素不同，成语例词如表 13 所示。

表 13　三个语素不同的韩汉同义异素成语示例

汉语成语	韩语成语	共同释义
自惭形秽	自愧之心 자괴지심	因为比不上别人而感到羞愧
朝思暮想	昼思夜度 주사야탁	形容殷切思念或者经常想着某件事
见财起意	见物生心 견물생심	形容贪财心狠
家常便饭	恒茶便事 항다반사	指常见的、习以为常的事情
对牛弹琴	牛耳读经 우이독경	比喻对着愚蠢的人讲高深的大道理白费口舌，也常用来形容人说话不看对象

二、韩国汉源成语与汉语本体成语差异产生的原因

（一）构形产生差异的原因

1. 语音原因

1443 年（农历）12 月，世宗大王与集贤殿的学者创制出韩文，参考儒家的"阴阳之说"，根据元音字母的发音部位将元音分成阳性元音、中性元音和阴性元音。单元音字母在组成合体字母时需要根据其阴阳特性，按照"同性相吸"的原则进行组合。这种元音调和的现象，主要体现在组字、文法上词尾的变化以及固有词这三个方面。而汉语本体成语和汉源成语的对比，能更好地证明元音调和现象对韩文组字的影响。例如，汉语本体成语"贤妻良母"一词，在韩国汉源中变成"贤母良妻"的表达，是因为"贤"的韩语发音中元音"ㅕ"为阴性元音，"母"的韩语发音中元音"ㅗ"为阳性元音，"良"的韩语发音中元音"ㅑ"为阳性元音，"妻"的韩语发音中元音"ㅔ"为阴性元音，这种"阴阳阳阴"的组合在朗读的时候，要比"贤妻良母"在韩语发音中"阴阴阳阳"的组合更朗朗上口。韩国的汉源成语与汉语本体成语会出现单字的不同或者字序的不同，"元音调和，同性相吸"的字母组合原则是其中的一个影响因素。

2. 词汇原因

在汉语中，某些语素可以单独成词；而在韩语中，这些语素则无法作为词独立运用。例如，汉语本体成语"雨后春笋"一词，在被韩语借用时，由于韩文缺乏表意的性质，"笋"字在韩语中无法作为词独立运用，必须与"竹"字结合成"竹笋"一词才能被赋予"笋"的含义，因此在韩国汉源成语中变为"雨后竹笋"。再如汉语本体成语"天壤之别"，在韩国汉源成语中的表达是"天壤之差"，韩国汉源成语在借用这个汉语成语时，取"差别"一词中的"差"字。由于中韩两种语言体系中词汇的区分存在着差异，加之韩国汉源成语取字的侧重点不同，所以在借用汉语本体成语时，某些韩国汉源成语的形态会受到一定的影响。

3. 语法原因

在研究两种语言的接触问题时，特别是研究两者的语言差异，不能脱

离它们的语法特点。汉语的基本语序结构是"主＋谓＋宾"，而韩语的基本语序结构是"主＋宾＋谓"。虽然在吸收汉文化的过程中，有不少韩国汉源成语受到汉语本体成语结构的影响采取了"述宾结构"，但是语言本身存在着强大的生命力，韩国汉源成语在借用汉语本体成语的时候，也会对汉语本体成语进行改造。某些在汉语中是"述宾"结构的成语，在韩国汉源成语中则变为"宾述"结构，如不辨菽麦（中）—菽麦不辨（韩）；不通水火（中）—水火不通（韩）。再如，某些在汉语中是"述补＋述宾"结构的成语，在韩国汉源成语中则变成了"状述＋宾述"结构，如居安思危（中）—安居危思（韩）。

虽然关于韩语的语系问题至今还没有确切的定论，但能够明确的是，韩语是一种黏着语，语法关系需要靠依附在实词后面的助词来反映，与作为孤立语的汉语相比，韩语的这种语法特点极大地影响了韩国汉源成语的使用。汉语本体成语在使用上比较自由，不仅能作主语、谓语、宾语、定语、状语、补语，还能单独成句。韩国汉源成语运用到句子当中，必须添加相应的助词或形容词、动词等各种词类的后缀才能体现出成语在该句当中所充当的句子成分。如在"他经受了流言蜚语"一句中，"流言蜚语"作为宾语，在韩语中必须添加宾格助词，才能体现出"流言蜚语"这一成语在该句中充当的宾语。造成这种差异的原因是汉语和韩语属于两种不同的词法类型。汉语是典型的孤立语，主要靠虚词和语序来表达语法意义，因此在运用成语时会有很大的使用空间；而韩语属于黏着语，句子语法意义的表达要通过助词和各类词尾来实现，因此在使用韩国汉源成语时很大程度会受到韩语语法的限制。

（二）意义产生差异的原因

"语言是一种'信息载体'，意思是说它可以装载，或者说运载，有关自然界的、社会上的各种信息。"[12]16作为特殊的词汇单位，成语的变化发展必然与社会的发展有着密切的联系。汉语成语是中华民族的智慧结晶，体现着中华民族的性格和历史文化，而韩国的汉源成语源于汉语，其词汇意义在一定程度上也展现着中华民族性格与文化的影子。但语言是在不断演变的，汉语本体成语被韩民族借用后，由于思维方式、历史、地理、习

俗文化等方面的不同,韩国汉源成语和汉语本体成语的意义产生了一定的偏差。意义产生差异的原因,主要有以下几个方面:

1. 中韩民族思维方式的不同

叶蜚声、徐通锵在《语言学纲要》一书中提出:"无论是思维的形式、思维的过程还是思维的生理机制都和语言密切相关。"[13]10虽然语言和思维的关系问题至今还没有完全解开,但语言和思维的关系是密不可分的。前面已经提到过,造成韩国汉源成语和汉语本体成语异形的重要原因是汉语和韩语两种语言体系在语音、词汇和语法三方面的不同;而在两种成语意义的变化里,思维承担了重要的角色。以具体的成语为例,"百尺竿头"一词,在汉语成语中分别有"极高的官位和功名""事业或学问有很高的成就"和"修行达到极高的境界"三种引喻。在这三个引喻中,"高"均具有正面的词汇意义。而在韩语里,"百尺竿头"形容由于爬上竿头到达了一定的高度,处境危险到了极点,这里的"高"的词汇意义却是负面的。再如"雪泥鸿爪"一词,汉语本体成语中的意思是大雁踩在雪地上留下的脚印,比喻往事遗留的痕迹。而在韩国汉源成语中,"雪泥鸿爪"虽也是在雪地上留下脚印的意思,但其意味却是痕迹不会永远存在,比喻人生苦短。从上面的举例可以看出,由于两个民族对事物的思考方式不同,赋予成语的意义也不相同。

2. 取义侧重点的不同

站在不同的角度或视点,会对某个词语的意义产生不同的看法。韩、汉民族对成语取义角度的不同也是造成韩国汉源成语和汉语本体成语同形异义和异形异义的原因之一。例如,在"络绎不绝"一词中,对于"络绎"的取义,汉语成语是指行人、车马船只的来往,"络绎不绝"形容行人和车马来往不间断。而韩国汉源成语的"络绎"则指联络、联系,"络绎不绝"的意思则是指联系不断绝;"顾名思义"中的"名"和"义",汉语本体成语中分别指"名称"和"含义",而韩国汉源成语则取义"事情"和"义理"。再如"青天白日"一词,汉语语境中取成语的象征义,多比喻政治清明。而韩语语境中则直接取本义"青天与白日"两种不同的颜色,意为事情、界限分明,不容混淆。

3. 自然环境的不同

因中韩两国自然环境的不同，某些韩国汉源成语在使用时，其意义与汉语本体成语原本的意义存在着差异。例如"走马观花"一词，原出自唐代诗人孟郊《登科后》一诗中"春风得意马蹄疾，一日看尽长安花"，形容因事情如意而心境愉快，后指粗略地观察事物。"不同的环境气候往往要影响人的生活和他们对世界的看法，换句话说就是，什么样的自然存在决定什么样的文化联想。"[14]9 韩国的山地面积约占整个朝鲜半岛山地面积的三分之二，素有"出门便看山"的说法，"走马观花"这一成语在传入朝鲜半岛后，演变成了"走马观山"。所以，自然环境的差异也是造成词汇文化义不同的原因之一。

三、结语

从本文的分析可以看出，虽然汉语和韩语分属于不同的语系，但是由于同处在汉字文化圈，汉语对韩国的语言文化产生了重要的影响，汉文化也对周边国家产生了一定的文化影响。叶蜚声、徐通锵在《语言学纲要》中谈及语言替换与底层残留的问题时，认为如果若干民族在地域上相邻，经济、文化强势的一方，其语言会对经济、文化相对弱势的另一方语言进行影响，弱势语言地区逐渐进入双语或多语并存的状态，最后弱势的语言会完全被强势的语言替代。从本文的对比研究来看，虽然中国东北地区与朝鲜半岛地域相邻，千百年来文化交流频繁，但在汉文化的影响下，韩国还能创造属于本民族独特的语言文化，这一方面跟韩国历代统治者"去汉化"的思想有关，另一方面也可以看出，韩语这一门语言本身具有强大的生命力，其民族语言会吸收外民族的语言文化，并加以改造，以适应本民族的语言规则。

参考文献

[1] 李桂瑶. 韩中四字成语的对照研究 [D]. 首尔：祥明大学，2001.

[2] 金美英. 韩中常用四字成语比较研究 [D]. 首尔：庆熙大

学，2004.

［3］全贤淑．韩中同义异字形四字成语比较研究［D］．首尔：庆熙大学，2001.

［4］全香兰．谈朝鲜语独有的汉字成语［J］．民族语文，1999（4）：66－68.

［5］马佳．中韩成语俗语中动物象征意义对比研究［D］．北京：对外经济贸易大学，2006.

［6］蒋俊杰．关于中韩"龙""虎"四字成语的对比研究［D］．上海：上海外国语大学，2013.

［7］艾丽．韩国汉字成语中的中国因素［D］．洛阳：中国人民解放军外国语学院，2007.

［8］中国社会科学院语言研究所词典编辑室．现代汉语词典［Z］．6版．北京：商务印书馆，2012.

［9］金美．韩国汉字成语构式研究［D］．首尔：汉阳大学，2014.

［10］文美振．从语言接触看汉语成语对韩语与其成语的影响［J］．南京航空航天大学学报（社会科学版），2005（7）：59－62.

［11］张晓曼．试论中韩语言接触及中韩音韵关系［J］．山东大学学报（哲学社会科学版），2002（4）：34－38.

［12］邢公畹．邢公畹语言学论文集［M］．北京：商务印书馆，2000.

［13］叶蜚声，徐通锵．语言学纲要［M］．修订版．北京：北京大学出版社，2010.

［14］周一农．词汇的文化蕴涵［M］．上海：上海三联书店，2005.

浅析《四世同堂》中儿化的特点

郑秀文[①]　张　伟[②]

　　《四世同堂》是老舍先生的长篇巨作，作品中的语言以北京话为基础，字里行间充满着浓浓的北京味儿，作品中的儿化词非常丰富，据任娟的统计，"纵观整部《四世同堂》，儿化词共有 602 种"[1]22。作品中的儿化词非常丰富，值得我们学习和分析。儿化是后缀"儿"与前一个音节韵母结合成的一个音节，并使韵母带上卷舌色彩的特殊音变现象，卷舌的韵母成为"儿化韵"，其构成的词叫"儿化词"，发音为"儿化音"。本文对小说中儿化词进行研究，利用语料库在线网站对《四世同堂》文本中的儿化词进行词性和词频的统计与分析，对儿化词作初步整理，再结合人工校对、分析对比，对儿化的特点进行分类归纳。

一、儿化的语音分析

　　词语儿化后书写上多了"儿"字，但不发"儿"的字音。因为儿化后，"儿"字失去原来的声调变为轻声，由轻声变成一个卷舌动作，带动前面的语素一起发卷舌音，不再是一个独立音节，这是儿化音节在语音方面的表现。[2]同时，这也是儿化构音方式的独特之处。

（一）"儿"不独立成音段

　　儿化的发音是随着前一个韵母进行卷舌运动，使韵母带上卷舌色彩，发出卷舌音，发音十分短促，但可以清晰听见"儿"的音变。"儿"是

---

①　郑秀文，广东海洋大学文学与新闻传播学院汉语言文学专业 2015 级本科生。

②　张伟，广东海洋大学文学与新闻传播学院讲师。

"唯一的不成音节的后缀"[3]117，它与前面的词成为一个音节，如在《四世同堂》里的"那个样儿""有什么蹦儿""商量点事儿""病包儿""小三儿"等词中，"样儿（yàngr）""蹦儿（bèngr）""事儿（shìr）""包儿（bāor）""三儿（sānr）"才为一个音节。

同时，"儿化音节中'–儿'的语音形式是既不自成音节又不自成音段、但又横跨韵腹韵尾两个音段的［＋卷舌］特征"[4]。音段与音色、音质有关，而对比"儿"的发音，可以发现其发音不是独立的，如"天佑到自己屋里看看老伴儿"的"伴儿（bànr）"，其发音的卷舌成分"r"和韵母"an"是同时发出，没有先后之分，与"伴（bàn）"对比在于儿化发音时有卷舌动作和卷舌色彩。这说明"–儿"是不独立成一个音段的，卷舌r嵌入大韵腹韵尾中同时发音，横跨韵腹"a"和韵尾"n"两个音段。所以，"–儿"卷舌"r"的发音是与韵腹和韵尾一起占据了两个音段，不存在比非儿化词多一个韵尾的说法。

（二）原型词的音节数量与儿化的联系

"儿化词还可以从音节数量上进行分类，其表现为：单音词＋'儿'，双音词＋'儿'，三音词＋'儿'，四音词＋'儿'等。"[5]《四世同堂》中的儿化词也有这样的特点。

据任娟统计，在《四世同堂》中，单音节＋"儿"的形式较多，有158种；双音节＋"儿"的形式共341种；三音节词儿化有91种；四音节词儿化的数量较少。由此可见，单音节词的儿化情况较多，并且以名词儿化居多，三音节词和四音节词儿化情况较少。但是，多音节儿化词是在单音节儿化词的基础上加上修饰词等形成的，如"歪毛淘气儿""小两口儿"儿化词，"气""口"首先是可以儿化，成为单音节儿化词"气儿""口儿"的，从这里可以得出，多音节儿化词是在单音节儿化词基础上转化过来的，但因为"招猫递狗儿""歪毛淘气儿""一股脑儿"已经成为熟语，不可随意拆分，所以将它们划分为多音节儿化词。

二、儿化的词汇分析

通过非儿化原型词与儿化词的对比，可以看出其词汇隐性的和显性的不同。显性不同集中表现在语音和书面形式上，隐性不同要从其词义、词性角度分析。儿化词可分为名词性儿化词、形容词性儿化词、副词性儿化词等。通过对比分析，儿化词在词汇方面的特点可从词义和词性两方面分析。

（一）儿化后的词义

词义分为词汇意义和语法意义，词汇意义包括理性意义和色彩义。对比儿化词和非儿化词，可以发现儿化后的词，其词汇意义的变化更大，以下从理性意义和色彩义两个方面进行分析。

1. 理性意义发生变化

词汇的理性意义是词汇核心意义，是词汇代表的概念。儿化后对词汇理性意义的影响表现在儿化后词义扩大、缩小、词义改变三个方面。

第一，儿化后词义扩大。儿化后词义扩大多是因为其产生引申义，表现在儿化后，衍生出另一个词义，不同的词义之间尽管存在着渊源上的联系，但所表达的概念不同[6]，例如：

> 晓荷挽了挽袖口，要表示自己的迅速麻利，而反倒更慢的，过去解绳扣。
> 我们就劝哪，劝哪，可是解不开他心里的那个扣儿。

"扣"有动词"系上"、名词"衣扣、绳扣"的意思，儿化后的"扣儿"是名词"衣扣、绳结"；例句中的"扣儿"有"心结"的意思，是由名词"扣儿"的本义"衣扣、绳结"词义引申而来，所以儿化后的"扣儿"不仅拥有了本义"衣扣、绳结"，还有其引申义"心结"。

> 老二把水一口喝下去。
> 你就挑一堆我的小白梨儿，皮儿又嫩，水儿又甜。

"水"意为液体，是名词，而在例句中，"水儿"则可以扩大为汁水、汁儿的意思，比"水"的意思更丰富。作品中，通过引申扩大词义的儿化词还有：

头（始端、脑袋）→头儿（首领）
法（法律、规则）→法儿（办法）

这一类词经过儿化将本义引申，扩大了词义，此现象一般集中在名词性儿化词，也正是因为名词的可塑性和丰富性，才为儿化提供了可能。

第二，儿化后词义缩小。儿化后，词义会缩小的情况很多，但一般出现在名词、动词等后面，因为在这类词中，儿化后一般只保留了其名词义，所以其词义会缩小。例如：

祁家的老人，早已听到程家的喜信儿。
明月和尚给瑞宣捎了个信来。

"信"是指信件、消息或者相信、信任，但"信儿"是单指消息、信件，词义缩小了。另外，还有：

摊（摊开、摊子）→摊儿（摊子）
包（裹、袋子）→包儿（袋子）
画（描绘、画面）→画儿（画面）
签（写、作标志的竹片）→签儿（作标记的竹片）

在北京话中，因儿化可以缩小词义的特性，因此会用儿化将"皮"和"皮儿"的适用范围区分，这也是北京话特有的。

他的小干脸永远刮得极干净，像个刚刚削去皮的荸荠。
你就挑一堆我的小白梨儿，皮儿又嫩，水儿又甜。

"皮"一般是指个头大的硬皮，如"果皮"；或者人的皮肤，如"眼皮""头皮""脸皮"等；"皮儿"一般是指个头小的水果等，如"杏子皮儿""白梨皮儿""糖皮儿"，儿化后词义缩小。

第三，儿化后词义改变。儿化后词义改变的情况还是很普遍的，但此节的词义改变不同于词义的扩大、缩小情况，儿化后改变词义一般是通过改变其词性而实现的。例如：

> 在得意之间，他下了过于乐观的判断：不出三天，事情便会平定。
>
> 冠家门口都贴上判儿啦，不信，你去看哪！
>
> 所以不能信着自己的意儿就这么走下去。

"判"是动词，裁决、判定的意思；但儿化后的"判儿"是名词，判条的意思。"意"是心思、情态的意思；儿化后的"意"是名词，指想法。词义和词性都改变了。例如：

> 本（量词，描述物品）→本儿（名词，书本、钱财）
>
> 零（数量词）→零儿（名词，小钱）
>
> 当（介词，在……的时候）→当儿（名词，时刻）

在词义改变的情况下，有一种值得注意的情况是：词语儿化后会因为被方言、俗语所影响而改变词性和词义。例如：

> 这样作了好多次，里面才低声的问了声："谁呀？"
>
> 他虽浅浅无聊，但究竟是北平人，懂得什么是"里儿"，哪叫"面儿"。

"里"是方位词，表示内部；"面"是指外表、部位等。儿化后，"里儿""面儿"是指待人接物的道理，词义改变了。另外，还有"哼儿哈儿""安儿胡同"等都受到方言的影响。

2. 色彩义发生变化

色彩义是指词汇的附属意义，一般包括感情色彩、语体色彩和形象色彩。词语儿化后，有时会增加一些附加意义，表达某种特殊的情感。[7]37这种附加义即是儿化后的色彩义。

第一，儿化后有细小、喜欢的感情色彩。儿化词的爱称作用和小称是有关联的，因为小动物、小植物等小事物总会被人们所喜爱，所以，儿化词除了表现喜欢、亲切感，还可表现对细小事物的喜爱，如"花儿""鸟儿""小脸儿""脸蛋儿""小孩儿"等。后来，表达喜爱感情的儿化被广泛使用，使得儿化带有细腻和亲近的情感。例如：

爷爷（祁天佑）是位五十多岁的黑胡子小老头儿。

他的老伴儿的话里没有一点学问与聪明，可是颇有点智慧。

"小老头儿""老伴儿"词义没有改变，但可以明显感觉到词语中的细腻和亲近的情感。

第二，儿化后表现轻蔑、反感、厌恶的感情色彩。在儿化使用中，并不全部是表现"小称""爱称"等积极、正面的情感，也会出现表现消极、负面的情况，例如：

尽管高第不及招弟貌美，可是有个老婆总比打光棍儿强。

他问方六，方六告诉他，那是天津最下等的窑子窝儿。

好吧，你往家里招窑姐儿，你教人家作暗门子，你的女儿也就会偷人！

通过语境可看出"光棍儿""窑子窝儿""窑姐儿"词义没变，但增加了感情色彩，都带有厌恶、看不起的意思。作品中"小日本儿"一词出现次数频繁，也是作者对侵略国的不屑、不满的情感体现。

第三，儿化后增加口语化的语体色彩。语体色彩分为书面语色彩和口语色彩，儿化后的词汇更易展现口语的随意、自由、俏皮的风格，因为儿化词能起到增效的效果。例如：

还有，你得做点儿小买卖什么的，哪怕是卖点儿花生呢，也好。

> 不但人受连累，连产业也得玩儿完！
> 日本人呢，也喜欢这些玩艺儿。

"做点买卖""玩完""玩艺"等在书面语中其实都是可以单说，但儿化的加入使这些词都带有了俏皮、轻松的口语色彩，正是因为儿化后增加口语化的语体色彩的特性，也限制了其使用范围，在严肃、正经的场合一般较少使用。儿化在作品中的运用，是使作品通俗易懂、语言轻松幽默的原因之一。

（二）儿化后的词性

儿化词与原型词比较，儿化会使词的结构发生变化，引起词的性质变化。儿化后会使词性发生变化的特点与其词义改变是分不开的。《四世同堂》中儿化后词性发生改变的词很多。这些词在词性改变的同时，词义发生变化，儿化为丰富词汇提供了很多的可能，是一个增加新词的方法。例如：

> 一个现代青年就像一只雏鸡，生下来就可以离开母亲，用自己的小爪掘食儿吃！
> 因为他看时机还早而改了叫儿，以便多和一番。
> 街灯是给他照亮儿的，好使他的缎子鞋不至于踩着脏东西。
> 两手老在抓挠，抓完了一阵，看看手，她发现指甲上有一堆儿灰白的鳞片，有时候还有一些血。

"食"儿化后由动词变成名词，表食物的意思；"叫儿"也由动词变名词；"亮"是指光亮、明净，儿化后词性由形容词变名词，表亮度、光度；"堆"是动词，儿化后的"堆儿"变成了量词。

这类词还有：

> 蹦（动词，跳）→蹦儿（名词，本领）
> 招（动词，引来，使人来）→招儿（名词，法儿）
> 转（动词，转动）→转儿（名词，转的圈）

活（动词，生存）→活儿（名词，干的事情）

好（形容词，好样的）→好儿（名词，好事，好的事物）

错（形容词，错误的）→错儿（名词，错事）

零（数词）→零儿（名词，零钱）

有些儿化词会出现多种词性，这是因为儿化词有"词性不稳定"的特点。如"块儿"在"我跟你一块儿走！"中可作副词，在"四四方方的包着一块儿阳光"中作量词；"堆"在"一堆儿灰白的鳞片"中可作量词，在"土堆堆儿"中作名词等，这种情况属于词的兼类和临时活用，使得儿化词的运用更为活泼和自由，皆因儿化词的词性呈现不稳定的状态。

三、儿化的语法特点

周一民认为儿化是一种形态上的曲折变化，它利用卷舌作用造成一种与原有语音形式相近的新形式，从而在原有意义的基础上引申出新的意义或增添新的色彩。[8]这其中涉及构词的"儿"和构形的"儿"。

（一）构词的"儿"

据研究，"儿"的语法作用有两种，一种是构词形态——后缀，另一种是构形形态——形素，两者区别在于是否产生新的意义。[9]而能使原型词发生意义改变的"儿"便是构词词缀，主要表现为词根＋"儿"和词根＋"儿"＋词根。

1. 词根＋"儿"

儿化词中的"儿"是一种构词词缀，能使原型词产生新的意义。"儿"可以放在词根后，通过附加法组成儿化词，从而对原型词的词义产生影响，改变其理性意义，产生新词。如：

就正在这个当儿，李空山来到北平谋事。

二百出了头，我不管那个零儿！

他刚走到枣树那溜儿，老二便由东屋的门外迎接上来。

瑞宣无聊的，悲伤的，在院中走溜儿。

"当"是表示对着、向着的介词，"儿"使"当"的理性意义变成名词"时刻"；"零"儿化后变成名词，表零头；"溜"是滑行之意，一般为动词，儿化后的"溜儿"则表示方位或者走长时间的路。还有前面提到的"里儿""面儿""扣儿""头儿"等都是构词"儿"经过附加法构成的新词。

2. 词根 + "儿" + 词根

"儿"作为词缀，产生新词的另一种形式是"A + 儿 + B"形式，周一民称为"半截儿化词"。这类词在作品中有"片儿汤""兔儿草""兔儿爷""灌馅儿饼"等，构成特点是："儿"在词中，修饰的是前面的语素，将已经儿化的词根作为定语，修饰另一个词根而得到的新词。虽然"片儿""兔儿"已经是儿化词，但需要作为一个定语存在，如果没有"儿"的修饰则不成词或者很拗口，如"片汤""兔草"。所以说，这类词可以作为儿化的新词，其构成方式属于附加法。这种情况还是挺少见的，作品中的这类词较多是北京话特有的，且多描写北京食物。

（二）构形的"儿"

儿化词与非儿化词对比，有不同的形态变化，但词义不发生改变，这种称为构形法。作为构形语素的"儿"并没有产生理性意义的改变，它附加在原词或语素的后面，不会形成新词，只是增加了附加意义，或是充当了其他成分。

1. 标记追加作用

标记追加是指在原本已有的词义上，再添加相同的词义，为前面的词义减负。儿化也有标记追加的作用，主要表现在"小 + n + 儿"和"n + 子儿"形式中。

在"小 + n + 儿"形式中，如小车儿、小妞儿、小牛儿、小孩儿、小鼓儿、小山东儿、小偷儿、小官儿……这类词中，前面已经有"小"修饰，后面又加上"儿"，"小"的意思没变，但"儿"标记追加了"小"的表义，为"小"具有的"表小"义减负了。

"n + 子儿"形式，"子"作为词尾的词汇被儿化，如莲蓬子儿、枪子儿、瓜子儿、铜子儿，虽然作品中出现的情况不多，但是仍值得注意和分析。汉语中的"子"有表示"小"的意思，余敏将"子"称为"细小格"，而在"子"后面再加"儿"是表示"小"的一种形式，起到标记追加作用，并且"子儿"无论是听起来还是用起来都比较顺口，能把"小"的感觉诠释得更自然。

2. 表达意思与"子"尾相对

作为词尾，"‐儿"尾和"‐子"尾是比较常用的两种语法形式，彭宗平在《北京话儿化词研究》中认为"用'儿化词'表喜爱意而用同音同型的'‐子'尾表相对意思"[10]13，即"‐儿"尾表达的意思与"‐子"尾表达的意思是相对的，"‐儿"尾更易展现喜爱之情。如作品中的"主儿、盆儿、小孩儿、样儿、步儿、法儿、棍儿、豆儿、男儿汉"，这类词都是可以将"‐儿"尾变为"‐子"尾的，但对比"主子、小孩子、样子、步子、法子、棍子、豆子、男子汉"，能明显感觉到"‐儿"尾表达的是对事物的积极态度，而"‐子"尾表达的态度和情感不明确。所以同一个描述，"‐儿"尾显然比"‐子"尾的表达更为积极，展现的感情更为柔和细致。

3. 强调作用

在重叠形式的儿化词中，构形"儿"会起强调作用，如"好好儿的"对比其原型词"好好的"，能感觉到重叠形式的儿化词表达的意思更强烈。《四世同堂》中的重叠形式后的儿化词较少，只出现了"中中儿""一阵阵儿"。分析发现，形容词"中"重叠后，儿化后起了强调作用，增加了"很"的意思，如"慢慢儿""好好儿""早早儿"等；而量词"阵"重叠后儿化，则是增加了"每一"的意思，可以理解为每一阵，再如"天天儿""年年儿""个个儿"都可见量词重叠儿化后的强调意思。这是构形"儿"在发挥强调作用，为儿化词的使用范围提供了更多的可能。

4. 反映地方特色

在俗语儿化词或是作品的一些儿化词中，儿化主要是作者为了突出反映地方语言特色而使用的，这也是构形"儿"的作用之一。可以分析作品中这些儿化词形式：

"v＋着＋n＋儿"形式：打着嗝儿、带着水音儿、咂着味儿、

打着盹儿、纳着闷儿

"n＋儿＋似的"形式：虫儿似的、箭头儿似的、肉馅儿似的、刀刃儿似的

"n＋儿＋们"形式：官儿们、哥儿们、小日本儿们、爷儿们、娘儿们、女角儿们

"n＋儿＋俩"形式：哥儿俩、爷儿俩、娘儿俩

这几类儿化词的运用，或因为俗语形成，或因为是北京方言的用法，或因为作为北京人的老舍先生的语言习惯，都是为了展现浓厚的北京味儿，反映地方特色，这是构形的"儿"的作用之一，同时为儿化的用法提供更多参考。

四、儿化的使用特点

综合儿化的特点，儿化具有语义、词性、语用方面的功能特点，能增加语义、添加感情色彩、构成新词等，儿化的特殊性为词汇提供了很多的可能。因儿化的作用强大，在日常生活中，经常会将词语儿化使用，但需要注意，并不是所有词都可以使用儿化，大部分词是可以儿化可以不儿化的，但有的词不能儿化，有的词是需要儿化的。我们可以根据前面分析总结的儿化特点，总结得出需要使用儿化以及不能使用儿化的情况。

（一）需要儿化的情况

综合儿化后理性词义的变化、词性变化特点，儿化后可以区别词性，或是区别意义，或是构成新词，那么可以分析出需要儿化的情况为：

第一，原型词需儿化变更词义时。儿化后词义引申的"法儿"、儿化后词义变小的"皮儿"以及儿化后词义改变的"盖儿"等，若没有"儿"的存在，这个词表达的意思是不完整的，儿化关系到这些词是否独立成词。

第二，原型词需儿化改变词性时。词性与词义相关，通过儿化改变词性、产生新词，是儿化词必须儿化的原因。如"当儿""那溜儿""招儿"等，改变了原型词的词性，产生了新词。

第三，区别词义时儿化。在日常谈话中，儿化还有区别同音词的特点，如"童子"和"铜子"同音，"铜子儿"可用于区分两者，这也成为北京话的特别之处。

第四，"一"字结构儿化。例如："一会儿"如果没有儿化，即"一会"，就没有了实际意义；"一块儿吃"，如果没有儿化，"一块吃"则没有了原本意思，因为"一块"是一个数量短语。

（二）不能儿化的情况

儿化能增效的修辞作用，在使用时会受到很多人青睐，但也要需要注意儿化在下面几种情况是不能用的。

第一，在称呼前辈或者年纪大的老者时，不能儿化。如不能称呼"爷儿""老师儿""王先生儿"，这是不符合用语规则的，而且带有轻蔑义，是不礼貌的。

第二，在描写庄重、尊贵的事物时不能儿化。如《四世同堂》中的"天桥儿"是艺人撂地卖艺的地方，可以使用"儿"化。但"卢沟桥"作为大型建筑物，且有特殊含义，此时不能儿化。这类词还有"公园儿——皇家园林""小河儿——永定河"。

儿化是语言中的一种重要的音变现象。在变更词义、改变词性、区别词义时必须加上儿化。在称呼前辈或长者时不能儿化，在描写庄重、尊贵的事物时也不能儿化。本文通过分析《四世同堂》中的儿化现象，整理总结了儿化的特点，有利于加深对儿化的理解和认识。

参考文献

［1］任娟.《四世同堂》词汇研究［D］. 保定：河北大学，2012.

［2］李立成. "儿化"性质新探［J］. 杭州大学学报（哲学社会科学版），1994（3）：108－115.

［3］赵元任. 汉语口语语法［M］. 北京：商务印书馆，1979.

［4］王立. 北京话儿化成分的语义特点及语素身份［J］. 语言文字应用，2001（4）：47－53.

［5］李晓霞．《茶馆》中的儿化［J］．郑州航空工业管理学院学报（社会科学版），2014（1）：95－98．

［6］刘雪春．儿化的语言性质［J］．语言文字应用，2003（3）：15－19．

［7］刘双．浅析《穆斯林的葬礼》中的儿化词［D］．保定：河北大学，2012．

［8］周一民．北京话儿化的社会文化内涵［J］．北京社会科学，2011（5）：72－78．

［9］郑张尚芳．温州方言的儿尾［J］．方言，1979（3）：207－230．

［10］彭宗平．北京话儿化词研究［D］．北京：北京语言大学，2004．

新闻·出版研究

出版社微信公众号图书营销策略研究
——以商务印书馆为例

卢蕴琪①　　刘才琴②

由中国互联网络信息中心发布的第 42 次《中国互联网络发展状况统计报告》显示，截至 2018 年 6 月，我国网民规模为 8.02 亿，互联网普及率达 57.7%。其中使用手机上网的网民规模达 7.88 亿，占网民总数的 98.3%。[1]《2018 年中国微信行业发展现状及未来行业发展趋势分析》显示，活跃用户方面，微信和 WeChat 合并月活跃用户为 10.4 亿，同比增长 10.9%，为全国用户量最多的手机 App。与此同时，微信公众号月活粉丝数在 2017 年达到了 7.79 亿。[2]

微信公众平台于 2012 年 8 月上线，主要为个人、政府、媒体、企业等机构提供合作推广业务，我国传统出版社也在尝试利用微信公众平台，向新媒体转型。而微信公众平台的诞生为传统出版社的图书营销提供了新渠道。

微信作为全国用户量最多的手机 App，以其用户量大、定位精准、传播速度快、影响范围广等特点，成为线下热门的营销宣传渠道之一。其中，微信公众平台成为人们生活中获取信息的主要途径之一。微信公众号推送的图书信息及时且高效，微信公众号的互动功能给读者提供了一个便捷的反馈渠道，这些都是传统出版宣传不具备的优势。因此，若一家出版社能经营一个受众明确、内容优质、服务完善的微信公众号，对其图书宣传营销、品牌形象树立都有较大的帮助。本文以商务印书馆开设的同名微

① 卢蕴琪，广东海洋大学文学与新闻传播学院编辑出版学专业 2015 级本科生。
② 刘才琴，广东海洋大学文学与新闻传播学院助教。

信公众号为例，对该出版社图书宣传状况进行分析，探讨微信公众平台图书宣传特点，为出版社微信公众号发展提出自己的见解，希望能为出版社微信公众号运营提供可借鉴之处。

本文采用的研究方法有：

文献研究法。通过阅读，整理中国知网上相关的文献资料，对所研究的问题进行全面、准确的了解。

案例分析法。通过对商务印书馆微信公众号图书营销策略的研究，从具体的个例入手进行分析。

比较研究法。将以商务印书馆为代表的出版社官方微信公众号与其他出版社品牌微信公众号、媒体性书业微信公众号进行对比分析。

截至 2019 年初，在中国知网输入关键词"出版社微信公众号"，以"主题"方式进行搜索，得出相关论文 1 966 篇。其中，与出版社直接相关的有 56 篇。以"篇名"方式检索"出版社微信公众号"得出论文 30 篇。将检索范围缩小至"出版社微信公众号营销"后，得出直接相关论文 15篇。由以上检索得出的相关论文篇目数据可以直观地看出，国内对于出版社微信公众号图书营销的研究相对较少。国内学者对出版社微信公众号的研究主要集中在传统出版社向数字化平台转型路径探究以及出版社微信平台运营现状研究。

从"营销传播"概念出发，戴维将图书广告界定为图书广告主借助付费、自由或免费媒介，向特定的读者对象展开的营销传播活动，以达成引导图书舆论、促进图书销售或塑造出版品牌的目的。[3]孙婷婷在《我国出版社微信公众号图书营销方式研究》中解释，微信营销从根本上说就是推送图文消息。[4]

关于出版社微信公众号的品牌树立，满艺提出图书市场已由卖方市场逐渐转化为买方市场，出版社应该整理自身资源，将精力投入最优板块，并对此进行延伸、优化，打造优质的图书产品，从而提升出版社品牌知名度。[5]李婷、杨海平在《图书出版单位微信公众号研究》里提到，图书出版社微信影响力与其市场品牌号召力存在相互作用关系，而对于图书出版类公众号，其重要使命之一就是强化本社品牌影响力。[6]

关于出版社微信营销存在的问题，陈杉认为根本问题在于出版社缺乏主观认识与探索意愿，图书微信营销的战略意识不强。[7]关丽楠提出了需要解决四大主要问题：解决营销对象——图书，营销方式——各种网络新媒体平台的运用以及运营策略，营销内容——组织开展有效的图书营销活动，营销渠道——与网络书店平台以及独立运营淘宝等图书售卖平台[8]。

关于出版社微信图书营销策略，向潇认为"营"需要走在"销"前面，在微信传播过程中要注意权威性不能丢，趣味性不能少，内容丰富要保证[9]。范潇月在《"罗辑思维"微信公众号图书营销的策略研究》一文中提到，图书宣传对图书销售起着决定性的作用，图书宣传要与产品紧密结合，针对产品特点进行有效的信息推送。[10]王艳在《出版社微信公众号运营策略研究》中提出出版社要从内部精品运营和外部谋求合作两个方面运作微信公众号。[11]胡琼华、张敏提出建立专业运营团队、明确机构定位与平台定位的差别、设立多元自账号、增强联动的广度与深度等策略，以改善出版社微信公众号的运营情况。[12]

一、出版社微信公众平台概述

在 2012 年，开始有少量图书出版社开设微信公众号。到 2013 年图书出版社微信公众号数量大幅度增加，增量 209 个，同比增长 1642%。到 2014 年增长幅度有所放缓，但增长率依旧较高，为 55.98%。[6]此后两年增幅相对较小，增长速度缓慢。在清博指数①上，以"出版社"为关键词，搜索得出现有认证的图书出版社微信公众号约有 419 个。其中一些比较有代表性的图书出版社微信公众号，如"人民文学出版社""商务印书馆""理想国 imaginist"等。有些出版社还会开通多个微信公众号，如广西师范大学出版社有以自身名字开设的微信公众号，此外，还为旗下北京理想国时代文化有限责任公司开设了"理想国 imaginist"微信公众号。与广西师范大学自身的公众号风格不同，"理想国 imaginist"虽然不是出版社微信公众号的主流，但是它作为一个文化品牌，推送内容更有深度，风格更加鲜明，更受用户的喜爱。

---

① 清博指数是清博大数据的核心产品之一，清博大数据是全域覆盖的新媒体大数据平台。提供微信、微博、头条号等新媒体排行榜，广告交易、舆情报告、数据咨询等。

二、出版社微信公众号分类

对于出版社微信公众号的分类，学者们还没有给出确切的答案，在出版社微信公众号成立早期，大多数学者将出版微信公众号分为出版社、自媒体和书店三类。随着微信公众号的发展，出版社微信公众号功能不断增加，公众号推送内容不断丰富，简单地将微信公众号分为三类已经无法完整地概括出版社微信公众号的类型。借鉴朱若涵在《出版社微信公众号图书宣传研究》中的分类方式，分为出版社官方微信公众号、出版社品牌微信公众号和媒体性书业微信公众号。[14]

（一）以"商务印书馆"为代表的出版社官方微信公众号

一般来说，此类公众号的主体都是出版社自身。在清博指数上，以"出版社"为关键词进行搜索得到的结果有419条，大多数出版社的公众号都得到了认证。此类公众号发布的推文内容主要是围绕该出版社出版的图书，一周发布的主推文数在6~7篇。总的来看，优质原创的推文占比较小。在一些比较特定的节日，如世界读书日，或者在该出版社准备举行读书活动前几天，主推文后会附带2~3篇副推文。

1. 推文风格

从推文风格来看，这类微信公众号推送的文章风格较为正式严肃，通常带有科普性质。例如，在2019年4月9日商务印书馆为读者推送了"人生还不如波德莱尔的一行诗——24本人类学经典推荐"，文章开头向读者提出了一个问题："人类学的目的是什么？"接着用一段简短的话来阐述人类学主要包括的方面。下文便推荐了24本关于人类学的图书，每本图书的推荐形式都是"图书名字+推荐语+图书封面+购买二维码+图书简介"。这篇推文的阅读量为1.1万，但是读者的留言只展示了3条，在互动性方面来说还是有所欠缺。

2. 栏目设置

在栏目设置上，商务印书馆主要为其公众号设置了三个栏目，分别是"找商务""读好书"和"新华字典"。出版社微信公众号在栏目设置方面大同小异，基本围绕推荐书目、购书链接、客服合作和活动查询这几方面。

3. 图书活动

在活动方面，此类公众号会不定期举办一些线下读书沙龙、赠书活动、座谈会等。商务印书馆在 4 月 18 日推送了活动预告——《彩虹尘埃：与那些蝴蝶相遇》译者分享会，邀请了该书的译者罗心宇与读者分享、交流此书。这样既能拉近读者与出版社之间的距离，又起到了有效的图书宣传作用。

（二）以"理想国 imaginist"为代表的出版社品牌微信公众号

广西师范大学出版社于 1986 年 11 月成立，在高校图书出版社中名列前茅。广西师范大学出版社的文教图书也在全国图书市场占有较大的份额，具有广泛的市场认同度，"概念地图书系""助学工具书大全系列"等已经形成品牌。

"理想国 imaginist"是广西师范大学出版社旗下北京理想国时代文化有限责任公司开设的一个微信公众号，与传统的出版社微信公众号不同，它是一个文化品牌。它在一定程度上属于出版社的微信公众号，但又独立于出版社之外。它以"想象文化与生活的另一种可能"为口号，成为近年来中国具有影响力和前瞻性的文化品牌之一。这类微信公众账号偏向于出版社品牌打造和独家文化的长线运营。[13]

1. 推文风格

在推文风格方面，与传统出版社微信公众号不同，"理想国 imaginist"推送的文章原创性较高，文字风格也更为随性，其中一个明显的特点就是可读性和故事性更强。相比商务印书馆列书单式的推文内容，"理想国 imaginist"发布的推文内容完整、具有逻辑性和故事性。2019 年 4 月 9 日，"理想国 imaginist"推送了一篇名为"他们自愿走进了楚门的世界"的文章。同样是向读者推荐图书，"理想国 imaginist"在开头也向读者提出了一个问题："7 岁那年，你在做什么？你有想过自己长大会成为什么样的人吗？"接下来，它向读者讲述了一部反映英国人生活的纪录片——《人生七年》（也可以翻译为《成长》）。在讲述纪录片的同时，作者也会加入自己的所思所想，向读者抛出一些问题。这种行文风格就像朋友间对某种观点进行交流和分享，也是作者与读者之间的一种互动方式。

直到推文结束之后，作者才正式向读者推荐相关图书，并附上新书预告。这篇原创推文的阅读量达到了 2.9 万，用户留言积极。

2. 栏目设置

在栏目设置上，"理想国 imaginist" 为自己的公众号设置了"书摊儿""理想家"和"理想国"三个栏目。栏目设置上，出版社品牌微信公众号和官方微信公众号的差别并不大。主要是提供图书书目推荐、书店购书链接和合作服务。

"理想国 imaginist"作为一个独立的出版社文化品牌，因其独树一帜的风格深受读者的喜爱。相比传统的出版社官方微信公众号，其认知度较高，粉丝黏性大，发展也更为成熟。其图书宣传方式独特，不只是单一书单书讯形式的推广，而是通过解读某个作品，与读者产生情感共鸣。这种图书推广方式更容易打动人，也更容易拉近与读者的距离，仿佛作者与读者是无话不谈的好友，进而培养读者的品牌忠诚度。

（三）以"中国好书"为代表的媒体性书业微信公众号

除了传统出版社的官方微信公众号和其旗下的文化品牌微信公众号，还有一种媒体性书业微信公众号。这类微信公众号推送的内容主要是书评和图书漫谈，多为原创内容。文章内容丰富，篇幅较长，且具有一定的深度和专业性。[14]

"中国好书"每天都会为读者推送一篇书评并附上月榜图书。书评的内容具有深度性和专业性，其推荐的图书对阅读者的文化水平要求也较高，所以公众号的受众范围相对较小。在推书形式上，"中国好书"最大的特点是它推出图书榜单。不仅有每月榜单的推荐，公众号栏目中还设置了过去一年的图书榜单。例如，2019 年时，公众号专门为 2018 年榜单设置了一个独立的栏目，方便读者查阅。点击进入后，读者就能查阅"2018年'中国好书'入围图书"。相比前两种出版社微信公众号，该类型公众号推送文章的频率较低，偶尔还会出现一个月才更新推文的情况。由于公众号的定位问题，"中国好书"发布推文可读性要比以上两种公众号低，互动性差。推文平均阅读量在 1 000 左右，而且基本没有展示用户留言的情况。

对比以上三种类型的出版社微信公众号可以看出，在活跃度方面，品牌类微信公众号做得要比官方微信公众号和媒体性书业微信公众号出色。无论是从粉丝黏性还是从阅读量上来看，品牌类微信公众号都更胜一筹。各个类型的微信公众号定位不一，风格迥异，但是微信公众号推文的主要作用是将信息推广出去，故推文阅读量的高低，一定程度上反映了受众的多少，信息是否有效推送到更多读者的身边，推文的作用是否能最大限度地发挥出来，若阅读量低，推文发挥的作用将受限。

三、商务印书馆微信公众号图书营销策略分析

（一）商务印书馆微信公众号概况

商务印书馆创办于 1897 年，是中国出版业中历史悠久的出版机构之一。它的创立标志着中国现代出版业的开始。

2013 年 3 月 6 日，商务印书馆以自己的名字开通了微信公众号，并发布了第一条推文。该条推文只有简短的一句话和一幅配图，向读者宣布商务印书馆开通了公众号。此后从当年 11 月 13 日发布的"乡村与城市"开始，商务印书馆正式运营该公众号。截至 2019 年初，根据清博数据显示，"商务印书馆"的粉丝活跃数为 55 565 个。从这个数据看，"商务印书馆"的粉丝活跃度不算太低。但同样截至 2019 年初，"理想国 imaginist"的粉丝活跃数为275 145。对比之下，"商务印书馆"的粉丝活跃度就太低了。通过西瓜数据①的分析显示，"商务印书馆"的用户群体中男性占比57.66%，女性占比42.34%，男性用户相对较多，18~29 岁的用户群体占总用户群体的47.6%，年轻群体是主力军。

作为中国极具影响力的出版单位，商务印书馆在 2019 年综合社科类出版社排名中位列第一，出版图书 400 余种。商务印书馆出版的图书众多，图书的营销尤为重要，如何尽可能多地将图书信息传达给读者，激起他们的购买意愿，微信公众号无疑为出版社进行图书营销活动提供了一个新

---

① 西瓜数据提供专业的公众号数据分析服务，提供优质公众号推荐、微信公众号排行榜、公众号数据监控、公众号诊断等功能服务，是公众号广告投放效果监测的专业工具。

的、更贴近读者的渠道。那么商务印书馆是如何利用微信公众号进行图书营销推广的？推广的风格是怎样的？推广的效果又如何？本文对此进行一些探究。

（二）商务印书馆微信公众号推送内容组成

自 2014 年初，"商务印书馆"基本保持在每天至少推送一次的频率，推送的内容也开始形成自己的风格。从 2014 年初至今，"商务印书馆"发布的推文内容主要是三种类型：图书推荐、活动预告和实习招聘。实习招聘并不在本文的研究范围之内，所以忽略，只考虑"图书推荐"和"活动预告"两个方面。

在图书推荐方面，"商务印书馆"通常采用拟定主题或者结合节日的形式。例如，2019 年 4 月 23 日，它推出"10 种好书｜世界读书日总经理特别推荐"，利用与图书相关的节日，向读者推荐一些好书。当没有节日或者纪念日的时候，"商务印书馆"会自行选题，有时候是结合社会热点的选题，有时候是趣味科普的选题等。例如，2019 年 4 月 1 日，"商务印书馆"向读者推送的文章标题——"怎样观察一只鸟儿？"就是一篇从科普角度切入的文章。以上两种形式的推文在内容上区别并不大，文章的内容基本都是以介绍图书为主，就像前文提到的"图书名字＋推荐语＋图书封面＋购买二维码＋图书简介"模式。此类文章结构有一定的好处，读者在阅读时一目了然，清楚地知道每本图书的内容简介、图书封面和购买方式。但是这种形式的文章更像是简单地陈列商品和介绍商品，内容重复单一。

"商务印书馆"在推送书单的同时，经常也会为读者推送一些由其主办的活动预告。活动的内容包括邀请作家、艺术家、译者参加各种主题读书沙龙，活动地点一般在涵芬楼。举办线下活动一方面拉近了作者、读者以及出版社之间的距离，使出版社更好地了解读者的诉求；另一方面通过与读者进行面对面交流，可以加深与读者的感情联系，提高读者的品牌忠诚度。

（三）商务印书馆微信公众号特色

由于各个出版社的定位不同，每个出版社在微信公众平台上对自身出版图书的宣传方式也会有差别。如何使自身的风格独树一帜并受到广大读者的喜爱，是运营一个微信公众号至关重要的问题。

微信公众号分为三种：订阅号、企业号和服务号。"商务印书馆"属于订阅号类型，每天只能推送一次推文，那么推文的标题和版式设计就十分重要。标题是否足够吸引读者点击阅读？内容版式是否能方便读者阅读？对此"商务印书馆"在标题和版式方面形成了自己的风格。

1. 推文标题直观、版式简洁

由于公众号推送的大部分文章主题是书单书讯类型，因此，标题形式基本是"主题 + n 本图书"。例如，"探索世界的美妙与奥秘——14 种科普好书推荐"，这种类型的标题最大的特点就是直观，读者一眼就能明白这篇推文推送的主要内容是什么。但是，这种类型的标题不够吸引眼球，给人留下的印象也不够深刻。在版式设计上，"商务印书馆"最大的特点就是简洁、整齐，推文版式基本不会用到边框或动图装饰，一般图文居中的排列方式，给人条理清晰、严肃的感觉，相对来看，趣味性就大大降低。

2. 专门开设"新华字典"栏目

在栏目设置上，大部分出版社微信公众号都会设有书单链接和书店链接，但各个出版社微信公众号又有细微的不同。商务印书馆最著名的出版物应数《新华字典》，因此，在栏目设置上，"商务印书馆"专为《新华字典》设立了一个栏目"新华字典"。点开这个栏目，公众号页面会跳转到微信小程序中，这个小程序的功能就等同于电子版的《新华字典》。这个设置不仅彰显了商务印书馆最大的文化品牌，一定程度上也为读者提供了便利。

3. 规律的推送时间

在推送文章的时间上，"商务印书馆"也形成了一定规律。公众号运营之初，文章推送的时间间隔较长；当运营步入正轨之后，公众号基本保持每天至少推送一篇文章，并且在每天早上 7 点左右发布文章。在固定时间推送文章一方面是为读者阅读提供方便，不需要读者一直等待推文更新；另一方面有规律的推送时间能够提高信息到达率和接受率，这种做法有利于提高粉丝黏性。

4. 商务印书馆微信公众号粉丝互动情况

截至 2019 年初，根据清博数据显示，"商务印书馆"的粉丝数为55 565 个。与出版社品牌微信公众号"理想国 imaginist"相比，粉丝活跃度要低得多。在西瓜数据中，检测到"商务印书馆"一周内发文数在 10 ~ 15 篇，头条平均阅读数在 4 500 左右，头条平均留言数 2 条，平均留言率只有 0.04%，次条平均阅读数在 1 500 左右。"商务印书馆"虽然开放了留言功能，但是从实质的留言数来看，这个功能并没有发挥太大的作用。通过观察留言情况发现，即使有用户留言，公众号的运营人员也鲜少对留言进行回复，可以说几乎与读者零互动。

在举办线下活动方面，"商务印书馆"通常在一个月内发布 4 条活动预告，基本都是邀请嘉宾和读者参与读书沙龙活动。这种线下类型的活动是商务印书馆经常举行的，相比线上的留言互动要活跃一些。线下互动，是作者与读者之间面对面的交流，这种交流的效果在一定程度上要比在网络上单纯使用文字交流的效果要好，但是由于参与活动的人数有限，受众范围也会相对缩小。因此，公众号需要投入更多的精力在线上，与更多读者，特别是与不能参与到线下活动的读者进行互动。

（四）商务印书馆微信公众号图书宣传模式

美国营销学学者杰罗姆·麦卡锡教授在 20 世纪 60 年代提出了著名的营销理论，即 4P 营销理论，4P 分别是产品（product）、价格（price）、渠道（place）、推广（promotion）。4P 理论提出的是自上而下的运行原则，是以"产品"为核心的营销手段，重视产品导向。通过观察"商务印书馆"推送的文章不难发现，公众号主要宣传的是自家出版社出版的图书，也就是说出版社决定自己要推送什么样的产品给消费者，是一种自上而下的营销方式。推文的内容更侧重于介绍商品——图书的特性和功能，强调的是产品的特点。出版社利用微信公众号进行图书宣传，是种一对一的推送方式，即推送给所有订阅公众号的用户。不管用户是否浏览这些信息，用户都会接收到信息，保证了信息的接受率。当书讯到达用户身边，那么出版社微信公众号发布的信息阅读率就会提高，从而提高信息的到达率。

"商务印书馆"进行图书宣传主要有两种形式：图书书单推送和线下活动宣传图书。

1. 图书书单推送

直接的图书书单推送是最直接的图书宣传推广方式。在新书即将上市或者出版社想要推销某种类型的图书时，出版社会利用微信公众号向用户推送图书的基本信息，包括图书的名称、作者、简介和封面。例如，"商务印书馆"在 2019 年 4 月 15 日推送的"20 种社会学经典推荐"便是使用这种推广方式，以"图书名字 + 推荐语 + 图书封面 + 购买二维码 + 图书简介"的格式直接列举 20 本关于社会学的图书。

2. 线下活动宣传图书

发布线下活动宣传图书。当出版社想要大力宣传某本新书时，会举办一些线下的作者见面会、新书签售会、新书试读的活动。这种类型的活动比线上简单地宣传图书更吸引读者，宣传效果也相对更好。例如，"商务印书馆"2019 年 4 月 26 日推送的一个活动预告"陈嘉映：他教给我们什么 | 维特根斯坦诞辰 130 周年"中发布了活动邀请的嘉宾、活动地点和相关图书信息，在这些信息之后还附上相关图书的购买方式，无形中宣传了图书。这种宣传方式也更为用户接受。

（五）商务印书馆微信公众号图书营销存在的不足

图书作为一种特殊的商品，既具有文化属性，也具有商品属性。在图书作为一种商品的时候，它的最终目的是销售。如何吸引更多的消费者购买商品，图书的宣传推广就是销售的基础。"商务印书馆"在运营微信公众号时，形成了自己独特的风格，在图书宣传推广上做得不错，收获了一定数量的忠实粉丝。但是仍存在一些不足之处。

1. 形式单一，缺乏新意

形式单一主要表现在两个方面，一是公众号推送的文章千篇一律，基本都是书单书讯和活动预告，难以引起读者的关注。此外，书单书讯式的推文不易引起读者的共鸣，这就会降低读者留言和点赞的积极性，公众号和读者的互动性就不能得到提升，最后导致粉丝黏性降低。另外，"商务印书馆"推送的文章几乎都是采用图文结合的形式，添加视频的推文极少，动画和H5①的使用几乎没有。二是栏目设置单一，基本是"找商务""读好书"以及"新华字典"三个不变。这些固定的栏目策划存在一定弊端，在公众号长期运营中会使用户产生审美疲劳，不利于公众号的发展。

2. 内容缺乏原创性

随着科技发展，网络让人们有机会接触到更多的信息，在海量的信息面前，人们会有所选择，对单一事物的关注度也会降低。微信公众号要想吸引更多的读者，首要的是自己发布的内容要优质原创。"商务印书馆"从注册至今，发布的原创文章数相比其他出版社实在是少之又少。"商务印书馆"作为一个内容发布者，同时是一个内容创作者，必须依靠优质的内容，内容才是公众号生存的根本。优质原创的文章是阅读量和转载量的保证，随着阅读量和转载量的提高，公众号的粉丝基础才会不断扩大，公众号的知名度才可能不断提升。

3. 定位同质化，用户互动效果差

就目前而言，出版社官方微信公众号的基本风格类似，正式、严肃、简洁，是许多此类公众号带给读者的感受。书单书讯是大多数出版社官方微信公众号都包含的内容，单纯依靠发布这些内容相似的文章，既不能给读者留下印象，也不能体现出版社微信公众号的特色。日复一日地发布类似的文章，公众号难以寻找到自身的目标受众，图书的推广效果自然一般。从数据中也可以直观地看出，公众号在线上互动方面效果较差，"商务印书馆"平均留言率只有0.04%，可以说几乎没有互动。而在这些极少数的留言中，公众号后台的回复更是微乎其微。虽然"商务印书馆"会不定期举办一些线下的读书沙龙以达到和读者互动的目的，但是微信公众平台始终是一个网络平台，线上互动的时间要比线下长，互动覆盖的用户范围也比线下的要广。所以说，公众号应该要更加注重经营线上的互动。

---

① H5是指用第五代HTML制作的，能在移动端上呈现Flash效果（如各种动画、互动）的，用于广告、营销的，具有酷炫效果的网页。

（六）商务印书馆微信公众号图书营销建议

1. 树立良好的品牌形象

刘蒙之在《新媒体时代出版社微信公众号运营现状、问题与对策研究》中提到出版社多年塑造的品牌，是出版社影响力的核心。可口可乐公司的总裁伍德拉夫曾说过："可口可乐公司在全球的工厂即便一夜之间化为灰烬，但凭借可口可乐这块牌子，在短期内就能很快恢复原样。"[15] 这就说明出版社首先要明确自身微信公众号的定位，通过微信公众平台构建，维持和扩展自身形象，着力打造出版社个性品牌。

2. 提高内容质量，丰富版式

内容的质量直接关系到信息传播的广度和深度，优质原创的内容是传播的基础。如果说文章的热度像泡沫，那么优质原创的内容就是水，没有水的支撑，文章的影响力也会转瞬即逝。微信公众号的运营人员不仅要认识到自己是内容的发布者，也要明白自己是内容的创作者，用心用情创作的文章才更能引起读者的共鸣。而版式则是影响读者阅读的另一个重要因素，长期单一的图文形式会使读者产生审美疲劳，过于烦琐的版式又会影响读者阅读。在信息溢出的网络时代，公众号应该在有限的版面内将最有价值的内容呈现给读者。公众号应该尽量使用吸引读者眼球的标题，文章尽量使用短句、小段的形式，多用一些图片，图片要比文字更加直观。

3. 增强互动性

用户互动效果差是"商务印书馆"十分突出的一个问题，传统出版社开设微信公众号的其中一个目的就是更加贴近读者，了解读者的诉求。读者留言数量稀少，出版社就无法了解图书消费者的心理，就不利于图书的发行。要增强用户互动性，就要做好线上线下两个方面。线上，首先，公众号运营人员要积极回复读者留言，以增强与用户的链接。其次，面对用户留言不积极的情况，可以采用一些奖励活动刺激读者留言的积极性。例如，提出 2~3 个关于推荐图书的小问题进行有奖问答，通过留言选出获奖者。线下，读书沙龙、图书签售会以及座谈会等活动不能只在几个固定的地点举行，可以与其他地方的书店进行合作，定期举办一些读书交流会。这样做有利于扩大粉丝基础，定时举办活动则有利于维持粉丝黏性。

商务印书馆作为一个综合实力很强的出版单位，在微信公众号营销方面有做得优秀的一面也有不足的一面。图书营销，最终要把图书送到更多读者手上，因此"营"要走在"销"的前面，要充分利用好微信公众号这个平台，加强对图书的宣传推广。开通一个公众号是一件简单的事情，而运营好一个公众号却不是所有出版社都能做到的。出版社不仅要明确自身定位，形成自己独有的风格，还要生产原创优质的内容。此外，出版社微信公众号应该尽量与用户进行交流，倾听他们的意见，理解并满足他们的合理诉求。一个运营良好、受广大读者喜爱的公众号，对图书宣传、品牌塑造都有极大的助力。

参考文献

[1] 李倩．中国互联网络信息中心发布第 42 次《中国互联网络发展状况统计报告》［EB/OL］．（2018 - 08 - 30）．［2019 - 06 - 01］http：//m. elecfans. com/article/749450. html.

[2] 中国产业信息网．2018 年中国微信行业发展现状及未来行业发展趋势分析．［EB/OL］．（2018 - 06 - 18）［2019 - 06 - 01］http：//www. chyxx. com/industry/201806/647969. html.

[3] 戴维．社会化媒体时代图书广告传播的变革与对策研究［J］．出版科学，2018，26（1）：71 - 75.

[4] 孙婷婷．我国出版社微信公众号图书营销方式研究［D］．保定：河北大学，2016.

[5] 满艺．"互联网 +"时代图书营销模式探析［J］．传播与版权，2017（10）：72 - 74.

[6] 李婷，杨海平．图书出版单位微信公众号研究［J］．科技与出版，2016（9）：98 - 101.

[7] 陈杉．图书微信营销研究［D］．长沙：湖南大学，2015.

[8] 关丽楠．合肥工业大学出版社图书网络营销研究［D］．合肥：安徽大学，2016.

［9］向潇．传统出版社微信图书营销策略研究［D］．合肥：安徽大学，2016.

［10］范潇月．"罗辑思维"微信公众号图书营销的策略研究［D］．兰州：兰州大学，2018.

［11］王艳．出版社微信公众号运营策略研究［J］．商，2016（29）：220.

［12］胡琼华，张敏．出版社微信公众号运营情况分析——以100家国家一级出版社为例［J］．出版发行研究，2016（11）：29－32.

［13］刘岩．充分利用移动互联做好图书宣传工作［J］．科技传播，2014，6（15）：1－2.

［14］朱若涵．出版社微信公众号图书宣传研究［D］．合肥：安徽大学，2017.

［15］童晓彦，杨虓．中国图书出版业品牌化运作的理想模式［J］．编辑之友，2004（2）：7－10.

纸媒视频新闻报道实践研究
——以广东省主流纸媒对港珠澳大桥通车的专题报道为例

许钰敏①　　徐海玲②

5G 时代即将到来，技术的革新势必影响受众的阅读习惯，视频生产将成为大势所趋。在媒体融合实践中，视频报道对传统报业来说是一个全新的领域，它在为报业探索转型的道路提供机遇的同时，也带来了前所未有的挑战。近年来，国内一大批纸媒纷纷尝试视频新闻生产，积极探索视频与传统的"文字＋图片"的新闻内容呈现方式的融合，但整个行业仍未形成十分完善的视频新闻运作机制，就不免陷入一些误区。广东省作为我国经济大省，媒体发展也一直走在全国的前列。本文立足于广东省主流纸媒，以港珠澳大桥通车这一广东省重大新闻事件报道为例，研究广东省主流纸媒的视频新闻报道实践，从移动直播、短视频和 VR 视频几类主要呈现方式来进行较为全面的分析，希望弥补国内学界对于省级和地市级纸媒在视频报道领域研究上的不足，并以小见大，为纸媒更好地融合视频模式进行内容生产提出更多改进的建议。

本文选取了媒体融合中受影响较大的报业作为研究对象，以报业进行的视频新闻报道实践为研究主题，搜索与该主题相关的文献，可以发现国内已有学者进行了大量研究。其中，大多数学者是针对整个报业环境进行研究，如张垒和耿欣的《报业集团视频报道现状分析》；或以个别成功的例子来展开研究。如孙冉的《〈人民日报〉移动直播研究》、柳莹的《"视频转向"背景下新京报"我们视频"的突围路径》；也有针对一些省级媒

① 许钰敏，广东海洋大学文学与新闻传播学院新闻学专业 2015 级本科生。

② 徐海玲，广东海洋大学文学与新闻传播学院讲师。

体集团进行研究，如邬建红的《纸媒可视化之路探索》以杭州日报报业集团的视频业务为例展开研究，但当前学界仍然缺少更多对省级、地市级纸媒在视频新闻报道方面的研究。对于广东省纸媒转型探索的研究，目前较为全面的是吴雨伦的《从传统新闻业体系到新型主流传播生态：广东媒体融合十年发展研究（2007—2017）》，其他对广东省一些地市级纸媒探索视频报道的研究仍较为缺乏，也缺少对主流纸媒在视频新闻报道领域实践的整体研究。

一、纸媒视频新闻报道概述

（一）纸媒视频新闻报道的定义

"视频新闻是运用现代电子技术手段，以活动影像、声音等为传播符号，对新近或正在发生的事实进行的形象化的报道。"[1]90 而纸媒视频新闻报道指传统的纸质媒体依托新媒体平台，利用移动视频直播、短视频、VR全景视频等视频呈现方式进行的新闻报道。

（二）纸媒视频新闻报道的呈现方式

纸媒视频新闻报道的呈现方式主要有三类：移动视频直播、短视频和VR全景视频。通过移动端进行视频直播的方式，开始被新闻媒体融入新闻生产报道中，特别是应用于对交通安全事故、火灾、爆炸等突发新闻事件、重大政治会议、体育赛事的报道。在新闻直播中，受众能够随时进入直播间，也能随时离开，直播中记者充当着视频主播的角色，带领受众走进新闻现场，受众也可以通过评论留言的方式，与记者进行实时互动。

短视频新闻以其呈现时间极短的特点，满足了受众碎片化的浏览习惯，方便受众即时传播和分享。早在2014年，新华社就率先试水短视频领域，推出"新闻15秒"，成为国内首个短视频新闻客户端。2016年，国内主流纸媒《新京报》与腾讯合作的"我们视频"正式上线，专注生产新闻视频，为报业业界提供了借鉴。自2016年下半年起，国内大批纸媒纷纷开展短视频业务，如今短视频已经成为大多数纸媒新闻生产的重要内容之一。海量的信息内容与便捷的信息交互使用，使得新媒体短视频的内容传播可以做到更加个性化[2]38，从而实现分众传播。

VR 全景视频在新闻报道中带给受众的信息的丰富性和可选择性更强，且具备令人身临其境的真实感。VR 全景视频新闻的时长多数在三分钟以内，利用每个画面信息的丰富性，只要再配上简要的文字就能让受众对新闻内容有直观、全面的了解，且让受众有身临其境的感觉，受众的自主选择性也大大提高。除了利用 VR 相机进行新闻直播，目前 VR 全景视频更常被运用于人文景观、场馆展示等软新闻类型的报道，如羊城晚报就制作了港珠澳大桥的 VR 全景视频。

（三）纸媒视频新闻报道的优势和困境

纸媒本身就具备视频新闻报道的优势。成熟的新闻采编团队，有着扎实新闻业务功底的专业人才，国家政策的支持，让纸媒在试水视频新闻报道有着硬件方面的优势。在软件上，尽管自媒体发展得风生水起，但是新闻一线依旧有着传统媒体人的身影，重大的新闻消息源仍然把握在传统媒体手上，其报道以深度见长。这些优势为传统纸媒在视频新闻报道领域打下了深厚基础，在此基础上进行视频新闻报道，在对新闻事件的把握和报道操作上，相比自媒体会更为敏感和专业。

面对视频新闻这样一个全新的领域，一贯注重"文字＋图片"的传统报道形式的纸媒也有障碍，除了缺乏专业的视频技术人员，最主要还是由于报业新闻人媒体思维的固化。报业转型的根本是报业媒体人的转型，视频也不是文字的附属品。纸媒人如果还停留在传统采编思维上进行新闻报道，对视频制作有所抗拒，则难以将传统采编与视频制作相融合，纸媒视频新闻报道的瓶颈就难以突破。

（四）国内纸媒视频新闻业务的发展状况

自 2014 年开始，我国一些主流纸媒在重大事件报道中便开始在图文的基础上融入短视频。如 2014 年"两会"报道，人民日报、京华时报、广州日报等，就使用"秒拍"这一短视频 App 进行拍摄报道。2016 年起，移动视频直播也开始成为传统媒体新闻报道的新形式，多运用于重大政治事件、突发事件中。2018 年至今，纸媒更是将视频产品视为报道呈现的

"重头戏"，纷纷组建视频团队，争相推出一系列短视频和视频直播产品。此外，VR 全景视频也在新闻报道中出现。

在视频新闻业务操作上，作为"新手"的国内纸媒，正在不断地尝试和创新。转变纸媒人的思维，将视频融入新闻报道，发挥声音和画面的优势，让视频新闻为纸媒报道添色，是目前纸媒值得探索的一个方向。

二、广东省主流纸媒的视频新闻报道分析

港珠澳大桥是目前全球规模最大的跨海工程。作为连接粤港澳三地的跨境大通道，通车后的港珠澳大桥将在粤港澳大湾区建设中发挥重要作用。面对全国乃至世界瞩目的超级工程，拥有地域优势的广东省主流纸媒自然十分重视对这一重大事件的报道，争相策划并推出系列专题报道以及相关新闻产品。以南方日报和羊城晚报为代表的省级纸媒，以广州日报和珠海特区报等为代表的地市级纸媒，都推出了各具特色的视频新闻报道。下文将从选题策划、制作特点、发布推广及其效果三个方面对这些媒体的视频报道作分析。

（一）选题策划

南方日报组建了百人全媒体报道团队，首先，依托"南方＋"客户端平台在大桥通车当天进行全程的视频直播；其次，视频团队历时半年拍摄，提前制作了一条三分钟的精美短视频在通车首日推出；值得一提的是，在 2019 年 10 月 23 日和 25 日还分别推出了两支大桥原创主题曲 MV。

羊城晚报则从 2018 年 7 月起就开始在其客户端"羊城派"App 和新闻网站金羊网推出港珠澳大桥网上摄影展，以图片、视频、VR 等多媒体形式回顾大桥建设史，为 10 月的通车报道做预热。[3] 通车首日，依托"羊城派"App 进行通车现场直播；同样地，也推出了短视频，分别有四分钟和一分钟版本；此外，最有特色的便是一条港珠澳大桥的 VR 全景视频。

珠海特区报作为珠海本地的权威纸媒，在视频报道方面更是进行了精心的策划。除了在通车当日进行视频直播，并且推出 60 秒介绍片和 3 分钟专题片外，早在港珠澳大桥确定开通日期之时，珠海特区报就开始在其微信公众号等新媒体平台上陆续推出了多篇相关的文章和多个短视频产品。

而广州日报作为广东省会城市广州的纸媒，同样投入了全媒体团队进行视频报道。除了在通车当日进行视频直播外，还推出了一条航拍短视频产品。

(二) 制作特点

1. 南方日报：直播思路清晰，原创歌曲 MV 成特色

南方日报的视频直播在"南方＋"新闻客户端 App 上进行，《直播｜港珠澳大桥9点正式通车！首个从珠海口岸通关旅客是他》时长为一个小时，记者分三路进行画面切换报道，体验式的直播过程能让受众有较强烈的参与感和亲近感。利用大桥通车当日拍摄视频直播的素材，南方日报团队在短时间内对其进行选取和剪辑，制作出精练的一分钟短视频《独家视频｜港珠澳大桥开通首日，一分钟体验全程》，并且发布。南方日报视觉新闻部的三人团队历时半年，拍摄、制作出港珠澳大桥三分钟精美视频，丰富壮美的航拍画面体现南方日报视频团队的水平和用心。此外，南方日报珠海新闻部还推出了《珠海一分钟》短视频，用"数据＋短视频"的形式介绍珠海经济特区的成就。另外，推出了两支原创主题曲 MV，其中一首为双语主题曲 *Bay's Link*（《桥连湾区筑未来》），由南方日报三位知名记者和粤港澳三地青年合作演唱；另一首原创主题曲 MV《乘风破浪》是由南方日报记者与港珠澳大桥的建设者和守卫者共同合作演唱。

2. 羊城晚报：VR 全景视频带来身临其境的体验

依托"羊城派"客户端 App，羊城晚报在大桥通车当天的直播《港珠澳大桥通车了！羊城派记者带你体验全程》同样是分三路记者，分别从香港、澳门、珠海三地进行报道。全程采用的是"图片＋文字＋10秒现场短视频"的直播方式。在短视频上，羊城晚报同样用心，制作了一条四分钟的纪录短片——《羊晚独家记录！一条视频读懂港珠澳大桥威水建设史》，还在此基础上单独剪出一分钟的版本，便于传播。最值得一提的便是，其推出了 VR 全景视频《震撼！港珠澳大桥 VR 全景航拍大片带你"驰骋"伶仃洋》，受众在手机端和电脑网页端都可以进行观看。在该全景视频中，有六个特定地点选择，分别是珠澳口岸人工岛、九州航道桥"风帆"、江海直达船航道桥"海豚"、青州航道桥"中国结"、东人工岛和西人工岛，

每个地点都有相应的文字介绍和音乐背景。观看者只需要点击场景中的任意一处，便能观看该地点的清晰图像，且可以自由选择720度全方位的不同视角。

3. 珠海特区报：以短视频产品发力

珠海特区报在客户端"珠海特报"App平台推出直播《直播丨港珠澳大桥通车首日体验》，视频记者与文字记者紧密配合，推出"文图＋实时短视频"直播，在直播间进行实时滚动播放。在预热报道阶段，珠海特区报就陆续在新媒体平台推出了"记者通关体验""大桥穿梭大巴揭秘""金巴购票流程记者亲历""提前出发！上港珠澳大桥"等多个短视频产品。在正式通车当日，再次推出"从珠海开往香港方向进入收费站的第一辆金巴""第一辆从香港过来的大巴""首位从大桥出境的竟是4岁萌娃"等产品。视频部团队从细节处着手，制作了一条60秒的介绍片并于通车当日推出，以"60秒时间里，大桥会发生什么样的变化"为片中叙事主线。[4]另外，还推出了一条三分钟专题片，展示港珠澳大桥的建设历程和意义。

4. 广州日报："直播＋短视频"常规操作

广州日报在新闻视频直播中，由一位主播记者在镜头前进行了长达134分钟的直播报道，同时由多路记者发回现场短视频和图文报道，与主播的报道相配合，在直播间实现实时新闻信息滚动播放。另外，在短视频的制作上，广州日报视频团队也精心推出了一条1分39秒的航拍大片，致敬港珠澳大桥通车。

（三）发布推广及其效果

南方日报充分利用"南方＋"平台进行视频直播和发布其他视频产品。原创歌曲MV *Bay's Link* 首先在"南方＋"客户端播出，端内点击量就将近400万；在广州、深圳、珠海、清远、潮州等十余个城市核心商圈和户外大屏都进行了投放展示，大大增加了产品曝光率，提高了受众接收率；还得到广东共青团、暨南大学等多家单位官微转发，成为微信公众号平台的"10万＋"热门推送，全网点击量约5 000万。另一首歌曲MV《乘风破浪》则得到了港珠澳大桥岛隧项目总工程师林鸣的专门推荐，除了在"南方＋"客户端发布外，在拱北口岸、华发商都广场等人流密集的公共场所的户外屏幕也进行了同步播出。

羊城晚报既利用"羊城派"App进行视频的直播和其他视频产品的发布，又充分利用金羊网、微信公众号等新媒体平台推出产品。其中，最受关注的VR全景视频，截至2019年5月，网络点击量为107.68万，共获得3.82万次点赞。

珠海特区报除利用"珠海特报"App，以及官方微信公众号和微博进行引流以外，还关注年轻受众群体的需要，入驻抖音短视频平台，在"会抖的珠报融媒"号中率先发布了"从珠海开往香港方向进入收费站的第一辆金巴"，这条内容在24小时内播放量就突破100万，获得点赞数超3万。在预热报道阶段，在抖音短视频、哔哩哔哩、腾讯视频等视频平台推出了产品"提前出发！上港珠澳大桥"，播放量达20万以上。各类短视频产品在这些平台一周内的总播放量超过180万次，点赞总数超过5万。

广州日报也利用了"广州参考"App、新闻网站"大洋网"、官方微信公众号和微博都进行了视频产品的发布。当天的直播视频也同步在其微博平台播出，获得了34.9万的观看量，并且吸引了微博网友在该条直播视频微博下积极留言互动，获得点赞量为7 000，评论近600人次。

三、当前纸媒在视频新闻报道实践存在的问题及可行性建议

（一）存在的问题

首先，选题和内容表达过于书面化，南方日报珠三角新闻部主任郑佳欣就曾提到，传统媒体不能只做"搬运工"，要基于互联网传播规律生产更多的优质深度内容。[5]17

其次，纸媒文字记者转型略显乏力，纸媒的文字记者长期进行文字训练，转型为全媒体记者后，由于接受的训练不充分等原因，面对视频直播、视频拍摄等方面的工作内容仍然较为吃力，存在制作出来的视频产品不够成熟，直播时主播表达不够顺畅等问题。

最后，视频制作较粗糙，推广渠道有限，与受众互动不充分等问题也较为突出。国内有部分纸媒仍然缺乏比较专业的视频设备和视频记者，导

致视频产品质量较为粗糙，缺乏专业媒体应有的高质量内容和高专业性技能。此外，一些媒体由于缺乏推广经验和资源，视频新闻报道仅仅只在一两个平台发布，又缺乏转发热度，使得一些优质的视频因此被埋没。纸媒的新闻产品最终还是要接受读者的检验，闭门造车难以看到自身的不足。

（二）解决方案

针对出现的问题，纸媒可以从人才培养、团队建设、内容选题、推广机制、受众反馈等方面进行改进，进一步提高纸媒视频新闻报道的水平。

第一，培养全媒体记者，适应融媒模式。对于传统媒体特别是对纸媒的记者来说，要转型为全媒体记者，除了思维上的转变以外，熟练掌握更多新媒体技能十分有必要。羊城晚报报业集团总编辑刘海陵就曾指出，纸媒记者转型为全媒体记者，主要需要掌握三个核心技能，即向多个平台供稿、具备多媒体手段采访和多样态呈现方式发稿。[6]23在媒体融合的趋势下，更加要求一线记者在现场及时传送更为丰富的内容，也要求记者对不同媒体平台的语态有清楚的把握，不让视频报道成为文字稿件的附属品。

第二，要组建专业视频团队，保证高质量视频输出。面对 UGC（用户生产内容）的冲击，为了保证纸媒制作出高质量的新闻视频产品，除了培养全媒体人才外，还需要建立专业的视频团队。纸媒若要深耕短视频领域，就要争取组建专业的视频制作团队，除配合文字记者进行联动报道外，还要积极策划选题，制作高质量的新闻短视频，保证输出的持续度和数量。

第三，树立独立的选题意识，制造热点。技术、设备的更新换代是大势所趋，平台的搭建也是每一家纸媒都可以做到的。但是前瞻的策划能力，现场的观察发现能力，迅速反应的采编能力，以及内容的优质，则是区别纸媒视频产品的重要条件，需要纸媒人不断努力。进行视频新闻的选题策划，传统媒体从业者需要树立一种独立而勇敢的选题意识，制作视频产品应该成为兼具力度和广度的原创热点。[7]20用差异化的内容来"引爆"用户。

第四，要健全推广机制，提高品牌的辨识度和知名度。传统媒体要健全短视频新闻的推广机制，建立成熟的推广体系。同时，要注重打造品牌形象和标签，如南方日报打造了"南方网红"工作室品牌，转变记者的形象。新京报中"我们视频""动新闻"的标志都采用了新京报一贯的白底红字风格，与新京报的其他媒介产品保持一致性，而"我们视频"的口号"新闻视频看我们"的标签则具有品牌辨识度。[8]134另外，高质量的短视频内容的持续输出，能够帮助梳理品牌的形象和知名度，形成持久的影响力。

纸媒要打造"现象级"视频产品，除了保证内容的优质，还有赖于有效的营销手段。[9]30在营销推广方面，纸媒要健全新闻产品的推广机制，充分利用各类媒体平台的优势。如珠海特区报在此次港珠澳大桥通车的报道中，就充分利用了抖音短视频、哔哩哔哩、腾讯视频等平台进行产品的发布。

第五，要重视受众反馈，及时反思总结。报业改革首要的是转变观念和体制，要以用户为中心全面整合资源。[10]81纸媒在搭建新媒体平台后，更要充分利用平台优势，增强与受众的联系，提高互动频率。在线上，主播可以在视频直播的时候，及时回答观众提出的问题；开设读者微信群，及时搜集读者提出的问题和反馈，并在视频直播中或者短视频等产品的制作中对这些读者的疑问有所回应；充分发挥各类视频平台在互动方面的优势，如抖音短视频平台的评论区、哔哩哔哩网站的弹幕区、微信公众号的留言区等，与受众进行更为充分和深入的互动。在线下，可以开设读者分享会和讨论会，对发出的热门视频作品进行分享和讨论，拉近与读者的距离。从受众获取新闻视频产品的反馈中，纸媒可以及时进行反思，总结经验，以增加受众的黏性和忠诚度，提高自身的影响力。

广东省主流纸媒在对港珠澳大桥通车这一重大新闻事件的报道中，一定程度上展现了纸媒在视频新闻领域探索的成果，有亮点也有不足。但总体来说，它们已经打破了传统纸媒自身的种种限制，在媒体激烈竞争的大潮中仍保持着活力。国内仍有许多纸媒面临着转型的阵痛，存在诸多问题，希望广东省这些主流纸媒的探索可以给它们提供一些借鉴。对于纸媒来说，无论是技术设备的更新换代，还是视频平台的搭建，都已经是大势所趋。"内容为王"的时代并未过去，纸媒在转型中依旧要守住阵地，用内容优势来抓住受众，逐步打造品牌，才能在媒体融合的大潮中站稳脚跟，形成长久的影响力。

参考文献

［1］莱文森. 软利器：信息革命的自然历史与未来［M］. 何道宽，译. 上海：复旦大学出版社，2011.

［2］张露锋. 短视频作为新闻传播新方式的发展前景［J］. 新闻知识，2016（7）：38－40.

［3］刘海陵，雷鸣. 传承创新，走出一条富有岭南特色的羊晚转型发展之路［J］. 中国记者，2018（11）：20－23.

［4］张大勇，伍洲，王近夏，等. 我们这样报道大桥通车［N］. 珠海特区报，2018－10－27（07）.

［5］郑佳欣，陈邦明，沈文金. 媒体融合时代如何打造优质的深度内容——以《南方日报》港珠澳大桥全媒体报道为例［J］. 青年记者，2017（22）：17－18.

［6］刘海陵，雷鸣. 双轮驱动、机制创新、技术支撑：羊城晚报媒体深度融合的实践探索［J］. 中国记者，2017（6）：23－25.

［7］沈杰群，王钟的. 传统纸媒如何打造百万点击量的"爆款"短视频［J］. 中国报业，2018（7）：19－21.

［8］沈慕仪，郭秀婷. 传统媒体探寻新闻短视频的专业化之路——以新京报新闻短视频生产为例［J］. 新闻研究导刊，2018（7）：133－134.

［9］戎明昌，赵杨.《南方日报》：打造全国两会短视频报道的"现象级"产品［J］. 传媒，2017（10）：29－30.

［10］袁谅，刘鸣筝. 从"纸媒"向"质媒"的转变——我国报业十年（2007—2017）转型研究综述［J］. 传媒观察，2018（7）：79－84.

印度主流英文杂志 《今日印度》关于"印太战略"报道的意识形态倾向
——批评话语分析的视角

黄柏坚① 毛家武②

2016 年 8 月在肯尼亚首都内罗毕召开的第六届东京非洲发展国际会议（TI CAD）上，日本首相安倍晋三明确提出"自由开放的印太战略"概念，并于 2017 年上半年访美期间，向美国大力推销这一概念。[1]3-10特朗普政府于当地时间 2017 年 12 月 18 日发布了首版《国家安全战略报告》（以下简称《报告》）。《报告》用"印太"替代"亚太"，作为区域战略的第一部分，将其排在了欧洲、中东、非洲等所有区域之前。[2]《报告》还提出了"自由与开放的印太"（Free and Open Indo – Pacific）秩序的概念，指出日渐崛起的中国和拥有核武器的朝鲜，对该秩序构成了重大的威胁。

本文的研究问题大致如下：一是印度杂志《今日印度》构建了怎样的"印太战略"形象？对"印太战略"的报道有无偏见？二是《今日印度》是怎样构建这种形象的？三是《今日印度》为何要构建如此"印太战略"形象？

一、理论框架与研究现状

（一）理论框架

批评语言学家大多认为，在语言表达时，说话者会对词汇和语法进行

---

① 黄柏坚，广东海洋大学文学与新闻传播学院新闻学专业 2015 级本科生。

② 毛家武，广东海洋大学文学与新闻传播学院教授。

选择，这种选择不管是有意的还是无意的，都将受到一定规则的支配，并具有一定的系统性。[3]188

目前，在西方国家，批评话语分析发展迅速，并且逐渐形成一种新的发展趋势。同时，批评话语分析跟系统功能语法也越来越联系紧密，特别是关于评价系统的研究为批评话语语篇的研究提供了一种有力的分析工具。[4]

国内的批评话语分析研究主要通过运用该理论对具体的语篇进行分析，大致包括以下几类：英汉语篇的批评性对比分析，对批评性语篇分析的拓展性研究等。[5]

学术界常用的分析方法主要有 Fowler 的批评语言学、费尔克劳的话语三维模式、范迪克的社会认知分析法，以及沃代克的语篇—历史分析法。相较而言，费尔克劳的话语三维模式显得更加科学、系统。

根据费尔克劳的话语三维模式，在现代社会中，权力的行使越来越多地通过意识形态，特别是通过语言的意识形态方式实现，语言和意识形态之间的联系存在于词汇、语法、句法和语义等多个层面。[6]149

系统功能语言学（Systemic – Functional Linguistics）由英国著名的语言学家韩礼德创立，是批评话语分析的重要方法和理论依据的主要来源。

在 20 世纪早期，人类学家马林诺夫斯基（Malinowski）曾提出一个观点，即语言环境和语境在人类理解和应用自己的语言当中发挥重要作用。[7]他提出"情景语境"（Context of Situation）的概念，并将其用于探讨语义，同时认为话语应放在当时的生活情景中理解。话语的意义，从某种程度上来说就是当时当地正在发生的人的活动。

弗斯（Firth）继承了马林诺夫斯基的这一思想，主张区别"结构"（Structure）和"系统"（System）。

在弗斯的理论基础上，韩礼德进一步提出了系统功能语法（Systemic – Functional Grammar），它由系统语法（Systemic Grammar）和功能语法（Functional Grammar）组成，并且在同一个理论框架下不可分离，系统语法主要是用来描述功能语法的三大语言元功能（Meta – Function）：概念功能（Ideational Function）、人际功能（Interpersonal Function）和语篇功能（Textual Function）。

（二）研究现状

笔者在中国知网上筛选出有效文献 63 篇，通过研读概括得出以下结论：

国内学者的观点较为一致，都倾向于认为"印太战略"的可行性不高。第一，通过分析，可以将他们的观点归纳如下：一方面，美、日、印、澳四大支撑国虽然形式上会就某些方面形成一致意见，但是他们各有各的外交目标和政策。从其他利益尤其是经济利益来说，日、印、澳不可能跟中国彻底翻脸。这是特朗普政府推行"印太战略"最大的妨碍因素。另一方面，从时间先后、资金投入规模、参与国数量和影响力传播范围来说，"印太战略"跟"一带一路"相比简直是小巫见大巫。此外，还有一种较为折中的观点，认为两者可以积极谋求合作，实现共赢。第二，通过分析他们的研究方法，可以看出：①研究对象多以四大支撑国为主，其中印度、日本居多；②研究框架大多采用"背景—现状—总结—展望"模式，除此之外，还有进行对比分析——将"一带一路"跟"印太战略"作对比。也有研究者试图阐释"印太战略"的阻碍因素，如印度的"向东进"战略，或者由它带来的影响，如对南海问题的影响。第三，通过分析他们研究的参考资料，不难发现：大多数学者都提及美国《报告》、亚太再平衡战略、四国安全合作机制和海上联合军演，同时，他们的研究多数基于原始资料，从维护祖国利益的立场出发，试图剖析美国行为的实质和不合理性，反驳"中国威胁论"等西方国家认可的观点。第四，通过分析他们的研究，可以发现其落脚点主要集中在零和思维、"美国第一"、争夺话语权等方面，认为美国是一个小人而非君子，故意给和平崛起的中国制造障碍，因为它要维持全球霸主地位。

根据仇朝兵的观点，国内学术界对美国"印太战略"的研究取得了不少成果，但尚存在以下不足：第一，过于强调美国"印太战略"的军事、安全等高政治领域，对经济、社会文化等低政治领域关注不够；第二，过于强调美国战略实施的宏观方面的内容，对影响战略实施效果的具体内容和细节关注不够，而战略的成败在很大程度上取决于具体实施，战略思想只有通过具体实施才能更好地体现；第三，过于强调美国针对中国的战略意图，对其更广泛的战略意图或目标关注不足；第四，对美国战略的理解比较形式化和简单化，忽视了对其战略实施过程中所体现的战略思想的分析和论述。[8]

二、研究设计

笔者在《今日印度》的官方网站选取关于"印太战略"的报道，将时间范围限定在 2017 年 11 月 1 日—2018 年 7 月 1 日，根据关键词"Free and Open Indo – Pacific"进行搜索，依据新闻报道的主题内容，最终筛选出 11 篇最能反映《今日印度》对"印太战略"观点态度和意识形态的报道（见表 1），下文对其进行分析。

表 1　《今日印度》新闻报道样本

文本	标题	日期	文章词数
R1	Raisina Dialogue：China a disruptor in Indo – Pacific region，says PACOM commander Harry Harris	2018 – 01 – 19	429
R2	Defence，security priority areas in Indo – Japan ties：Envoy	2018 – 02 – 06	486
R3	Indo – Pacific region is important for Trump Administration	2018 – 03 – 17	489
R4	India，Indonesia back rules-based and peaceful Indo – Pacific region	2018 – 05 – 30	719
R5	In nod to India，US military renames its Pacific Command	2018 – 05 – 31	491
R6	US looks forwards to working with countries in Indo – Pacific region：Pentagon	2018 – 06 – 01	370
R7	Indian armed forces building partnerships in vital Indo – Pacific region：PM Modi	2018 – 06 – 03	806
R8	Trump administration wants to take Indo – US ties to next level：Haley	2018 – 06 – 28	895

（续上表）

文本	标题	日期	文章词数
R9	China dismisses Indo – Pacific concept as speculation	2017 – 11 – 07	406
R10	Trumps China visit：US defends Indo – Pacific concept	2017 – 11 – 08	558
R11	US elevated its ties with India for free，open Indo – Pacific	2017 – 12 – 13	483

三、文本分析与研究结果

（一）文本分析

1. 词汇选择

按照韩礼德的观点，话语文本具有系统性和功能性，词汇的选择很大程度上受到话语文本生产者的经验、价值观、情感和意识形态的影响，所以构建文本实际上是一个词汇选择的过程，然而词汇选择必定会受到社会语境、权力关系和意识形态的影响。

通过对样本的阅读和分析，笔者发现表2中所选择的例子，隐含着文本生产者的意识形态和态度。

表2　词汇选择示例和分析

Harry Harris，Commander of the United States Pacific Command（PACOM）called China a "disruptor" in the Indo – Pacific region...（R1）
"disruptor"意思是指"干扰者，分裂者，破坏者"，本词表示的深层意识含有一种极其不认同感，属于贬义词。虽然借助太平洋司令部指挥官之口说出，但是同时投射出《今日印度》对于美国"印太战略"和对待中国的态度

注：示例不代表总数。

2. 及物性

学者辛斌认为，每一种过程类型的选择都代表着不同文化，政治和意识形态方面存在着不同程度的意义。过程类型的选择基本上受体裁和主题的影响，甚至在同样的文本类型当中，将会采用不同种类的过程类型组合对某一特殊事件进行描述。这通常取决于说话人的交际目的和说话人对被描述事件的理解程度和理解方式。[9]21 如表 3 所示，及物性可分为以下六类。

表3 及物性的六种过程类型

词性	过程类型	例句
及物性 （Transitivity）	物质过程（Material Process）	Ben push the door
	意识过程（Mental Process）	Ben loves Susan
	关系过程（Relational Process）	Ben is on the chair
	言语过程（Verbal Process）	Ben said it is hot
	行为过程（Behavioral Process）	Ben cried
	存在过程（Existential Process）	There is a dog on the floor

分析文本的及物性，主要是为了找出到底是哪些政治因素、社会因素、意识形态因素、文化因素或理论因素决定了某一特殊文本对某一过程类型的选择产生了意义。每一种过程类型选择的背后都隐含着相应的文化背景、意识形态或是政治原因。[10]181 因此，在新闻报道里，媒体会通过选择不同的过程类型来体现某个群体的利益，分析不同过程类型的选择将会解释其中隐含的深层含义。

表4直观展现了在11篇新闻样本中及物性6种过程类型所占的比例。在样本当中，言语过程所占的比例最大，达30.7%；关系过程和物质过程所占的比例分别为26.6%和24.9%，分列第二和第三；位于第四的意识过程所占比例为10.5%；排名最后的是行为过程和存在过程，分别为6.5%和0.8%。

表4　样本过程类型比例分布

文本	物质过程	意识过程	关系过程	言语过程	行为过程	存在过程	总计
R1	3	0	6	7	0	1	17
R2	3	0	10	13	2	0	28
R3	8	2	19	14	2	0	45
R4	10	5	8	5	6	0	34
R5	10	0	6	5	6	0	27
R6	8	0	4	8	2	0	22
R7	13	3	10	17	1	0	44
R8	13	18	21	20	3	1	76
R9	9	3	7	9	2	0	30
R10	16	3	11	12	1	1	44
R11	6	8	4	12	1	0	31
总计	99	42	106	122	26	3	398
比例	24.9%	10.6%	26.6%	30.7%	6.5%	0.8%	100%

注：此为不完全统计，会存在遗漏现象。

在对新闻样本的过程类型进行分类时，笔者发现有些句子存在多种过程类型的重叠，两个过程类型之间的界限也出现模糊的情况。但从表4可以清晰看出，样本采用的言语过程所占比例最大。根据表4呈现的数据，我们可以看出，印度杂志《今日印度》主要采用物质过程、关系过程、言语过程和意识过程对"印太战略"进行报道。《今日印度》之所以采用大量的言语过程，笔者认为，是因为它需要借助第三方的声音来表达自己的倾向，并有意选取符合自身倾向的第三方声音，这样既让其新闻报道看起来客观公允，又能传达出自己的态度立场。在表4中，物质过程、意识过程、关系过程、言语过程所占的比例较高，因此本文将对这四个过程类型进行讨论，其余将不做分析。

（1）物质过程。

对于物质过程，笔者从一篇报道中选取以下三个例子作为示例，对其分析。

表5　物质过程示例

序号	示例
1	Harry Harris, Commander of the United States Pacific Command（PACOM）called China a "disruptor"．（R1）
2	said Indian and Japan are also working to strengthen cooperation to expand maritime domain awareness in the Indo – Pacific region．（R2）
3	China ongoing military modernisation is a core element of China stated strategy to supplant the US as the security partner of choice for countries in the Indo – Pacific...（R3）

注：示例不代表总数。

在表中第1个例子中，"China"是动作的承受者，"disruptor"译为"干扰者；破坏者"，是承受者的补充语，施动者是美国太平洋司令部指挥官Harry Harris，物质过程就是谓语动词"called"。因此，整个句子的物质过程及参与者都很完整。经过进一步阅读和思考会发现，句子的重点在于"called...disruptor"，即"把……称为破坏者"，指挥官 Harry Harris 把中国称为破坏者。根据文意，这里指的是把中国称为印太战略的破坏者。虽然这是引用他人的话语，并非自身的观点输出，但是纵观全文发现，通篇都是 Harry Harris 的发言，可见《今日印度》有意地选取了单方面的声音，再披上个人对话专访的外衣，让文章看起来不失公正，实际上折射出其反华立场。

在第2个例子中，动作施动者是"Indian and Japan"，第一个承受者为"cooperation"，谓语"strengthen"；第二个承受者是"maritime domain awareness"（海洋领域意识），谓语是"expand"（增强；扩大）。在这个句子里，有两个物质过程，但都源于同一个施动者。第一个过程指的是"印度和日本加强合作"，第二个是"印度和日本增强在印度洋—太平洋地区的海洋领域意识"。印度归属印度洋领域，日本归属太平洋领域，在美版的"印太战略"里，印、日是"四国合作"的两大支柱。虽然《今日印度》是印度的主流英文杂志，报道跟本国相关的事件无可厚非，但是从事件来看，印度和日本加强合作的目的在于增强在印度洋—太平洋地区的海洋领域意识，实质上暗指支持基于利于本国利益的"印太战略"。

在第3个例子中，谓语动词"supplant"（取代）是物质过程，而主体是"China"，客体是"the US"，意指中国要取代美国。这与西方的"中国威胁论"不谋而合。

以上三个例子背后隐藏着印度媒体对于"印太战略"的重视和对中国"一带一路"倡议的敌对态度。

值得一提的是，在新闻语篇中，很多物质过程缺少了动作的执行者，或者是将物质的执行者省略了，而缺少物质过程执行者的情况更值得分析。费尔克劳认为，在文本分析中，值得注意的是，事件发生的地点以及责任的承担者被模糊化。[11]163

（2）意识过程。

Machin和Mayr认为，意识过程可分成认知过程（Cognition Process）、情感过程（Affective Progress）和理解过程（Perception Progress）。在此之中，相较于认知过程和理解过程，情感过程背后隐含着更为明显的意识形态。[12]205

意识过程示例如表6所示。

表6　意识过程示例

序号	示例
1	An angry China had dismissed the PCA ruling as a "piece of waste paper". （R4）
2	I am convinced that ASEAN can integrate the broader region. （R7）
3	...One Belt, One Road policy. Chinas One Belt, One Road, we understand, is a policy they have to continue their economic development, and... （R11）

注：示例不代表总数。

在表6第1个例子中，新闻报道者用"angry"来形容中国的态度，着力表现中国丑陋的一面，从而实现诋毁中国大国形象的目的。

在第 2 个例子中，"convinced" 表示"确信；信服"。这里截取自印度总理莫迪的一句话，他确信东南亚国家联盟（ASEAN）能把印度洋乃至太平洋区域整合起来。这里折射出印度对自身在印度洋话语权的重视，进一步则反映出印度对"印太战略"的支持。在第 3 个例子中，"understand"译为"明白；懂得"。整句的意思把"一带一路"倡议单纯解读为中国谋求经济发展，有意歪解了中国实现合作共赢的本意。用"我们明白"来给自己的目的披上合理的外衣，这也是诋毁中国形象，支持"印太战略"的一种体现。

相较于情感过程，认识过程和理解过程则更倾向于中立。由这三种过程构成的心理过程，是分析语篇背后意识形态的重要角度之一。

（3）关系过程。

按照相关划分，关系过程可分为归属和识别两类，通常来说，"be"动词是用来表达归属关系的典型代表，"have"则用于识别关系。关系过程示例如表 7 所示。

表 7　关系过程示例

序号	示例
1	The Indo – Pacific has many belts and many roads... （R5）
2	Indo – Pacific apparently refers to the Indian Ocean and Pacific Ocean regions. （R9）
3	The Indo – Pacific apparently refers to the Indian Ocean and Pacific Ocean regions. （R10）

注：示例不代表总数。

相较于物质过程和意识过程，关系过程稍显中立，虽然我们可以从文本中挖掘出其背后隐含的意识形态，但并不是所有的关系过程都有意识形态。比如，在表 7 第 2 和第 3 个例子中，使用的其实是同一句话："The Indo – Pacific apparently refers to the Indian Ocean and Pacific Ocean regions."它分别出现在 R9 和 R10 中。这里用了"refers to"来表达关系过程，新闻报道者将"印太"这一说法归属于"印度洋和太平洋地区",这本身没有错,这个句子只是在陈述一个客观事实,并无太多的意识形态显露。

然而,在表7的第1个例子中就有所不同。印度洋—太平洋司令部指挥官 Mattis 说:"The Indo – Pacific has many belts and many roads…"用"belts"和"roads"明显是针对中国的"One Belt One Road",在他的理解里,中国推出"一带一路"倡议是为了扬国威,建立自己的霸权,告诉其他国家只有"一条彩带一条道路",不容许其他道路存在。事实上,这与我国"一带一路"倡议的立场和宗旨大相径庭。我国推进"一带一路"倡议的目的在于促进各国之间的相互合作、共同发展,包括经济发展、政治互信、文化更加包容等。

(4)言语过程。

言语过程常用的词汇有"say""describe""tell""talk""praise"和"boast"等,由说话者、言语内容和接收者三个部分构成。在新闻报道中,文本生产者可以通过借助他人的话语来表达自己的意识形态倾向,有意选择引用那些跟自己观点相近的话语,从而在表面上增加可信度和权威性。语言过程示例如表8所示。

表8 言语过程示例

序号	示例
1	"The reality is that China is a disruptive transitional force in the region", he said.(R1)
2	All the Chiefs stressed on the fact that China was disrupting the "status quo" in the region by not adhering to "rule-based order".(R1)

注:示例不代表总数。

在表8的两个例子中,新闻报道者在同一篇报道里使用了直接引语和间接引语两种方式来表达自己的观点,竭力塑造中国是一个"disruptor"的形象。第1个例子中用了"said",虽然这是一个中性词汇,但是说出来的话带有意识形态倾向;第2个例子中用"stressed"(强调),更是加深了这种意识形态倾向的程度。

在 11 篇样本里，出现次数最多的言语过程是"said"，这反映出《今日印度》善于通过有意地选择性引用他人的直接话语来表达自己的意识形态倾向。通过分析这些直接话语，我们可以看出，《今日印度》十分支持"印太战略"，而对中国的和平崛起和"一带一路"倡议的推进带有很强的警惕性和抵制意味。

3. 情态

（1）情态动词。

Fowler 认为，情态能够表达说话人或者是作者对事物的评价和态度。[3]85 然而，情态动词是英语中最能表达态度的词汇。

Halliday 认为，依据情态值的高低可以将情态动词划分为高、中、低三类，如表 9 所示。

表9　情态动词分类

	高	中	低
肯定	must, need, have/has to, ought to	will, shall, should, would	can, may, could, might
否定	can't, mayn't, ought't to	shouldn't, won't	needn't, couldn't

情态动词示例如表 10 所示。

表10　情态动词示例

A geographical definition, as such, cannot be. （R7）

注：示例不代表总数。

表 10 中，根据前文提到的 Halliday 对情态动词的分类，在 11 篇样本中用得最多的是中间值情态词"will"和"should"，但也不乏一些高值情态词，如"must""cannot"。在例句中，用了"cannot"来支撑前一句的观点，即"By no means India considers itself as directed against any country. A geographical definition, as such, cannot be"（印度绝不认为自己是针对任何国家的。因此，在对印度洋—太平洋地区的地理定义也不能是），而紧接的一句——"India's vision for the Indo—Pacific Region is, therefore, a positive one, Modi said."（莫迪说，因此，印度对印度洋—太平洋地区的愿景是积极的）直接暴露了印度在印太战略上的立场和态度。"cannot"体现出印度支持印太战略的坚定的决心，《今日印度》借莫迪总理的口把这种意识形态倾向巧妙地透露出来。

经过以上的论述，我们可以看出，通过运用不同情态值的情态动词可以体现新闻报道者不同的态度。《今日印度》在对"印太战略"进行一般性叙述时，多采用中间值情态动词，但一涉及印度方面就改用高值，这与印度支持基于有利于本国的"印太战略"是密不可分的。《今日印度》是印度主流英文杂志，这决定了它在一定程度上要反映出官方的声音。

（二）作为话语实践的新闻语篇

1. 新闻报道来源

学者展江认为，在分析新闻文本过程中，新闻的来源显得格外重要，因为在新闻报道中，消息的来源关乎新闻的准确性和客观性。[13][14] 按照相关分类，新闻报道的消息来源可分成三类：显性来源、隐性来源、未知来源。笔者对 11 篇新闻样本的来源进行统计，如表 11 所示。

表 11　《今日印度》新闻样本新闻来源分布图

文本	显性来源	隐性来源	未知来源	总计
R1	1	2	0	3
R2	1	1	0	2
R3	1	3	0	4
R4	5	0	0	5
R5	1	1	0	2
R6	3	0	0	3
R7	1	0	0	1
R8	0	1	0	1
R9	1	1	0	2
R10	1	2	0	3

（续上表）

文本	显性来源	隐性来源	未知来源	总计
R11	1	0	0	1
总计	16	11	0	27
百分比	59.3%	40.7%	0	100%

注：此为不完全统计，会存在遗漏现象。

从表11可以看出，样本中用的最多的来源是显性来源，占总数的59.3%。其余的40.7%是隐性来源，未知来源为0。一般来说，为了让新闻报道看起来更加客观公允，以及更加权威，文本生产者会倾向于选择使用权威人士或机构提供的信息。

显性来源示例如表12所示。

表12　显性来源示例

... reaching an agreement on the strategic concept of building a free and open Indo‑Pacific region are "gas and speculation", Chinese foreign ministry spokesperson Hua Chunying told a media briefing here. （R9）

注：示例不代表总数。

虽然显性新闻来源有利于维护报道的公正，但是报道者可以通过有意识地对来源进行选择，阻挠报道的公正。

在11篇样本里，大部分的新闻来源都是来自美国方面和印度方面，以及其他支持"印太战略"的国家。其余国家的声音并没有体现出来，尤其是中国方面。唯一一次出现的，是在表12中的例子里外交部发言人华春莹关于"印太战略"的一些话语，同时通过阅读文本可以发现，报道者有意识地把中国推向"印太战略"的对立面，把中国描绘成"印太战略"的破坏者。事实上，中国政府曾提出"一带一路"与"印太战略"合作的可能性。

隐性来源示例如表13所示。

表 13　隐性来源示例

> ... a US official has said that one key aspect of the strategy is to give an alternative to Chinese developmental model to the countries of the region. （R3）

注：示例不代表总数。

采用隐性新闻来源会使新闻报道的客观性及权威性受到影响，甚至会被受众批评报道不够公正。如果遇到一些受众难以证实的事件，基于某种利益，新闻报道者可能会捏造新闻来源或事实，采用隐性来源则可利于逃避因事件失实带来的责任。

在表 13 的例子中，新闻报道者使用个人职业对新闻来源进行模糊化处理，"a US official"（一位美国官员）说，具体是哪一位官员，受众无从知晓，也无法对此进行验证。对新闻报道者而言，采取这种方式则可以规避很多风险和省去不必要的麻烦。

2. 原因探析

费尔克劳认为，语言的使用本质上是一种社会实践，而所有的社会实践都会受制于社会环境和社会文化语境。[6]本文的研究对象是《今日印度》关于美国"印太战略"的相关报道。在此，笔者试图对《今日印度》中正面报道美国"印太战略"的原因进行分析。

一是"中国威胁论"长期存在于西方媒体，加上印度国内复杂多变的媒体环境，极易受到各种不可抗的因素影响，印度杂志《今日印度》对中国充满误解，对中国"一带一路"外交政策有了先入为主的"威胁论"看法，而对"印太战略"有一种天然的好感。

二是印度对中国"一带一路"倡议的理解不够深入和不够客观，以至于出现了盲目抵触、不愿了解等情况。因此中国政府要在国际上加强对"一带一路"倡议的宣传和推进，同时也传达跟"印太战略"进行合作的可能性，以实现互利共赢。

参考文献

[1] 杨伯江，张晓磊. 日本参与"一带一路"合作：转变动因与前景

分析 [J]. 东北亚学刊，2018 (3)：3 - 10.

[2] 胡波. 美国"印太"概念中的海权竞争图谋 [J]. 军事文摘，2018 (5)：13 - 16.

[3] FOWLER R，et al. Language and control [M]. London：Routledge & Kegan Paul，1979.

[4] 苗兴伟. 语篇分析的进展与前沿 [J]. 外语学刊，2006 (1)：44 - 49.

[5] 支永碧. 批评话语分析研究新动态 [J]. 外语与外语教学，2007 (3)：27 - 32.

[6] FAIRCLOUGH N. Language and power [M]. New York：Longman Group Limited，1989.

[7] 彭利元. 情景语境与文化语境异同考辨 [J]. 四川外语学院学报，2008 (1)：108 - 113.

[8] 仇朝兵. 奥巴马时期美国的"印太战略"——基于美国大战略的考察 [J]. 美国研究，2018，32 (1)：37 - 69，5 - 6.

[9] 辛斌. 批评语言学——理论与应用 [M]. 上海：上海外语教育出版社，2000.

[10] FAIRCLOUGH N. Discourse and social change [M]. Cambridge：Polity Press，1992.

[11] FAIRCLOUGH N. Critical discourse analysis：the critical study of language [M]. New York：Lonman Growp Limiteol.，1995.

[12] MACHIN D，MAYR A. How to do critical discourse analysis [M]. London：Sage，2012.

[13] 展江. 新闻采访与写作 [M]. 广州：世界图书出版公司，2013.

[14] 梅尔文·门彻. 新闻报道与写作 [M]. 展江，译. 广州：世界图书出版公司，2014.